熹妃傳

第一部

五

著一解語一

熹妃傳

目錄

第二百七十一章　懷孕

十一月二十二，胤禛一行人動身回京。在離開杭州前，胤祥意外接到一封家書，說胤祥離開不久，兆佳氏就發現自己懷孕了，儘管胤祥對兆佳氏並沒有多少愛意，但聽到這個消息依然甚是高興。

從杭州回京城，與來時一樣，耗時一月有餘，等踏進京城城門時，已經是臘月二十八了。

雍王府與胤祥的十三貝勒府並不在一條道上，是以在行到岔路的時候，胤禛跳下馬車，對胤祥道：「行了，咱們就在這裡分開吧，十三弟，你快回府去看弟妹吧。後天是年三十，到時候你跟弟妹一道來我這裡，咱們齊聚著熱鬧熱鬧。」

「好。」不知為何，胤祥的神情有些沉悶，掉轉馬頭走了幾步後，突然又折回身，神色複雜地盯著胤禛道：「四哥，咱們永遠都是好兄弟對不對？」

胤禛被他問得一陣莫名。「這是自然。倒是你好端端的問這個做什麼？」

胤祥揚眉，露出比陽光還要耀眼的笑容。「沒什麼，就是突然想到了隨口問問。行了，我走了。」

「這個老十三真是越來越奇怪了。」胤禛搖搖頭在心裡嘀咕一句，上了馬車後，任由馬車載著他與凌若繼續駛去，直至停在雍王府大門。

守在王府門口的四名守衛，看到胤禛攙凌若一道從馬車上下來，神色一凜，不約而同地挺了挺本就筆直如松的背脊，單膝跪地大聲道：「恭迎王爺回府！恭迎凌福晉回府！」

「起來吧。」胤禛擺一擺手，與凌若一道走進了在石獅守衛下、代表著親王尊貴的朱紅高門。

彼時那拉氏閉目半躺在貴妃榻上，翡翠蹲在旁邊替她輕輕揉著雙腿，炭盆中燃著上好的銀炭，又燒了地龍，使得整個房間溫暖如春，絲毫感覺不到此刻已經是臘月二十八了。

「主子，您說王爺趕得及回來嗎？還有兩天就要過年了呢，難道這次的大年初一要讓主子自己進宮去給皇上還有德妃娘娘問安嗎？」在燒得通紅的銀炭偶爾發出的「嗶剝」聲中，翡翠輕輕地問著。

那拉氏雙眼微微睜開一條縫，臨窗下的小几上擺著一盆三蕊水仙，葉姿秀美、亭亭玉立。聞著瀰漫在空氣中的花香，她淡淡道：「趕不趕得及不是我說了算，難不成我還能去催王爺快些回府嗎？西湖美景，天下無雙，興許王爺想在杭州過年也說不定。」

翡翠一低頭，頗為氣憤地道：「都是那個鈕祜祿氏無事生非，也不曉得給王爺灌了什麼迷湯，竟然讓王爺獨獨帶她去杭州。哼，也不瞅瞅自己身分，與王爺同遊西湖，她配嗎？」

「配與不配，那都是王爺一念之間的事，咱們管不了。不過……」那拉氏伸手在榻上撐了一下，半直了身子，睇睜道：「花尚且無百日紅，何況是人，今日的得寵未嘗不是明日孤老終身的先兆。放心吧，沒有人可以永遠在我面前得意下去的，何況是她！這次不是已經給她準備了個大大的驚喜嗎？」

說到這個，翡翠不禁笑了起來，確實是驚喜呢。正要說話，三福在外頭敲了敲門檽，小聲道：「主子，王爺回來了。」

「哦！」那拉氏精神一振，真是說曹操曹操就到，忙對翡翠道：「快替我更衣梳洗，我要去給王爺請安，另外把靈汐還有弘時都叫來。」

片刻後，精心妝扮過後的那拉氏帶了她名下的一對子女，施施然往鏤雲開月館行去。進到裡面後，她雙手搭在腰間，朝正坐在上首喝茶的胤禛一福道：「妾身給王爺請安，王爺萬福。」

在她之後，是靈汐與弘時。看到這兩姊弟，胤禛神色溫和許多，招手將他們喚到自己身邊，詢問著這幾個月的情況，更是憐愛地將弘時抱到膝上坐著。

「妾身見過嫡福晉，嫡福晉吉祥。」在那拉氏直起身後，凌若屈膝行禮，神態恭敬謙卑。

那拉氏目光一閃，下一刻已經親切地扶起她道：「妹妹無須多禮，這些日子妳不在府裡，我可是寂寞了許多，天天盼著妹妹早日回來呢！」

感受到指尖的涼意，凌若笑意不減地道：「妾身在外時也常唸叨嫡福晉，這不，剛還在和王爺說要去給嫡福晉請安呢，不想倒是嫡福晉先到了，實在是妾身不該。」

那拉氏微笑著拍拍她的手道：「不礙事。我啊，之前只擔心妳和王爺趕不及在過年前回府，錯過了闔府團圓的日子，如今總算可以把心放下了。如何，杭州景色美吧？」

「何止是美，簡直是令人流連忘返，若非王爺想著年關將近，一心惦念著要回來陪嫡福晉還有諸位姊妹同吃年夜飯，妾身真想在杭州多待幾天。」凌若嫣然說道。

「當真有如此吸引人嗎？那改明兒得空了，妹妹可一定要好好與我講講。」在這樣的話音中，那拉氏突然轉向胤禛，在柔和的笑意中道：「王爺不在的這段日子，咱們府裡出了一件大喜事，妾身可得恭喜王爺呢！」

「什麼事？莫不是咱們府中也有人懷孕了吧？」

胤禛本是一句玩笑話，哪知那拉氏卻是吃驚不小，神色怪異地問：「王爺怎麼會曉得？這事妾身可沒跟任何人提過。」

這下子輪到胤禛驚訝了，放下弘時，目光如炬地盯著那拉氏道：「府裡當真有人懷孕了嗎？」

被驚到的不只胤禛，還有凌若。想不到事情會湊得這麼巧，出去一趟，不只胤祥的嫡福晉有了身孕，雍王府也同樣。只不知懷孕之人會是誰？年氏？抑或是幾位庶福晉之一？又或者是陳格格她們？

正當凌若胡思亂想之際，那拉氏已經眉梢含笑地說出答案：「是佟妹妹呢。王爺走後一個月，佟妹妹發現月信遲遲未至，以為是月信紊亂，所以召大夫來看看，哪知大夫來了之後，一診脈說佟妹妹有喜了。算算日子，正好是王爺最後召幸佟妹妹的那一次呢。」

佟佳梨落？竟然是她！

凌若萬萬沒料到懷孕的人會是她，垂落於袖中的雙手瞬間握緊。佟佳氏……上天竟然這麼眷顧她，在這種境地下還給她絕處逢生的機會！

沒有人比她更清楚這個孩子意味著什麼，胤禛本就對佟佳氏多有不忍，否則當初也不會在明知她犯下滔天大錯的時候還僅僅是禁足了事；如今再加上這個孩子，只怕原諒是遲早的事。

果然，胤禛難掩喜色地道：「這麼說來，梨落此刻已經足有四月？」

「正是。」那拉氏似笑非笑的目光漫漫掃過極力維持平靜之色的凌若。「咱們府裡很快又會添一位小阿哥了呢！」

「那梨落此刻在何處，又是哪位太醫在照料她的胎兒？」

胤禛迫不及待地問著，這樣的神色令凌若的心沉到了谷底。

聽到這話，那拉氏幽幽嘆了口氣道：「還能在哪裡，自是在蘭馨館中。自從上回王爺禁了她足之後，她就再沒有踏出過一步，整日待在房中抄寫佛經，聽說已經抄了滿滿一櫃子了。妾身上次去看她的時候，她精神並不怎麼好，有些鬱鬱寡歡。」

不待胤禛說話，那拉氏突然跪地懇言道：「妾身不知佟妹妹犯了什麼錯，要令王爺下令禁足，只是此刻妹妹腹中的骨肉才是最重要的。若因禁足而使得妹妹鬱結難舒，動了胎氣，豈非得不償失？妾身斗膽請王爺釋了妹妹禁足之令。」

第二百七十二章　手足

「我並不曾禁她在府中的自由。」胤禛頗有幾分驚異。按著他之前的話，佟佳氏的禁足僅限於圓明園內。

那拉氏嘆了口氣道：「話是這麼說，但沒王爺的話，佟妹妹又怎敢踏出蘭馨館半步？任憑妾身勸乾了口水也無濟於事。妾身瞧著她肚子一天天大起來，人卻一天天瘦下去，真是不忍心。」說到此處，她朝翡翠使了個眼色，後者立刻會意地從小几的暗格裡取出一本書冊，那拉氏接在手裡輕輕摩挲了一下後遞給胤禛。「四爺您瞧瞧，這就是佟妹妹謄抄的經書，一字一字，皆是她的心血啊！妾身不知她犯下何事，卻從佛經中看出了她的懺悔之意。」

那拉氏這番話說得聲情並茂，令胤禛頗有幾分動容，翻開經書，只見上面每一個字都工整細緻，看不到任何塗改或潦草字跡，其用心可見一斑。

經書在胤禛手中一頁頁翻著，紙張摩擦帶來的「沙沙」聲，成為了此刻鏤雲開月館除卻呼吸之外唯一的聲音。

在這片靜寂中，淩若捏著帕子的手在微微發抖。佟佳氏的死灰復燃固然讓她氣惱不甘，卻遠遠比不上另一件事來得更震撼驚慄。

佟佳氏……她竟然搭上了那拉氏這條船！

在王府中，這兩人是最令淩若忌憚的，一樣的心思縝密、手段狠辣。只是以前她們雖和氣，但終究只是表面上而已，實際心裡對對方都有所顧忌，所以當時佟佳氏被禁足，那拉氏並未過問半句。而今，那拉氏卻句句幫著佟佳氏說話，要說兩者間沒有聯繫，那可真是笑話了！

一本佛經翻完，胤禛抬起頭道：「有孕在身是該多出來走動走動，至於請脈一事……」

不待他說，那拉氏已是道：「王爺放心，妾身早已請了宮中陳太醫照料，只要妹妹心情安逸，腹中孩兒必然健康無虞。」

「如此甚好。」胤禛正說話間，狗兒突然慌慌張張地奔進來，附在他耳邊輕聲說了句什麼。

下一刻，胤禛神色驟變，霍然道：「找仔細了嗎？」

狗兒苦著一張臉道：「回四爺的話，奴才把從杭州帶回來的東西裡三層、外三層全翻了一遍，愣是沒找到，不得已之下才來驚動四爺。」

胤禛臉色難看到了極致，將弘時遞給那拉氏，匆匆道：「我還有些事要處理，你們先回去吧。」

明明她與鈕祜祿氏皆在此處，可胤禛只叫自己出去。那拉氏的臉色不禁有些難看，不過瞬間又恢復雍容寧靜之色，領了兩個兒女向胤禛施禮離去。

在他們走後，狗兒立即關起朱紅六稜雕花門。凌若瞧見這番動靜，忙問：「四爺，可是出什麼事了？」

胤禛冷道：「信和龍袍都不見了。」

「什麼？」凌若駭然失色。這兩件都是至關重要的東西，一直以來都是狗兒和周庸兩人親自看守，怎麼說不見就不見了。

狗兒已經急得額頭冒汗了，愁眉苦臉地道：「奴才也想不明白，之前進城時奴才還親眼見過，之後一路上除去與十三爺分開那次，皆不曾停過，那兩樣東西又不會自己長腳，怎麼可能不翼而飛呢！」

胤禛眼皮猛地一跳，想起胤祥離開時莫名其妙的那句話。難道……是老十三趁狗兒不注意，偷偷將裝有書信和龍袍的包袱拿走，想要一個人擔？

想到此處，胤禛忙讓狗兒去一趟十三貝勒府，看胤祥是否在那裡。他心裡尚存了最後一絲僥倖，希望是自己多慮，然狗兒帶回的消息徹底打碎了他這絲僥倖。

胤祥回到府中後只待了一會兒就更衣入宮了。據貝勒府的下人說，胤祥臨走前手裡還拿了一個包袱，不用問，定是一個人去將地下兵器庫一事告知康熙。

聽到這裡，胤禛哪還待得住，忙讓狗兒替他換上朝服，棄轎騎馬，一路緊趕慢趕，好不容易來到養心殿，卻被人擋在殿外。

過了沒多久，李德全從邊門中走出來，打個千兒道：「請四爺在此稍候片刻，十三爺在裡面見駕，皇上下了旨，任何人不得喧擾。」

「我有要緊事要見皇阿瑪，還望李公公行個方便，代為通傳一聲。」胤禛心中暗暗發急，他始終是晚了一步。

李德全為難地搖搖頭。「不是老奴不想給四爺行這個方便，實在是聖命難違。只能請四爺耐心等候一會兒，等皇上見完十三爺，老奴立刻為您通傳。」

等到那個時候一切都來不及了！

這話不方便與李德全說，胤禛只能按捺了性子在外面來回踱步，想著補救之法。

彼時，一門之隔的乾清宮內，胤祥屈膝跪在光可鑑人的金磚上，在他對面坐著已經當了四十八年皇帝的康熙。他臉色鐵青地看著一封展開的信，而在他手邊還擺著一件明黃色的龍袍。

許久，康熙抬起眼，一揚手中薄薄的信紙道：「按這信上所說，杭州有一個太子命人建造的地下兵器庫？」

胤祥聞言，趕緊磕了個頭道：「回皇阿瑪的話，是否太子命人所建，兒臣不敢妄言，但杭州城確有一個地下兵器庫。當時兒臣查到的時候，裡面還有許多鐵匠在做事，而呈給皇阿瑪的兩件東西，正是從那裡搜出來的。」

其實早在胤祥他們回來前，康熙就已經收到杭州知府陳元敬八百里加急密奏，奏摺上寫明二位阿哥在西湖附近地下發現一處龐大的兵器庫，但那兵器庫是何人祕密興建，卻未有提及，只說二位阿哥或許會知情。

康熙心中倒也有幾個懷疑的人選，但太子並不在此列，所以見到書信才會這般吃驚。聽完胤祥的話，康熙黯然不語，只慢慢撫過用金銀絲線勾勒出海水、祥雲、龍紋的明黃色龍袍。這個顏色、這個圖案，不知有多少人垂涎三尺，卻不曾想連太子也包括在這群人中。

這個天下、這個寶座，遲早都是他的，又何須垂涎！

「既然地洞這麼隱蔽，你們又是怎麼發現的？」在一陣令人窒息的靜默後，康熙發問，手始終不曾離開那件龍袍。

胤祥將他們在杭州遇到的事原原本本說了出來，並未有所隱瞞。因為他曉得出了這麼大的事，陳元敬身為知府必然要上奏天聽，若是兩方內容出現偏差，康熙必然會有所懷疑。

待胤祥說完最後一個字，康熙方沉聲道：「這麼說來，是你與胤禛一道發現地下兵器庫，為何此刻只有你一人來，胤禛人呢？此事他才是奉旨調查的欽差，至於你……」康熙輕哼一聲道：「私自離京的帳，朕還沒與你算呢！」

「兒臣有罪，請皇阿瑪饒恕！」胤祥惶恐地磕了個頭道：「這兩件東西，兒臣自地洞中搜出來後，並未告知四哥，他對此毫不知情，並不曉得當中還牽扯到太子。」

「哦，為何不告訴胤禛？你與他不是素來要好嗎？」康熙連著質問兩句，顯然對胤祥的話並不盡信。

「此事關係重大，在見到皇阿瑪之前，兒臣不敢透露分毫，縱是四哥也一樣。」胤祥如是說道。他心知以康熙的精明未必會信了這話，但要將四哥排除在這件事外，就必須咬死這一點。

「那你現在呈上這兩件東西，是想讓朕治太子的罪嗎？廢了他再立一個太子嗎？」康熙冷眼相待，聲音越發的陰晴不定。

原本還算鎮定的胤祥聽到這話頓時出了一身冷汗，連連叩首道：「此事全憑皇阿瑪聖心獨斷，兒臣不敢妄言，何況此事真偽還需要查證，兒臣……」

「罷了！」康熙擺手阻止他再說下去。「你先退下，這件事朕自會處理。」

「嗻！」胤祥小心地睨了康熙一眼，躬身退下。

看到他出來，胤禛連忙迎上去，焦急地問：「十三弟，你都跟皇阿瑪說了什麼，還有那封信與龍袍是不是你拿走的？東西呢？」

「東西已經呈給皇阿瑪了。」胤祥望著自己溼冷的掌心，一陣苦笑。即使他已經做好一切打算，但在面對皇阿瑪時依然被問出一身冷汗。

「我說過這件事我會處理，你不許插手，為什麼不聽我的話，你眼裡還有我這個四哥嗎？」胤禛又氣又恨。那兩件東西不只是太子的催命符也是呈送者的催命符啊，一個弄不好就是玉石俱焚的下場。胤祥是他看著長大的，也是後宮中唯一一個至親手足，怎忍心讓他替自己受過。

胤祥無視他的怒火，拍著胤禛的肩道：「四哥，我知道你是怕我出事，但是我又何嘗不是。二十幾個兄弟，我在意的唯你一人而已。只要是我能做的，就絕對不會袖手旁觀。總之，你記住，太子的事與你無關，而你也毫不知情。」最後一句話他說得極輕，又有胤禛擋在身前，是以並不曾傳進第三人耳中。

「十三弟……」除卻這三個字，胤禛不知道還能說什麼。前世的自己不知修了什麼樣的善緣，今生才能得來胤祥這個好兄弟。

這個時候李德全走出來道：「四爺，皇上讓您進去。」

第二百七十三章　動盪

在胤禛隨李德全準備進去的時候，胤祥忽地扯住他的袖子，鄭重地道：「記住我剛才說的，千萬，千萬不要忘記。」

胤禛輕嘆一聲，在他殷切的目光中點了頭。「我記下了。」

胤禛剛一跨過門檻，立時有小太監關上三交六椀菱花隔扇大門，隔絕了外面的嚴寒與冷風。

「兒臣給皇阿瑪請安，皇阿瑪吉祥！」胤禛低頭走至中間，恭敬地朝那名掌有天下人生殺予奪大權的老人跪下。

雙膝硌著堅硬的金磚微微有些發疼，胤禛等了許久始終不曾聽到叫起的聲音，他不敢抬頭更不敢起身，眉眼低垂間隱約能感覺到有一道銳利如劍的目光落在自己身上。

胤禛努力控制著自己的身體，不露出一絲緊張之意。

許久，腳步聲響起，藏青色繡有蟒紋的袍角出現在胤禛低垂的視線裡。他不著痕跡地抬望一眼，卻是李德全，只見對方手裡捧了一張薄薄的信紙。

看到這個，胤禛心裡咯登一下，不用猜他也知道這信上寫的是什麼。皇阿瑪對此事果然尚有懷疑。

「胤禛，你看看這封信！」頭頂傳來康熙威嚴的聲音。

「嗻！」胤禛答應一聲，小心地接過那張薄得一口氣就能吹起來的信紙，藉著看信的工夫，他心念疾轉，想著接下來該說的話。

這件事，胤祥已經攬上了身，如果他此刻選擇將實話說出去，不只白費了胤祥一片苦心，還會令胤祥背上一個欺君之罪，對於胤祥此刻的處境反而更加不利；可是若任由事件往胤祥身上倒，他又怕最後難以收拾。無論如何，他都要設法保胤祥平安，萬不能讓胤祥出事。

「如何，這信上的內容都瞧清楚了？」從胤禛進來的那一刻，康熙的目光就不曾從他身上移開過，每一個神情與身子的細微變化都盡收眼底。「老十三說這件事你並不知情，不過朕想親自問一問你，究竟——太子私造兵器意圖謀反一事，你知不知道？」

說到最後，康熙的聲音驟然嚴厲起來，有一種令人驚慄的氣息席捲了整個乾清宮。此時的胤禛，彷彿一艘浮在狂風暴雨中的小船，一個不好就會被捲入海底，永不超生！

胤禛咬一咬牙，重重磕了個頭道：「兒臣不敢有瞞皇阿瑪，信中所述之事，兒臣略知一二。」

這個回答令康熙微微一怔。儘管從一開始他就對胤祥的話並不盡信，卻沒料到胤禛會承認得這麼乾脆，不禁饒有興趣地道：「這麼說來，老十三是在騙朕了？」

「皇阿瑪誤會了。」胤禛抬起頭，迎著康熙彷彿能洞悉人心的目光，定定道：「十三弟確實未曾與兒臣說起過此事，是兒臣無意中發現的，此事十三弟至今尚被蒙在鼓裡。」

「是嗎？」康熙淡淡地說了一句，沒有再追問下去，轉而撫著雕成龍頭的扶手道：「那麼依你看來，信中所載之事有幾分真假？」

「依兒臣愚見，信中之事無一為真，皇阿瑪大可不必理會。」胤禛努力維持著聲音的平靜。「皇阿瑪是太子君父，身體髮膚皆受之皇阿瑪，何況皇阿瑪早已定下太子為儲君，太子又怎會行此大逆不道之事。」

「是嗎？」康熙臉上浮起一絲莫名的微笑，起身慢慢踱到胤禛身邊。「照你這麼說，杭州地下那個兵器庫也是假的囉？」

胤禛無語，只默默地跪著。跪了許久，雙膝已由初時的微疼到如今的麻木，雙腿彷彿失去知覺，然胤禛卻不敢挪動一下。

「太子……」從鏤空窗格中照進來的冬日下，康熙臉上的笑意淡薄如霧，下一刻有微不可聞的聲音在胤禛耳邊響起：「他已經當了三十五年的太子，人生有幾個三十五年，始終是朕擋了這條路。」

胤禛趕緊低下頭只作未聞，然心中明白，憑著呈上去的兩件東西，一場關乎朝堂乃至大清未來國運的動盪已經無可避免……

康熙在仔細問過胤禛在杭州的大小事由後，讓他退下，而就在他離開乾清宮後，一位布衣老者從後堂轉了出來，面有所思。此人正是被稱為布衣宰相的方苞，被召入皇宮後一直隨侍御駕，雖不為官，卻有議政之權。

「方先生，這件事你如何看？」康熙原本正與方苞說杭州地下兵器庫一事，之後胤祥求見，就讓方苞在後堂聽著，直到此刻他才出來。

方苞取過書信看了一眼，沉聲道：「上面的字跡真偽，草民不知，但是印鑑卻是千真萬確，作不了假。」

康熙重重嘆了口氣道：「太子……他當真如此迫不及待了嗎？朕原想著朕今年五十六，等再歷練個幾年，他可以駕馭住那幫大臣後就將大位傳給他。當了四十餘年的皇帝，朕其實已經很累了。」

方苞亦嘆道：「皇上一片苦心，可惜太子不能理解。恕草民直言，觀太子復立之後的行徑，雖表面上言行有度，但其本心卻比從前更驕躁三分。」

「私造兵器？私造兵器！」康熙驟然掃落御案上的筆墨，強行抑制的怒火在這一刻憤而爆發。「朕對胤礽一忍再忍，甚至復立他為太子，而他就是這樣來報答朕的？是否在他眼中，大位遠比朕這個父親重要百倍、千倍！」

他怒，但更多的是痛。親生兒子居然想要謀自己父親的反，怎能不令他痛徹心扉！謀反是殺頭大罪，難道他要手刃曾經寄予自己厚望的親生兒子嗎？

方苞默默不語。此事只能交由康熙一人去決斷，旁人的插嘴都是多餘，所以適才不論是胤祥還是胤禛都未對太子處置有過隻言片語，胤禛甚至極力撇清書信與太子之間的關係。

第二百七十四章　孩子

朝堂動盪在即，王府後院之中亦不太平。胤禛一回府，立時就有下人將消息傳到蘭馨館中。佟佳氏彼時尚未起身，自懷孕之後，她常感覺精神不濟，性喜貪睡，常常睡到日上三竿才起來。

原本這個時候，畫眉等人是絕不敢打擾的，但此事不同往常，她小心地在床邊喚了幾聲，待佟佳氏略微睜開一條眼縫，方小聲道：「主子，四爺回來了。」

「當真？」原本在半夢半醒中的佟佳氏聽得這話立時精神一振，示意畫眉扶她起來。光滑的錦衾在滑落時，露出白色寢衣下微隆的腹部，屋中日夜皆燒著炭盆，是以並不覺寒冷。

「奴婢怎敢騙主子，千真萬確呢！」畫眉一臉笑意地說著，將一個彈花軟枕塞在佟佳氏身後，又命人取來一套色澤明豔的緋紅撚金刺繡旗裝道：「奴婢伺候您起身。」

手指在錦衣上撫著，佟佳氏搖頭道：「去將櫃中那套月白底色暗繡水仙花的旗裝取來。」

畫眉一怔，小聲道：「主子臉色不好，若再穿那套衣裳，會顯得更……」

「更蒼白是嗎？」佟佳氏收回手指，覆在自己略有些瘦削的臉上。「如此才正好，等了這麼久不就是為了等這一天嗎？不容有失！」

禁足多月，孕中憂思之人，又怎適合花枝招展的打扮，素雅柔弱方才能激起男人的保護欲。這是她起復的唯一機會，必須要把握住。

畫眉點頭，按著佟佳氏的吩咐替她換上那套素淨至極的衣裳。她不施脂粉，髮髻間亦只插了一支最簡單的素銀簪子，越發顯得楚楚可憐。

佟佳氏站在銅鏡前仔細端詳了自己幾眼，確認沒有錯漏後，方才扶著畫眉的手到案桌前坐下，那裡攤著一本抄了一半的《金剛經》。

佟佳氏目中掠過一絲厭惡。這佛經日日抄寫，枯燥無味，她恨不得一把撕了這些惹人厭煩的經書。

只是再恨，現在都只能暫時忍耐。在抄了近半個時辰後，佟佳氏方才停下筆揉一揉發瘦的手腕。恰好蕭兒端了安胎藥來，畫眉接過後試了試碗壁的溫度，見溫涼正好，方才遞予佟佳氏。「主子先喝藥。」

佟佳氏接在手中卻不喝，而是問：「讓人看過了嗎？」

「主子放心，長壽拿了陳太醫昨日開的藥方去問過數位大夫，都說是安胎的良方，並無異常。」

聽得畫眉的答覆，佟佳氏點頭，叮囑道：「陳太醫開的每一服藥都要先問過三名大夫以上才可以煎服。他始終是嫡福晉的人，與咱們說不上一條心，不能掉以輕心。這孩子我好不容易才得來，若不明不白被弄了，可是後悔莫及。」

「奴婢記下了。」畫眉答應一聲又有些疑惑地道：「嫡福晉既然已經答應幫主子重新得回王爺寵幸，當不至於再加害主子吧？」

佟佳氏冷笑一聲，取下與衣裳同色的帕子拭一拭脣邊的藥汁，道：「人心隔肚皮，尋常人尚且不能相信，何況是嫡福晉這個老謀深算的女人。我投靠她是想起復；而她助我，也不過是因為覺得獨自一人難以對付鈕祜祿氏，想找個幫手罷了。利益之下，豈有真心可言。妳且看著，鈕祜祿氏一死，嫡福晉第一個要對付的人就是我，還有我腹中的孩兒。所以，千萬不能掉以輕心。」

「是，奴婢以後一定加倍小心。」畫眉與蕭兒相互看了一眼，皆從對方神色中看到冷意。此時才曉得她們之前將事情想得太簡單了，以為投靠了嫡福晉這棵大樹就好在樹蔭下乘涼，卻原來可以相信的唯有自己這些人。

稍稍說幾句後，佟佳氏又將精神放在謄抄經書上，然一直抄到晌午時分都不見胤禛身影，饒是以佟佳氏的心機也不禁有些耐不住氣，頻頻催促畫眉去外頭看看。

又等了一會兒，外頭終於有腳步聲響起。佟佳氏心中一喜，趕緊斂了喜色，低頭神色寧靜地謄寫著經文。

「奴婢給嫡福晉請安，嫡福晉吉祥。」畫眉與蕭兒的聲音先後在佟佳氏耳畔響起。

嫡福晉？不是胤禛嗎？佟佳氏疑惑地抬起頭，映入眼裡的赫然是嫡福晉那拉氏。

她不敢怠慢，忙放下手中的狼毫筆，起身繞過案桌，不待她屈膝，那拉氏已命翡翠扶住她，親切地道：「妳有孕在身，不必多禮，坐下吧。」

「是。」佟佳氏謙恭地答應一聲，然一直等到那拉氏落座後，她方才斜著身子坐下，小心翼翼地看了那拉氏一眼，欲言又止。

那拉氏睨著在自己面前似乎永遠謹小慎微的佟佳氏，和顏悅色地道：「我知道妳想問什麼，不過王爺今兒個怕是不會過來了。」

佟佳氏神色微微一變，十指一下子收緊，憂聲道：「可是王爺不願見我嗎？若連這個孩子都不能拉回胤禛的心，那她的境況可就當真有些不妙了。

「我就是怕妳胡思亂想，所以才來這一趟。」那拉氏撥弄著指上的鏨金蓮紋鑲紅寶石戒指。「放心吧，王爺知道妳有了孩子甚是高興，只是臨時出了些要緊事，這不又趕著進宮去了。」

聽得她這麼說，佟佳氏心中一鬆，緩緩鬆開緊握的十指，面帶好奇地道：「妾身能否斗膽問一句是出了何事，令王爺剛回府就要入宮。」

「這話怕只有鈕祜祿氏才能回答得了。」那拉氏嘆了口氣，放下捧在手中的青花茶盞，起身走至案桌前一頁頁翻看著謄抄工整的經書，略帶憂意的聲音自那張好看的絳唇中逸出：「妳也知道，王爺的事從不避忌她，這份信任可真真讓人羨慕。」

她話音剛落，佟佳氏已在椅中欠身，肅然道：「王府之中唯一可當起王爺這份信任之人，應是嫡福晉才是。」

笑意在那拉氏眼中一閃而逝，回過身溫言道：「我也是隨口說說罷了，不必當真。妳是有身子的人，自己小心著些，這蘭馨館缺什麼、少什麼就派人告訴我，千萬莫要委屈了自己與腹中孩兒。」

佟佳氏大是感激，不顧那拉氏的勸阻，倚著椅子跪下泣然道：「能得嫡福晉如此垂憐，實在是妾身與孩兒幾世修來的福氣！妾身無以為報，唯有以此身相侍嫡福晉。」

「妳我親如姊妹，無須客氣，快快起來。若跪傷了妳腹中孩兒，王爺責問起來，我可擔待不起。」

在那拉氏的示意下，畫眉與蕭兒一邊一個將佟佳氏扶起來。

又說了一陣子後，那拉氏起身道：「出來這麼久我也該回去了，不然弘時下課回來尋不見我這個額娘該急了。放心吧，王爺早晚會來看妳的，不必急於一時。這個……終歸是王爺的孩子，他不會漠視不理的，若尋到合適的時機，我也會幫妳與王爺說的，且安心將養著吧。」戴著玳瑁護甲的手輕輕撫過佟佳氏月白旗裝下的小腹，感覺到指下肌膚驟然縮緊，一絲無聲的冷笑在心底蔓延。

「多謝嫡福晉關懷，妾身感激不盡。」直至那拉氏走得不見人影，佟佳氏方才輕吁一口氣，手緊緊護著腹部。適才她分明感覺到那拉氏對她腹中孩兒有強烈的殺意，面對這個女人，真是片刻都不能掉以輕心。

冬日的夜色落下得特別早，晚膳剛端來，外頭已經一片漆黑，更有沙沙的聲音響起。畫眉只出去了一會兒，再回來時身上都溼了，卻是下雨了。

佟佳氏胃口不佳，加上懷孕之後，廚房做的菜多以清淡為主，於是只吃了幾口便命人將晚膳撤下去。畫眉見狀道：「要不，奴婢去給主子做一個糖醋脆皮豆腐來，前幾日主子不是說起過想吃嗎？」

「也好。」佟佳氏點點頭。在畫眉出去後，她靜靜站在糊有朝鮮國所進貢窗紙的雕花木窗前，不知在想什麼。

直至身後有腳步聲響起，她方回過頭來，待看清身後的人影時，她整個人愣在原地，良久不敢置信的驚喜聲音響起：「四爺！」

來人正是胤禛。他回府後記著那拉氏與自己說起的事，猶豫再三，終是來了蘭馨館。隨著佟佳氏的轉身，果然看到她小腹微微凸起。

不待胤禛說話，她已經展開雙手，撲入胤禛懷裡，略有些寬大的袖子猶如振翅欲飛的白鳥。「四爺，您離開的這一百零九天，妾身每一日都在想您。還有腹中孩兒，他與妾身一般，每日都盼著能見到阿瑪。」

化下來。

「嗯，我回來了。」在聽到「孩子」二字時，胤禛原本有些僵硬的身子慢慢軟化下來。

佟佳氏自他懷中抬起頭，淚眼婆娑地道：「這些日子妾身一直在害怕，害怕四爺再也不見妾身。四爺，妾身真的知錯了，妾身發誓絕對不會再有下次，求您原諒妾身好不好？」

睇視著那張像極了納蘭湄兒的臉龐，胤禛嘆了口氣，撫去她滴落臉頰的淚水，道：「只此一次，下不為例！」

言下之意，卻是原諒了佟佳氏。她歡喜地連連點頭。「嗯，妾身保證絕沒有下次。」倚著胤禛寬闊的胸膛，她終於放下了心。孩子——果然是最好用的手段，怪不得深宮也好，府院也好，每一個女子都盼著能有一兒半女傍身。

第二百七十五章　難阻其復

翌日一早起來，凌若一邊對著銅鏡戴上銀流蘇耳墜，一邊聽李衛稟報著昨夜的事。對於胤禛至蘭馨館她並不意外，孩子永遠是深宅大院中女子能握住的最有利武器。看葉氏，當年犯了那麼大的錯，胤禛依然網開一面饒她不死，直至弘時身上的傷被發現才賜其自盡。

唯一令她在意的是時間點上的巧合，佟佳氏剛被胤禛禁足，下一刻就發現自己有了身孕，若非上天眷顧到了極點，就是……

她正想得入神，突然看到銅鏡中的一隻手正將一支從未見過的赤金雙鳳綴紫晶步搖插在烏髮如雲的髻上。步搖上，雙鳳展翅欲飛，鳳口中各銜了一顆鮮紅欲滴的珊瑚珠子；珠絡則是用打磨成圓珠的上好紫晶串成，長及肩胛，每一步動靜之間皆有玲瓏剔透的光芒折射出來，極是好看。

這是哪裡來的步搖？凌若輕「咦」一聲，回頭望去，卻發現站在自己身後的人不知何時從墨玉換成了胤禛，那步搖正是他插上去的。

「四爺！」凌若輕呼一聲，待要起身，卻被那雙手牢牢按在座上，耳邊更傳來胤禛溫和的聲音。

「坐著吧。」待凌若依言坐好後，他睇視著鏡中眉目如畫的凌若，微笑道：「如何，喜歡這支步搖嗎？」

鏡中女子側頭，步搖的珠絡因她這個動步而叮噹作響，下一刻嫣然的笑意浮上臉頰。「四爺給的，妾身自然喜歡。只是四爺好端端的怎麼賞這麼名貴的首飾給妾身？」紫晶不難尋，但像髮間這支步搖所用的近乎無雜質的紫晶卻極為少見，且還是打磨成同樣大小的珠子，必然價值不菲。

「我賞東西給自己的女人還需要理由嗎？」胤禛似笑非笑地說著。

手指在紫晶上撫過，於那份冰冷中，凌若笑意不減地道：「賞東西自然不需要理由，不過……妾身就怕四爺是想借東西來堵住妾身的嘴。」

胤禛劍眉一挑，接過墨玉遞來的君山銀針，在椅中坐下道：「哦？有什麼事值得我費這麼大勁來堵呢？」

凌若轉過身望著那雙清明的眸子，慢慢垂下頭去把玩著繡有風信子圖案的帕子，輕聲道：「四爺心裡清楚，又何必讓妾身再說一遍呢。」話音婉轉之餘，卻也有無言的傷感在流轉，令人心下惻然。

「是因為梨落？」見凌若低頭不語，胤禛曉得她是默認了，遂放下透著重重暖意的茶盞，輕嘆一聲，捏著凌若握著帕子的手道：「若兒，我知道妳還在氣梨落當時那樣待妳。只是昨日蓮意的話妳也聽到了，梨落如今懷著孩子，於情於理我都該去看一看。何況這些日子來她足不出戶，常抄佛經，可見對昔日之事深有悔意，妳又何必執著不放？」

儘管在得知佟佳氏懷孕的消息時，她就已經知道這個女人必將再次起復，成為名副其實的側福晉，但親耳從胤禛口中聽到，心裡依然一陣陣發苦。對佟佳氏，對那張臉，胤禛始終留情許多。

等了許久都不見她答話，胤禛眉眼間湧起些許不悅，冷聲道：「那依著妳，該怎麼辦？是否一輩子都不相見，也不管他們母子兩人，由著他們在蘭馨館自生自滅？」

這句話無疑是極重的，凌若終於抬起頭來，卻帶著幾分狡黠的笑意道：「在四爺心目中，妾身就是這樣一個小心眼的女子嗎？」

胤禛一怔，片刻之後已是明白過來，含笑刮了一下凌若嬌嫩如初綻花瓣的臉頰，道：「好妳個膽大包天的丫頭，居然敢這般戲弄我。」

凌若抿脣笑道：「妾身可不敢，是四爺自己想當然耳呢。」

「這麼說來，妳是放下了？」胤禛盯著她問道。

凌若握住胤禛停留在頰邊的手掌，徐聲道：「四爺也說了，佟福晉對昔日之事悔意甚深。古人都說：知錯能改，善莫大焉。妾身又怎會執著於過去不放呢？何況這次隨四爺去外頭走了這麼大一圈，縱然心裡再有什麼，也都放下了。」

她的回答令胤禛舒展雙眉，長笑道：「好吧，是我以小人之心度若兒君子之腹了，我在這裡向妳賠個不是。不過也是妳自己說我拿步搖堵妳的嘴，所以我才會誤解的。」

「四爺自己一人去看佟福晉卻不叫妾身一道去，妾身自然要生氣。不過……」她目光微微一轉，撫著垂至肩胛的珠絡，促狹地笑道：「看在這支步搖的分上，妾身就大人有大量，原諒四爺吧。」

「妳這牙尖嘴利的丫頭，真是說不過妳。」胤禛搖搖頭，不過眼中全是寵溺的笑。「這支步搖早在離京前我就已經讓人打造了，今兒個一早才送來。原是想給妳個驚喜，現在可倒好，成賠罪的了，半點好處也沒要到，可真是得不償失。」

笑鬧過後，凌若問其入宮情況如何，胤禛將大概情形講了一遍，臨了嘆道：「我已經盡力了，卻不曉得皇阿瑪會如何處置。」

他是人，而非神，做到這一步已是極限，動盪不可避免，只盼自己與胤祥能在這場變化中保住自身。

凌若聞言，倚入他懷中，柔聲安慰道：「不管怎麼說，四爺與十三爺這次都是立了大功，功過相抵，應不會有事的。」

「但願如此吧！」胤禛閉目擁著懷中幽香若蘭的身子，不再言語，然眉宇間的愁色卻揮之不去。只要康熙態度一天不明，他就一天不能真正安心。

在胤禛離開後，凌若見外面天色晴好，只地上尚有昨夜下雨留下的溼意，遂命墨玉取來暗紫妝錦大氅披在身上，又捧了套有香色絨布的純銀暖手爐在手中，緩步往瓜爾佳氏所在的悅錦樓行去。

到了那邊，恰好溫如言也在裡頭說話。溫如言看到她進來，招手示意其坐到身邊，並笑道：「正與雲妹妹說妳什麼時候會來呢，這不剛說完就到了。」

凌若將大氅解下，挨著溫如言坐下道：「二位姊姊在說什麼呢？」

「還能有什麼。」溫如言抿了口茶，蛾眉深鎖地道：「如今府中傳得最沸沸揚揚的，莫不就是佟佳氏腹中那塊肉。要說她們瞞得也真好，直至王爺回府才說出來，此前可是半點風聲都沒有。」

第二百七十六章　二廢太子

瓜爾佳氏接過話道：「要說半點風聲都沒有也不盡然，自前兩月起，原本早就斷了的燕窩、人參又開始往蘭馨館送。我當時就覺得有些奇怪，只是這佟佳氏從不踏出蘭馨館，無從查起，直到如今才總算明白過來。」

凌若撥弄著手中已經有些涼的純銀暖手爐，徐徐道：「她們有心隱瞞，自然難以察覺。」

「我聽說昨兒個夜裡，王爺已經去過蘭馨館了？」溫如言小聲問道，待見凌若點頭，不無擔心地道：「王爺待她本就已是處處寬容，傅從之一事中這麼害妳也只是將她禁足了事，連位分都沒降，若再讓她生下孩子來，這地位就更穩當無虞了。往後想再動她，只怕會比眼下更難百倍。」

長而透明的指甲落在青花纏枝的盞蓋上，發出「叮」的一聲清響，瓜爾佳氏道：「孩子到底要再六個月才能生下來，只要一日沒生下來，就一日只是一塊人形的肉罷了；即便生下來也還有死的呢，年福晉那孩子就是最好的例子。她不過是這懷孕時機湊得極好，恰巧可以令她擺脫眼前的困境罷了。與之相比，我倒更擔心她與那拉氏那隱隱約約的結盟。一個佟佳氏已經夠難對付的了，再加一個那拉氏，虎與狼聯手，吃起人來可是連骨頭都不吐。」

「她們一個是嫡福晉，一個是側福晉，咱們……始終是有些被動了。」話雖如此，但一時間溫如言亦沒什麼對策。畢竟她們在胤禛面前的寵愛並不多，若無意外，一個庶福晉就已經是到頭了。

其實最好的辦法，就是凌若生下一男半女。以如今胤禛對她的寵愛，只要生下孩子，側福晉之位當是觸手可及。只是這孩子卻不是想有就能有的，而且凌若第一個孩子生而即死，不論死後追封多少尊榮，都難以真正治癒她心中那道血淋淋的傷口，再提及只會觸動她心中的痛。是以，溫如言隱而不語，只盼凌若將來能有兒女環膝的福氣。

康熙四十八年終於在徹夜絢爛的煙火中過去了，而這也是太子在毓慶宮過的最後一個年。就在康熙四十九年正月過後，康熙突召文武大臣於乾清宮，議太子之罪。

地下兵器庫、枉顧君父、意圖謀反，這些事串在一起，終於令康熙不準備再姑息太子。百官聽到李德全唸出的書信內容都駭然失色，太子更是驚慌莫名，驚慌是因此罪一旦落實，他莫說太子之位，連人頭都不一定保得住，但什麼書信，什麼地下兵器庫，他根本一無所知。

除了書信，還有龍袍和杭州知府千里送來的密摺，所有矛頭都指向太子。太子縱有百口亦難辯，只能跪地反覆泣辯自身清白，然他的話在這些東西面前蒼白至極。

至於唯一知道真相的三人，兩個有口難言，另一個則根本不會替太子說話。

胤禩此刻正漠然地看著跪地惶恐不安的太子，杭州那個費了百萬兩銀子建成的地下兵器庫被發現了固然有些可惜，不過能將太子拉下馬，也算沒白打水漂。

當了三十多年的太子，二哥也該是時候退位讓賢了，只可惜自己坐不上去。只是他也不會退的，既然踏上這條路，除非死，否則絕不退讓！

在一陣凝重到令人窒息的沉默後，康熙終於做出了令太子絕望的決定。

二阿哥胤礽狂疾益增，暴戾僭越，欲行大逆之事；怙惡不悛，毫無可望；廢其太子之位，此生永禁宗人府中。

「皇阿瑪，不要！不要！」胤礽惶恐地大叫。雖然康熙留了他一條命，但是永禁宗人府啊，那種暗無天日的生活他已經過夠了，一刻都不願再回去。「您相信兒臣，兒臣是清白的，兒臣對天發誓絕沒有謀反之心，是老十三誣陷兒臣，他才是那個要謀害皇阿瑪的人，肯乞皇阿瑪明鑑！」

康熙站在御階上，垂目相視，眸中有難言的痛楚。今日廢太子，最心痛的人是他，為著這一天，他已經連著數夜難以闔眼。「胤礽，直到現在你都沒有任何悔意嗎？」

「悔意？我不曾做過又何來的悔意！皇阿瑪，您為什麼不信兒臣，兒臣真是被小人陷害的啊！兒臣什麼都沒做過！」胤礽聲嘶力竭地叫著，彷彿要藉此來證明自己的清白。

有侍衛上殿，要帶他下去，無奈胤礽根本不讓他們近身，反而一把握住胤祥惡狠狠道：「說，為什麼要害我！我有什麼地方對不起你！」見胤祥不說話，他心中越發恨毒，一拳砸在胤祥臉上，把胤祥打得一個踉蹌猶不肯罷手，衝上去一拳接一拳地打著，口中大罵：「你這個賤人生的賤種，要不是有我，你能披著這身皮站在這裡？要不是我，你早不知被發配到哪裡去了！現在居然這樣害我，我殺了你！」

聽得「賤人」、「賤種」這幾個字，原本默默忍受的胤祥倏然抬頭怒聲道：「你罵我可以，不許辱我額娘！」

「我就罵怎麼樣，賤人生的賤種！不只罵你，我還要殺了你！」胤礽知道自己此生無望，乾脆破罐子破摔。既然要死，就把胤祥也拉上，這個賤種這般害自己，怎麼也不能讓他好過。

誰都沒想到兩位阿哥會動起手來，一時間乾清宮亂成一團，勸聲四起，但兩人根本聽不進去，依舊扭打成一團。

「十三弟住手！」胤禛用力拉住胤祥，擋著他不讓他再與胤礽扭打。只是胤禛還沒勸下胤祥，一個拳頭已重重擊在他太陽穴上，當即打得他兩眼發花、面如金紙，身子一下子搖搖晃晃起來，竟是站立不住！

「四哥你怎麼樣了？」胤祥顧不得與胤礽扯打，一把扶住被胤礽襲擊的胤禛。太陽穴是頭部最脆弱的地方，打擊此處，輕者昏厥，重則殞命，實在是非同小可。

胤禛此刻昏昏沉沉，哪裡回答得了他的話；而康熙早已在他被打中的時候，喝命侍衛強行制住胤礽，使得殿上的混亂得已控制。

康熙看了發狂似的胤礽一眼，痛心疾首地揮手道：「將二阿哥帶到宗人府好生看管，二阿哥福晉同送入宗人府之外，毓慶宮一干人等皆入辛者庫！」

至此，二阿哥胤礽二立二廢，最終還是擺脫不了廢太子這個下場；而大清帝國的儲君也在這場動盪中空虛，無數阿哥都將炙熱的目光對準這個位置。

第二百七十七章　紫禁

胤禛並未聽到康熙對胤礽的處置，因為他已經在一陣強過一陣的暈眩中失去意識，等再醒過來時，他發現自己躺在床榻上，而百官與太子等人早不見蹤影。

「姊姊，四爺醒了。」

耳邊傳來女子歡悅的聲音，卻是伊蘭。

自己被送回府了嗎？待眼睛逐漸適應屋中的明亮後，胤禛側目望去，只見凌若與伊蘭正一臉憂心地看著自己。

「四爺感覺如何？頭還暈嗎？」凌若關切地問著，自擺在床邊紫檀木雕童子圖小几上的梅花甕中取出一直溫在裡面的藥，遞到胤禛嘴邊。

那廂伊蘭已經知機地扶起胤禛，並取了幾個軟墊放在他身後。「太醫說四爺一醒就立刻服藥，有安神益腦之用。」

被她這麼一說，胤禛果然感覺太陽穴依然隱隱作痛，接過藥一口飲盡；在將藥碗遞還給凌若時，他目光順勢打量一下屋內的陳設，發現自己並不在府中，反倒有些像養心殿。

凌若看到他眼中的疑惑，軟聲道：「這是養心殿的西暖閣，四爺在乾清宮暈了之後，皇上命人將您抬到這裡來醫治，隨後又傳嫡福晉與妾身來這裡伺候四爺，至於伊蘭……」她頗有些無奈地道：「這丫頭聽得四爺出事，急得不得了，非央著要一道來不可。虧得李公公通融，讓她以侍女的身分跟了進來。」

胤禛撫著額頭，低聲道：「蓮意人呢？」

「嫡福晉去送德妃娘娘了。知道四爺出事，德妃娘娘擔心不已，在這裡坐了許久，剛剛才走。」凌若正說著話，門開了，卻是那拉氏進來。

看到胤禛平安無事醒來，那拉氏歡喜得雙手合十，迭聲說著佛祖保佑。

「太子的事後來怎麼樣了？」

在得知胤礽被廢太子、禁宗人府之後，胤禛一陣沉默，不過這也是在意料之中的事。之後他又問及胤祥，不想這次凌若與那拉氏不約而同地沉默下來。

這個態度令胤禛不安，一再追問，方知胤祥始終是被廢太子的事牽連了。就在康熙下旨廢除胤礽太子位後沒多久，再次下旨，削奪胤祥貝勒爵位，囚禁於十三阿哥府，無令不得釋。

這件事從發生到現在不足一日工夫，然因茲事體大，關乎朝廷大計，早已傳遍了朝野內外，連凌若等人亦有耳聞。

聽到這裡，胤禛反倒鬆了口氣，只是圈禁而已，應是不幸中的大幸了。康熙四十七年，胤礽第一次被廢太子的時候，胤祥也被圈禁過，不久就被放出來，這次想來也不會圈禁太久。

胤禛做夢也想不到，這一次，胤祥會足足被圈禁十二年之久，直至康熙駕崩的那一天……

出宮的時候，凌若意外碰到了被押離毓慶宮的太子妃石氏。大冬天，她只穿一件香灰色的棉衣，一應華衣珠飾都被除下，冷風中凍得瑟瑟發抖，卻還被不住催著快走。

想來在今日之前，身為太子妃的石氏絕對沒想到自己會有這般落魄的時候吧。昔日康熙雖廢太子，卻未將她趕出毓慶宮，依舊許她居於宮中。

太子倒了，依附於太子的石氏也將舉族皆傾。僅僅在六年前，一個石重德，將凌柱幾乎逼得無路可走；也是在六年前，石氏慫恿榮貴妃將凌若自秀女名冊中剔除，將她貶至胤禛府中為格格。

而如今，凌若已是深得雍親王寵愛的庶福晉，石氏卻成了廢妃，真是三十年河東，三十年河西。

在經過石氏身側時，凌若並沒有停下來看她一眼，因為此時已經完全沒有意義了。經此一劫，胤礽永不可能起復，石氏將會在宗人府過完她淒涼的後半生。

紫禁依舊，毓慶依舊，只是少了兩個人而已。

「姊姊，皇宮可真大，比咱們府還要大好多倍呢！」在回來的馬車上，伊蘭興奮地說著。因為她是跟著凌若來的，所以不能由著她走，從金水橋入宮後，就一路奔著養心殿來，饒是如此，皇宮的華美莊嚴也依舊令她嘆為觀止。

此刻，車中只有她與凌若兩人，胤禛與那拉氏乘在另一輛馬車上。

「皇宮自是大的，否則也不會被稱為紫禁城，它是城中之城。」凌若微笑著解釋。自上次之後，伊蘭的性子改善許多，不再似以前那般驕縱妄為，至少在面對凌若時如此。姊妹之間親近了不少，倒有些像以前還在家中的時候，這個改變令凌若欣慰。

「說到這個，蘭兒，妳今年就該參加選秀了。」一直以來，凌若都覺得伊蘭尚小，然不知不覺間，她已經十四歲，是個大姑娘了。

聽到這個，伊蘭神色一動，收回目光，低低道：「姊姊，我不想入宮。」

重簷黃瓦的紫禁城固然好，可是那裡的主人卻是已入垂暮之年的老人，足足比她大了四十餘歲。日日與這樣一個長滿老人斑的老人相處，縱宮殿再華美亦是了無樂趣，而且指不定他什麼時候就龍馭賓天，到時候，自己沒當幾年妃子就成寡婦了。

與之相比，年輕俊美的胤禛自然更合自己心意。何況，早在數年前，她就已經發過誓，此生一定要嫁給胤禛，成為雍王府的女主人！

不過這些話，此刻的她是絕對不會與凌若說的，她還要靠這個姊姊一步步達成目的。

凌若哪知伊蘭這麼多心思，只道她是不願嫁入宮廷，受那規矩約束，撫著她飽滿如天邊明月的臉頰，柔聲道：「姊姊也不想妳入宮，放心，在大選之時，姊姊一定設法求皇上替妳指一門好親事。」

「多謝姊姊。」伊蘭開心地攀住凌若的脖子。不入宮才是最要緊的，至於留在雍王府的事可以慢慢再想辦法。

凌若微笑著摟緊了這個與她流著相同血液的妹妹，在不住轉動的車轂轆中，回到了雍王府。

胤禛的頭尚有些不舒服，所以一回院，狗兒立即扶了他回鏤雲開月館休息，那拉氏與凌若則回了各自院中。

剛到淨思居，守在門口的李衛與小路子便立刻迎上來打了個千兒，隨後擁著她們往正堂走。許是天黑的緣故，又許是跟在後面的李衛步子邁得大了些，竟然一不小心踩到伊蘭的繡鞋，若非凌若扶了她一把，少不得要摔倒。

第二百七十八章 隔閡

「奴才該死！」

雖然李衛即刻垂首請罪，但伊蘭仍是惱怒不已。好不容易按捺了怒氣進到屋中，不想李衛遞過來的茶又燙得令她握不住，她將茶盞重重往桌上一摜，握住微紅的手指惱道：「你今日是怎麼做事的，心不在焉，連走個路、端個茶都不會。」

「奴才這就去換一杯！」李衛低著頭正要將茶端下去，卻被伊蘭喝止。

「不必了，我怕你再端一杯來又該涼了，讓小路子去沏。」

「小衛子，你怎麼了？」凌若見他神色不對，遂問了一句。

聽到這話，李衛眼圈微微一紅，哽咽道：「回主子的話，剛才奴才跟平日一樣去餵小黑的時候，發現牠死了。」小黑是李衛平日養的一隻狗，已經有大半年了，頗通人性，李衛很是喜歡。只是不知為何，從前幾日起小黑就病懨懨地整日趴著，也沒什麼胃口。

「我道是什麼了不得的大事，原來是一隻狗！」伊蘭嗤笑道：「狗死了，你就這樣失魂落魄，連差事也不好好當，那下次再死一隻貓、一隻老鼠，是否就該整日以淚洗面，什麼事也不用做了？」李衛三番四次惹到她，此刻挑起他的刺來，自是不會客氣分毫。

往常伊蘭若這般說，李衛必不會反駁，然這次不知怎的，竟一臉正色地道：「小黑在二小姐眼中自算不得什麼，可是奴才養了牠這麼久，雖是畜生也有感情。而今牠突然死了，奴才難道連傷心難過的資格也沒有嗎？」

對於李衛的大膽，伊蘭一陣冷笑，轉頭道：「姊姊，妳聽到了，我只不過訓他兩句就平白惹出他這麼多話來，且言詞間分明是在說我冷漠無情，不懂得體諒他。」見凌若不語，她又道：「姊姊，我知道妳素來厚待下人，只是今夜李衛明明犯了錯，還要砌詞頂嘴，卻是萬萬不能姑息，否則若人人都學他這樣，這淨思居豈不是亂套了。」

凌若聽著伊蘭的話似也覺得有幾分道理，當下眸光一冷，對李衛道：「聽到二小姐的話了？自己去外面跪著好好反省吧，沒我的話不許起來。」

此言一出，墨玉等人皆是吃驚不已。往常二小姐若對他們有所不滿，主子必是幫著他們的，可今兒個怎麼反了過來？

再說，李衛犯的只是小錯，不過是被二小姐拿著作文章罷了，需要罰跪那麼嚴重嗎？再說李衛自從上回挨過年福晉打後，身子就一直不曾大好，這樣冷的天跪著，少不得又要生病了。

「主子……」水秀想勸，卻被淩若一個眼神瞪了回來。

「誰若勸，就跟他一道去外頭跪著。」

這話一出，再沒人敢出聲，只能對李衛抱以同情的目光。

李衛低頭出去，什麼也沒說。門開的剎那，有冷風自外面灌了進來，繞著屋中打了幾個圈，即便隔著紗罩，依然吹得燭光一陣搖曳晃動。

李衛默默地走到院中跪下，任冷風從露在外面的脖子灌入，渾身凍得冰涼徹骨，卻只一動不動地跪著。

不知過了多久，有人將一件厚衣裳披在他身上，他抬眼望去，卻是水秀。她嘆了口氣，從懷中取出用油紙包的一個雞腿和饅頭，遞給他道：「知道你沒吃晚餐，所以從廚房要了些東西給你，將就著吃些墊墊肚子。放心吧，主子和二小姐都已經睡下了，不會有人發現的。」

儘管腹中已餓得不行，但李衛依然倔強地將頭別開。「妳拿走吧，我不想吃。」

「我知道你心中委屈，只是再怎樣也不能與身子過不去。至於主子……」水秀一下子也不知該說什麼是好，只能道：「她不過是一時生氣罷了，等氣過了就好了。」

「是嗎？」李衛搖搖頭，露出愴然的笑容。「一直以來我都忠心事主，為了主子幾次三番連命都不要，只因為她將咱們當人看，對咱們好；可是結果呢？原來也是與旁人一般，奴才只是奴才而已，任打任罵，像條狗一樣。」

「你在說什麼啊？」水秀聽得一陣蹙眉。雖說主子這次責罰李衛是有些青紅不分，但也不至於像他說的這般嚴重。

「我說什麼，妳聽不懂嗎？」李衛嗤笑，清秀的臉龐在黑暗中扭曲似鬼。「妳看看我，被年氏打，被含香打，被火燒，這都是為了誰？還不都是為了咱們那位好主子，可是結果呢？結果是我被罰跪在這裡挨餓受凍，一切只因為我頂撞了那位二小姐幾句！」

水秀默然，在這件事上她對凌若也頗有幾分怨言。二小姐是什麼樣的人，他們都瞧得一清二楚，自私自利，甚至為了自己而幫著佟佳氏害主子。這樣的人，主子容她至今也就算了，畢竟是親妹妹，可如今竟還這般不分對錯地袒護她。

「算了，不要多想了，主子的事輪不到咱們管。」她的安慰並不能平息李衛心中的委屈與不甘，忿忿吐出一句驚人之話：「這樣的主子，不跟也罷！」

「噓！」水秀慌得連忙捂住他的嘴，低聲道：「不要亂說話，萬一讓主子聽到，你就甭想再起來。」

李衛冷笑一聲，直到水秀離開，都沒有再說什麼，唯獨那雙眸子，在黑暗中幽幽熒熒。

這一年的春天來得特別晚，往日三月已是草長鶯飛、春風和煦，如今卻依舊寒瘆人。就在這樣一個寒涼的春天，狗兒來辭別凌若，卻是河南之地有一個小縣的縣丞出缺。胤禛和吏部打過招呼了，讓他頂這個缺，過幾天就要去上任。

其實各府阿哥都有讓自己門人外放做官的事，年羹堯就是一個最好的例子。三阿哥、八阿哥他們都有不少門人在外頭做官，有的甚至已經做到封疆大吏。

雖然只是一個小小的八品官，那點微薄的俸祿根本不能與在雍王府當差所得的銀子相提並論。但那是官，一個有品級的官，天下多少學子十年寒窗苦讀不輟，就是為了踏上仕途。

第二百七十九章　開店

狗兒跟在胤禛身邊多年，機靈好學，而且識文斷字，如今得胤禛抬舉，外放為官，將來前途不可限量。

聽完狗兒的話，凌若也替他高興。「你儘管安心去上任，阿意我會好好照料，斷不讓她受一點兒委屈。等將來你安頓好了，若阿意願意，你也可以將她接過去，」

「有福晉這句話，奴才就安心了。」狗兒鬆了口氣。外放為官，對他自是天大的好機會，唯一不放心的就是阿意。原想著將阿意一道帶去，但是一來路途遙遠，二來那邊是什麼情況也不知道，自己孤身一人再帶妹妹，難免有所不便。

目光掃過面帶羨慕的李衛等人，凌若說道：「你既是要出任為官，這名兒該改一個才是，否則堂堂縣丞卻叫狗兒，豈不讓人笑話。」

狗兒笑道：「昨日裡，四爺已經賜了奴才一個名。奴才本家姓張，所以四爺賜名叫張成。」

「如此甚好，你能有今日全賴四爺栽培抬舉，往後更該忠心侍主才是。」

如此又說了幾句後，狗兒，哦，現在該叫張成了，方才離開淨思居回去準備行裝。

直到張成走得不見人影，李衛方才收回羨慕的目光，抬眼恰好看到凌若正望著他，忙垂下頭。

自上次被責罰後，李衛在凌若面前沉默許多，唯有凌若叫他或差遣他的時候才會答應幾聲，但是做起事來卻不再像以前那麼細心穩重，有時候很簡單的事也會辦砸，令得凌若對他多有不滿。墨玉等人勸過李衛好幾次，可惜他根本聽不進耳，依然我行我素。

就在張成走後不久，阿意走了進來。得知哥哥要放任為官，她頗為高興，之後凌若問起傅從之的事。

荒廟一把火，毀了傅從之的雙眼，讓他從此不能視物。凌若本想讓他指證佟佳氏，無奈最後胤禛寬恕了佟佳氏，令傅從之變成了無用的棄子。

凌若原打算給他一筆銀子，讓他回家去，然傅從之說他早已沒了家人，要繼續留在京城。他說自己雖雙目不能視物，但記性好，又會算術，可以幫毛氏兄弟他們打理生意，恰好凌若那陣子想做香料生意，便讓他留下來。

之後她就隨胤禛去了杭州，再回來時，聽聞寄賣的香料已漸漸有了起色。水月調出來的香粉清雅不俗，頗受那些小姐們喜愛，經常讓人來買。

毛氏兄弟見有賺頭，一合計乾脆自己賣吧，於是勒緊褲腰帶，從手中不多的銀子裡撥出一大半，在附近尋了間最便宜的店面租下。店名就叫六合齋，以賣香粉為主，也搭著賣一些首飾、扇絹一類的物件。

原本毛大是想請人來打理這店，然後讓傅從之在店裡算算帳，哪知傅從之不只記性好，鼻子也極靈，這麼多香粉擺在一起，他竟能從中分辨出每一盒香粉，並準確無誤地遞給客人，比他們眼睛沒問題的人還要好使。

所以他們後來乾脆把請人的錢省了下來，讓傅從之專門負責六合齋的生意，不過因為他眼睛不便的緣故，阿意一直留下來與他一道打理。凌若回來後，也默許了這事，沒有令阿意回來，只讓她過一段時間就回來匯稟一次。

「六合齋開了幾個月，如今已經漸漸有了生意，每日都能賣出好幾瓶香粉；不過經常有客人說，咱們店裡除了香粉之外就沒旁的可以用在身上的東西，他們還要到別的店裡再去買，頗為不便。」

凌若一邊聽一邊點頭。女子除了香粉外，還需胭脂、唇脂、妝粉、畫眉墨等等，如今店中只得香粉一種確實太過單一，在脂粉店眾多的京城很難真正立足。問了水月，她說製這些東西的法子她都知道一點兒，卻不全，何況一個人也沒法子做這麼多東西。

凌若想了想，對阿意道：「等會兒將我這個月的例銀拿去給毛大他們，讓他們設法請一個有能耐的製香師過來。一來可以做些香粉以外的東西擺在店裡，二來也可以讓他幫著水月將祖上傳下來的殘方設法補全。當初六合齋既能聞名京城，必有其過人之處，即便只是還原一二，也夠咱們受用的了。」

沒有銀子，很多關係、人脈便不能去搭建。銀子不是萬能，但沒有銀子是萬萬不能的。如今既然有這麼一條可能的財路，凌若自然要試一試。

「至於傅從之……」她纖指一點下巴道：「他既有這麼靈敏的嗅覺天賦，就莫要浪費了，幫著聞聞哪種花草調在裡面會更吸引人。」待阿意答應後，她又道：「不過傅從之此人妳還是要注意看著點兒，我怕他對佟佳氏餘情未了，若當真如此，此人便是咱們的禍害，萬萬留不得。」

「奴婢謹記。」阿意咬一咬脣，小聲道：「奴婢能不能去見一見哥哥？」張成這一去少不得要三年五載，即便他安頓好後讓人來接阿意，也不是短時間的事。從未與張成長久分開，阿意難免心中不捨。

凌若溫然一笑。「去吧，記著別讓太多人瞧見了。」

「哎！」阿意高興地答應一聲，踩著輕盈的步伐快步離去。走到院中時，一縷陽光從雲層中灑落，恰好照在阿意臉上，春天的陽光令她臉上那塊紅疤瞧起來沒那麼明顯。

看到阿意戴在鬢邊的紫色小花，凌若無聲地嘆了口氣。阿意本是一個正值青春年華的女孩，卻因當初葉氏作孽，使得她臉如陰陽，至今未嫁，實在令人遺憾。

隨著這縷陽光，雲層漸漸散開，大片大片淺金的陽光灑落下來，暖和溫煦，終於開始有了一絲春天的氣息。

院中的瑞香、山茶、牡丹等花樹從花房搬來這裡已經好一陣子，之前天色未晴，所以瞧著不明顯，如今看著卻有些殘敗之色。

凌若揚臉道：「小衛子，將這些花搬回花房去，然後再搬幾盆開得好的過來。」

「只有奴才一人嗎？」李衛看著庭院中少說十數盆的花樹，問道。

凌若深深看了他一眼，道：「我遣小路子去辦一些事，等辦好了再讓他過來幫你。」

「不必勞煩了，既然主子想讓奴才一人搬，那奴才搬就是了！」李衛牙縫中迸出這句話後，便轉身去了外面。

墨玉見凌若面色不善，忙岔開話題：「主子，適才高管家送了幾匹裁新衣的料子來，顏色、花紋都極是好看，您要不要去瞧瞧？」

凌若緩緩收回目光，落在墨玉臉上道：「我待你們不好嗎？」

墨玉聽著她語氣不對，連忙跪下道：「主子待奴婢們恩重如山，奴婢愧不能報！」隨她一道跪下的還有水秀等人。

凌若折了插在雙耳彩紋花瓶中的一朵白玉蘭在手。「既不曾薄待，李衛為何這般怨氣沖天，好似我虧欠了他一般？」

水月聞言忙磕了個頭道：「李衛糊塗，主子莫與他一般見識，奴婢們皆會勸他向主子認錯的。」

「認錯？」凌若嗤笑著扯下一片花瓣，任由它飄零於地，撚一撚沾了花汁的手指，冷冷道：「只怕他嘴上認了，心裡不認。」

「一直以來，在你們當中，我最看重、最信任的就是李衛，如今看來卻是錯了。只為一點小事就負氣任性至此，他當不得這份信任、倚重。」說到此處，她一展袖，面容微冷地道：「罷了，隨他去吧，哪怕將來他要離開這淨思居也由得他。」

跪在地上的墨玉幾人聽到這話皆是神色一凜。聽主子這意思，李衛若再不服管教，大有將他逐出去的意思。

這……這可如何是好。原本這些年來一直都好好的，怎麼從杭州回來後就變了？不論是主子還是李衛，都變得跟以前不太一樣了。

第二百八十章　花房管事

李衛將栽種各種花樹的花盆搬到花房中，花房管事孫大由看到他來，忙迎上去笑道：「唷，怎麼勞李哥兒你親自把花盆搬來了，要搬什麼、抬什麼，跟我說一聲，我讓人去搬不就行了。」

「不敢！主子說上次送去的花樹有些殘敗了，讓我都搬過來，再拿開得正好的搬過去。」李衛沒好氣地回話，手中的花盆放下後轉身就要走，卻被孫大由拉住。

「行了、行了，你身子一直不好，搬個幾盆還行，但淨思居少說也有十幾二十盆，這一來一回地搬，非要脫層皮不可。快坐下歇會兒，我讓人去搬就是了。」

說罷，孫大由叫來兩個小廝，指使道：「你們兩個趕緊幫著李哥兒去淨思居將花盆都搬過來，記著動作俐落些，別擾了凌福晉。」待他們出去後，又倒了杯茶給還站在原地的李衛，笑呵呵地道：「李哥兒這是怎麼了，怎麼瞧著一肚子都是氣？若是我孫大由有什麼得罪的地方，我在這裡給你賠個不是。」

李衛臉色好看了一些，在椅中坐下後道：「與你無關，是……」李衛猶豫了一下終是沒說出口。

見李衛欲言又止，孫大由眼珠子一轉，試探道：「可是因為凌福晉？」

「唉。」李衛搖搖頭，捧著溫熱的茶盞坐在椅中發呆。

看到他這樣，孫大由哪還有不明白的道理，拍拍他的肩膀道：「行了，也別不高興了，誰讓咱們是奴才呢？主子說什麼就是什麼，根本容不得咱們說個不字。說句不好聽的話，咱們就是主子身邊的一條狗！不過我比你又好些，謀了個花房管事的差事，不必整日在主子們眼皮子底下提心吊膽，雖說有時候也頗為煩心，但還算輕鬆自在。」

孫大由這句話像是說到李衛心坎裡了，他澀聲道：「誰說不是呢？以前我總當主子跟其他主子不同，所以一直以來對她都是死心塌地、唯命是從。不說別的，就是我這身子也是為她才被人打壞的。可臨到頭才知道，原來天下烏鴉皆是一般黑，需要你時，和顏悅色；不需要時，棄如敝屣，實在令人心寒！」李衛越說越生氣，端起還有些燙口的茶「咕咚咕咚」喝盡。

「好主子也是有的，只是李哥兒你沒遇到罷了。譬如說我……」孫大由攤了攤手道：「你道我這花房管事是怎麼來的，還不是全靠之前的主子寬厚仁和。」

李衛打量他一眼，倒是記得這孫大由前年才當了這花房管事。「我記得你之前是伺候佟福晉的。」

「呵，李哥兒記性真好，其實我只伺候過佟福晉一年多，不像長壽他們是一直跟在佟福晉身邊。後來這花房管事因病死了，福晉見我對花花草草有些了解，便向王爺舉薦我來了這裡，也算是謀了份好差事。」

「佟福晉……她待你們很好吧？」李衛將信將疑地看著他，依他自己對佟佳氏的了解，這女子便是一個蛇蠍美人。

孫大由眯眼笑了笑道：「我知道你在想什麼，咱們頭上那些主子為了爭奪王爺的寵愛，一個個都是神仙過海，各顯神通。孰對孰錯，咱們這些做奴才的就不說了，但是佟福晉對自己人那真的沒話說，絕對好過你跟的那位。」

聽到最後這句，李衛就跟洩了氣的皮球一樣，什麼精神也沒了，只愣愣地看著一盆剛從暖房裡搬出來的花卉發呆。

「咱們這一輩子都只能做奴才嗎？」許久，李衛忽地迸出這麼一句話來。

正在修剪花枝的孫大由心中一動，目光不著痕跡地從李衛身上掃過，將剪落的殘枝掃到一處，故作隨意地道：「那也不盡然，你瞧瞧人家張成，不是被王爺外放到河南去做官了嗎？別看一個小小八品縣丞，好歹是父母官，那些平民百姓看到了都要下跪行禮；而且既然當了官，又有王爺這麼個主子，還怕升遷無望嗎？」說到此處，他又壓低了聲道：「年福晉的哥哥年羹堯就是一個活生生的例子，昔日跟王爺回京之後，遷內閣學士不說，還升了四川巡撫，那可是封疆大吏啊！最要緊的是他還不到三十歲呢，以後指不定會爬到什麼位置！」

第二百八十一章 弘時

「可惜咱們沒讀過什麼書，出去了只能給主子丟臉，不然也可以去弄個一官半職混混。」說完這句，孫大由似想到什麼，瞧著李衛道：「哎，李哥兒，我記得你唸過書，識文斷字，還寫得一手好字是不是？」

見李衛點頭，他更來勁了，興奮地道：「那你趕緊回去跟你家主子說幾句好話，讓她幫你在王爺面前討討情，哪裡有缺了，讓你也去當個縣丞什麼的。」

李衛目光一亮，但很快又黯淡下來，失落地道：「沒用的，主子根本不將我們這些人放在心裡，又怎肯費這個勁，還是少做白日夢了。」

「這樣啊。」孫大由搓一搓手，湊到李衛耳邊小聲道：「說句實誠話，咱們做奴才的被人呼來喝去已經夠可憐了，正因為這樣，咱們才更要為自己打算。既然這個主子不好，何不考慮……換一個主子呢？」

李衛嚇了一跳，忙道：「孫管事，飯可以亂吃，話可不能亂講，若傳出來，咱們兩人都沒好果子吃。」

「只要你不說、我不說，能傳到哪裡去？我所說的一切可都是為了李哥兒你好，至於聽不聽得進去就是你的事了。人不為己，天誅地滅！」

李衛被他說得一陣意動，然很快又苦笑道：「縱然我有這個心，可是身上早已被打了淨思居的烙印，哪個主子又會要我。」

「那就要看你自己了。」孫大由意味深長地看了他一眼，話說到這分上已經夠了，若李衛還不明白，那他就是一個蠢材。

之後李衛和孫大由都沒有再說話，直至兩個小廝搬完所有花盆進來覆命，而此時孫大由也將那盆花修剪完了，放下手中的剪子笑道：「行了，李哥兒，你回去看看，若還缺了什麼儘管來告訴我，我立馬讓人給你送去。」

李衛連忙起身道：「今日多虧孫大哥幫忙，我李衛感激不盡，往後這什麼哥兒的千萬別叫了。」

孫大由想了想道：「得，那往後我託大，喊你一聲老弟吧。記得，有什麼不開心的事儘管來跟哥哥說，我這裡還有藏了多年的好酒沒喝呢。」

「一定！」李衛笑著告辭。大步離開的他，並沒有看到身後孫大由漸漸轉冷的目光。

從花房出來，經過花苑時，李衛意外看到了弘時。弘時正蹲在花苑中玩耍，奇怪的是，旁邊竟沒看到奶娘和下人。

「時阿哥，您在做什麼？這個時候您不是應該在學堂上課嗎？」

李衛的聲音似乎嚇到了弘時，他一下子跳起來，待看清只有李衛一人時，連忙拉了他一道蹲下，小手捂著李衛的嘴，道：「噓，小聲點兒，不可以讓人知道我在這裡。」

李衛瞪大了眼道：「時阿哥，您是不是從學堂裡偷偷跑出來的？」

穿著紫紅團福小袍、小靴的弘時噘著小嘴道：「我才沒有偷跑呢，是先生他自己打瞌睡了我才出來的。」說到這裡，他又不高興地道：「每天聽先生上課，真是無趣得緊，偏生嫡額娘又說必須得去。」

「嫡福晉也是為了時阿哥您好。」李衛低頭看到弘時跟前被撬得坑坑窪窪的地面，還有旁邊沾滿泥土的木棍，感到奇怪地道：「時阿哥在做什麼？」

弘時一聽到這個，立時來了精神，從身後拿出一個小瓷瓶獻寶似地遞給李衛。

李衛打開蓋子一看，竟是一條條互相纏繞在一起的蚯蚓，他奇道：「時阿哥，您抓這麼多蚯蚓做什麼？」

「治病啊！」弘時開心地說著。「嫡額娘這兩天嗓子總是不舒服，疼得很，連聲音也啞了，吃了太醫開的藥也沒用。有一次我聽下人說，他家裡人有一回也是喉嚨痛，沒錢吃藥，後來抓了蚯蚓煎水服用，沒幾天就好了，所以我要抓很多的蚯蚓回去給嫡額娘治病。」

「時阿哥真是一片孝心。」李衛這般說了一句，又道：「只是您這樣偷偷一個人跑出來，嫡福晉若是知道了必然擔心不已。」

「嫡額娘這個時候都在午睡，不會發現的。」弘時偷偷地笑著，像隻偷了腥的小貓，黑亮的眼珠子轉了幾圈道：「乾脆你也幫我一起挖蚯蚓吧，多挖一些！」

沒等李衛說話，外頭隱隱約約有聲音傳來，仔細聽了一會兒，發現竟是找弘時的，當中還有那拉氏的聲音。

「嫡額娘？」弘時也聽到了，連忙站起來，透過與他差不多高的花木望出去，果見那拉氏帶了含元居的人正在四處尋找。

「主子，時阿哥在那裡呢。」不等弘時出聲，三福已經眼尖地看到了花木縫隙間那身熟悉的紫紅色小衣。

「弘時！」那拉氏神色一喜，忙不迭地踩著足有三寸高的花盆底鞋快步走了過來，撥開草木一看，果然是弘時，激動地一把抱住他。「我的兒啊，可算是找到你了，可知嫡額娘有多擔心。」

站在一旁的李衛見狀，趕緊起身朝那拉氏行了個禮。那拉氏睨了他一眼，皺眉道：「你怎麼也在這裡？」那拉氏的聲音正如弘時所說，有些沙啞。

「奴才路過這裡，恰巧遇上時阿哥。」李衛感覺到那拉氏有些不悅的情緒，連忙恭謹地答著。

那拉氏淡淡地應了一聲，將弘時拉開些，放下心來的她沉著臉問：「我讓你隨先生好生讀書習字，你為何趁先生睡著偷偷從學堂跑出來？」

「孩兒是想……」

弘時剛說了幾個字，那拉氏已經看到他手裡的瓷瓶，拿過後看到裡面成團的蚯蚓，蛾眉深蹙，嫌惡地道：「你不在課堂唸書，跑到這裡，就是為了抓這些東西玩？」

弘時連忙仰頭替自己辯解：「孩兒不是玩，這些蚯蚓——」

「蚯蚓怎麼了，還能教你學問不成？」那拉氏根本不給他解釋的機會，隨手將瓷瓶遠遠甩出去。「我與你說過很多次，學問是最要緊的，一定要認真聽先生教導。你知道嫡額娘尋了多少位先生，才尋到這位學富五車的來教你讀書嗎？可你偏偏頑劣不堪，每次功課都是勉強過關，如今更蹺課，是想把嫡額娘氣死嗎？」

第二百八十二章　醉酒

「孩兒知錯了！」弘時委屈地低下頭，淚水在眼眶裡打轉。那些蚯蚓他挖了很久才挖到，本想給嫡額娘治病，哪知嫡額娘會生這麼大的氣。

「主子息怒。」翡翠在一旁勸道：「時阿哥畢竟還年幼，貪玩是天性，在所難免，等大些就好了。」

「貪玩貪玩！若喜歡玩，那儘管去玩個夠，我以後都不管就是了！」那拉氏原本被吵了午睡，心情就不怎麼好，如今更是氣得不願再說話。

弘時還是頭一次見那拉氏生這麼大的氣，心裡害怕，走上去小心翼翼地扯了扯那拉氏的袖子，道：「嫡額娘，孩兒錯了，您莫要生氣了，孩兒保證以後都不會貪玩了，一定好好聽先生講課。」

他哀求許久，直至眼淚都下來了，那拉氏才肯再次看他，神情依然發冷。「回去後將千字文從頭到尾抄寫一遍，沒抄完不許睡覺。」

「孩兒知道了，孩兒以後一定乖乖聽嫡額娘的話。」弘時趕緊答應，那小模樣瞧著當真讓人心疼。

那拉氏面色稍霽，點點頭，在翡翠的攙扶下拉了弘時的手離開了花苑。

李衛在後面搖了搖頭，走到先前瓶子落地的附近，一陣翻找後，在草叢中找到了那個瓶子。不過落地的時候，蓋子鬆了，裡面的蚯蚓趁此機會都爬了出來，弘時的一番孝心可算是白費了。

嫡福晉對時阿哥的要求可真是高，才五歲而已，便要他如大人一般，循規蹈矩，日日埋頭苦讀，比對以前的世子還要嚴格數分。

就在李衛離開後不久，一個身影從大樹後閃了出來，慢慢走到他們適才所站的地方。在這個人的懷中，還抱著一隻渾身雪白的貓。

這麼一耽擱，李衛回到淨思居時已近黃昏。剛一進院子，人還沒站穩呢，就被猛地往邊上一扯，定睛一看卻是墨玉。他略有些不滿地拉著被抽皺的衣裳道：「妳扯我做什麼？」

「我還沒問你呢，這麼久的工夫你都跑哪裡去了，為什麼搬花盆的人變成了花房小廝？」墨玉等了李衛一下午，好不容易逮到他，哪裡肯放。

李衛不以為然地道：「我到了花房後，孫管事說他會派人替我搬，所以我就在他那裡坐了一會兒，不是連這也有問題吧？」

「有沒有問題我不知道，但主子下午已經問過你好幾次了，此刻正在裡面坐著，你進去後說話小心些，別再惹主子不高興了。」

墨玉好心提醒，哪想李衛卻是一陣皺眉，推開她，大步往正堂走去。

進得正堂，凌若正執著一本《春秋》靜靜看著。瞥見李衛進來，她眉目一凝，「啪」的一聲將書冊往桌上重重一放，冷然道：「還知道回來嗎？」

「奴才不明白主子的意思。」李衛一進來就被責問，乾脆連禮都不行了。

「這一下午，你人都在哪裡？為何只見花房小廝在搬花盆？」

凌若毫不留情的質問讓李衛的聲音不自覺冷了下來，硬邦邦地道：「適才去花房時，與花房管事聊了幾句，之後他說會派人來將淨思居的花盆盡數換走，所以奴才就在他那裡多坐了一會兒，是否連這樣也不行，主子！」

跟著進來的墨玉聽他一出口就帶著濃濃的火藥味，心知要不好。

果然凌若已經柳眉倒豎，喝斥道：「你眼中還有我這個主子嗎？明明自己做錯了事，還如此理直氣壯。」

「奴才沒錯，是主子看奴才不順眼，所以才處處挑奴才的不是罷了。」李衛梗著脖子道：「若主子真看不慣奴才的話，盡可將奴才趕出去！」

「好！好！好！」凌若氣急反笑，連說了三個「好」字。「總算是說出心裡話了。歸根結柢，你是嫌淨思居太小，容不下你這尊大佛是嗎？」說罷她揚手，指著敞開的門大聲道：「你若想走，儘管走就是，沒人會攔你。但是踏出了這扇門，從今往後，你就別想再回來！」

「走就走！」李衛也是個倔性子，竟然真的要離開，嚇得墨玉和水秀一人一邊趕緊拉住他。

墨玉更是斥道：「你在說什麼糊塗話，還不快跟主子賠個不是！」

不等李衛說話，凌若已漠然道：「不必了，他的賠罪我受不起。」說罷拂袖而去，不給李衛任何說話的機會。

下一刻，李衛冷哼一聲，掙開墨玉兩人的手往外走去，留下墨玉與水秀面面相覷，皆是嘆了口氣。這麼多年都好好的，怎麼轉眼間就成了這副模樣？

李衛離開淨思居後，竟尋不到一處地方可去，左思右想，乾脆去了花房。雖說他與孫大由今日才算熟悉，但能說上幾句話的也就他了。

孫大由雖然覺著有些奇怪，但仍是熱情地拉了他一道喝酒。酒過三巡，方才知道李衛生氣的原因，竟是因為自己讓人替他搬花盆這等小事，對他甚是同情。

李衛心情不好，這酒像水一樣，一杯接著一杯往喉嚨裡灌，這樣的灌法即便酒量再好也受不住，很快便趴在桌上，嘴裡唸唸有詞，不知在說些什麼。

見李衛酒醉不醒，孫大由將端到嘴邊的酒杯又放回桌上，走過去推了推李衛，喚道：「老弟？老弟？喝醒了的話我扶你去床上歇息。」

「我沒醉。」李衛在半醉半醒間聽到孫大由的聲音，抬起頭，醉眼矇矓地道：「我……我還要喝……咱們今天晚上……嗝——不醉不歸！」他一邊打著酒嗝一邊摸索著酒杯，準備再與孫大由喝。

看到李衛這個樣子，孫大由知道他是真醉了，遂放下心來問：「老弟，你主子當真對你如此不好嗎？」

「廢話……她若對我好的話，我……哪還用得著來你這裡喝酒？主子……」李衛用力揮著手，將桌上的杯盞掃落在地。「是我有眼無珠，跟了她這種主子！有眼無珠啊！」

說著，李衛竟然哭了起來，一個大男人伏案痛哭，無比傷心。

第二百八十三章　誘惑

想要聽到某個人的真話，最好的辦法就是將他灌醉，酒後才會吐真言。

孫大由之前雖然與李衛說了許多，但心裡總有些懷疑，是否一切只是鈕祜祿氏與李衛演的一場假裝反目的戲碼，實則另有所圖？是以剛才李衛悶頭喝酒時，他不僅未勸，還不住倒酒，就是想見見李衛喝醉後的真實反應。

他嘴角無聲無息地彎起，露出一個滿意的笑容。一直以來，主子設法讓他找的棋子終於找到了，他要趕緊將這個好消息告訴主子才行。

彼時佟佳氏已經有七個月身孕，大腹便便，身子不再如以前那般輕盈；尤其是腹部，一躺下去就覺得呼吸困難，倒還是坐著輕鬆一些，是以每日都睡得極晚。孫大由來的時候，她正坐在椅中裁著一件小衣。

佟佳氏靜靜聽完孫大由的敘述，眉目輕抬道：「這麼說來，鈕祜祿氏與李衛果然生了嫌隙？」

「是。」孫大由肯定地道：「其實奴才先前就聽說過他們不合的消息，只是沒敢確定。這次是湊巧，一番試探之下才知道是鈕祜祿氏袒護親妹妹，寒了李衛的心。」歇了歇又道：「奴才觀李衛此人心高氣傲，並不甘於做一輩子的奴才。」

「不做奴才想做主子不成？」佟佳氏吃吃一笑，鋒利的銀剪子沿著事先描好的線剪下，帶出錦緞被剪開時的細微聲響。「有欲望的人才好控制，李衛……再看幾日，若確定沒什麼問題就好好拉攏他。他不是羨慕張成外放為官嗎？告訴他，只要忠心辦事，我絕不會如鈕祜祿氏那般虧待他，必設法替他謀個一官半職。」

「嗻！」孫大由趕緊答應，諂笑道：「奴才哪怕肝腦塗地也一定替主子辦好這件事。」

佟佳氏滿意地看了他一眼，對畫眉道：「去將前幾日嫡福晉賞的那把玉如意拿來給他。」

「多謝主子。」孫大由大喜過望，忙不迭地叩頭謝恩。

「好生辦著差事，往後自有你的好處，去吧。」

在孫大由千恩萬謝地離開後，佟佳氏冷笑一聲，放下銀剪子走到朱色長窗前，手在窗欞上微一用力，長窗應聲而開，隨之望向淨思居，朱脣緩緩凝起一絲笑容。

翌日，李衛自宿醉中醒來，頭痛欲裂，掙扎起身後發現自己在一個陌生的房間。至於他怎麼來到這裡，竟是一點印象都沒有，只記得昨夜與孫大由一起喝了很多酒，接著就不省人事了。

他正撫額，有人開門走了進來，卻是孫大由，手裡還端著碗什麼東西。看到李衛醒轉，孫大由高興地道：「老弟醒了就好，趕緊把這碗醒酒茶喝了。」

「這裡是老哥的房間？」李衛忍著一陣陣的頭痛將醒酒茶喝完後問道。

「可不是嘛，昨夜你喝得路都不會走，我只好把你安置在這裡過一夜。」說到此處，孫大由有些擔心地道：「希望你那位主子不會因為你一夜未歸而找你的麻煩。」

說到凌若，李衛露出諷刺的笑容，滿不在乎地道：「隨她吧，左右她已經看我不順眼很久，這麼些年的主僕情分也該到盡頭了。同是做奴才，大不了換一個主子。實在不行，就跟著老哥在這花房做事，能混口飯吃，餓不死就行。」

孫大由拍拍李衛略有些單薄的肩膀，頗為嚴肅地道：「既然你叫我一聲老哥，那老哥就與你說句推心置腹的話。以你的能力與頭腦，做個奴才實在太可惜。」

李衛一愣，旋即苦笑道：「老哥，你是在與我開玩笑嗎？像我這種人不做奴才還能做什麼，當官嗎？可不是人人都有張成的命。」

「誰說你沒有！」孫大由正色道：「命在自己手裡，是要像一堆爛泥一樣糊不上牆，還是出人頭地，就看你自己是什麼意思！」

李衛聽出他話中有話，忙問：「老哥有什麼話儘管直說，此處只有你我二人，我保證絕不會有第三人知曉。」

孫大由微微一笑，並不急著說話，而是倒了杯已經冰涼的茶給自己，慢慢抿了一口方道：「佟福晉很賞識你。」

李衛驀然抬眼，有掩飾不住的驚意在眼底。「你……你是說……」

「我始終是那句話，人不為己，天誅地滅。」孫大由壓低聲音道：「佟福晉說過，老弟不是池中物，只是欠缺一個機會罷了，如今她願意給你這個機會，只看老弟願不願意去把握。」

李衛低下頭，目光閃爍不定，顯然正在進行激烈的天人交戰。

「金鱗豈是池中物，一遇風雲便化龍。老弟，這可是關乎一輩子的大事，想清楚了再回答，千萬別等將來再後悔。」孫大由語重心長地說著。

「佟福晉想讓我背叛鈕祜祿氏？」這一刻，李衛沒有再稱凌若為主子，顯然心裡已經被說動。

孫大由瞇眼道：「她不仁在先，你不義也是理所當然的，怎麼能說是背叛呢？」

李衛目光一動，異樣的光彩漸漸在眼中凝聚，用力一拍桌子，看著被震得跳起來的茶盞，朝孫大由伸出手，一字一句道：「不錯，既然鈕祜祿氏不仁就休怪我不義。老哥，該怎麼辦，你說個章程出來，一切全聽你的。」

「好！我果然沒看錯人！」李衛的話令孫大由極是高興，用力握住李衛伸過來的手，大聲道：「往後咱們兄弟同進共退，有福同享，有難同當！」

在這番近乎結盟的對話後，李衛離開了，回去的地方依然是淨思居，但這一次他伺候的主子不再是凌若，而是佟佳氏。

第二百八十四章　墨玉

三月末的春天終於開始透出了幾重暖意，淨思居院中的兩株櫻花樹也花團錦簇，芬芳柔軟，不時可見粉白的花瓣從樹梢落下，鋪落一地錦繡繁華。櫻花樹間的鞦韆更成了靈汐與伊蘭最喜愛的地方，經常一個盪著鞦韆、一個在後面推，盪到最高處時，腳甚至可以踢到樹上的櫻花。

她們兩人年紀相近，又常在一起說話，一直頗為要好。靈汐的性子溫婉寧靜，不像她額娘那般精於算計，是以凌若對靈汐頗為憐惜，特意讓人做了可以供兩個人一道坐的鞦韆讓她們玩耍。

「高一些！再高一些！呵呵！」

這日，伊蘭與靈汐一道坐在鞦韆上，水秀與水月則一邊一個推著。鞦韆盪起，她們長長的裙裾在半空中劃過一道優美弧度，飄飄欲仙，恍如要乘風歸去。

伊蘭不時讓水秀她們推得再用力一些，每每盪到最高處，她都伸出穿著軟底繡鞋的玉足去踢樹梢的櫻花，或深或淺的花瓣如雨一般落下，銀鈴似的笑聲在風中飛揚。

凌若坐在庭院中一邊看書一邊喝茶，不時抬頭瞧一眼笑鬧無忌的女孩們。待茶喝得只剩下半盞後，她隨手往旁邊一遞道：「墨玉，去續些茶水來。」

「墨玉？」凌若等了許久都不見墨玉接過，心下奇怪，側目望去，卻見墨玉正站在那裡發呆。墨玉神色怔忡，思緒不知飄去了哪裡。

凌若見狀，搖搖頭，茶盞放下後又喚了她幾聲，墨玉這才如夢初醒地道：「主子，您叫奴婢？」

「是不是又在想十三爺了？」凌若心疼地看著她。這丫頭明明心裡喜歡得緊，可這些年，愣是憋著沒讓胤祥知道半個字。

墨玉幽幽地嘆了口氣。「十三爺性子灑脫不羈，最受不得拘束，如今被圈禁在府中不得自由，必定難受得很。上次奴婢在宗人府看到十三爺的時候，他人就瘦了許多，也憔悴了。」

「別太擔心了，十三爺是皇上親子，過些時日就會放出來的，何況這次還有十三福晉陪著，不會有事的。」凌若正安慰著墨玉，忽聽得靈汐喚了聲「阿瑪」，忙循聲看去，果見胤禛站在院中。

「四爺！」凌若迎上去行了個禮，剛一起身就發現胤禛面色鬱鬱，似有心事。

「妳們自去玩吧，我與妳凌姨娘說些事。」如此與靈汐她們說了一句後，胤禛攜了凌若到正堂坐下。

正堂中插著剛折下來的玉蘭花，香氣宜人。凌若接過墨玉遞來的白玉茶盞，親手奉與胤禛。「四爺，可是出什麼事了？」

胤禛用盞蓋慢慢撇著浮在茶水上的沫子卻不喝，良久，他沉沉道：「老十三的嫡福晉去了……」

凌若震驚，忙問：「出什麼事了？怎的好端端說沒就沒了？那孩子呢？」兆佳氏與佟佳氏差不多是同時懷孕的，此刻應也有七個月的身孕。

「都沒了。」胤禛黯然搖頭，將未曾動過的茶盞往桌上一放，道：「自胤祥被禁足後，府中僕人去了大半，只留下少數幾個，所以一些活計免不了要自己做。兆佳氏在一次浣衣中不慎摔了一跤，動了胎氣。原本是不至於死的，可是十三阿哥府被禁，任何人無御令都不得出入，自然也沒法子請大夫。」

「那就這麼不管？」凌若難以置信。胤祥儘管被廢、被禁，終歸還是皇帝的兒子。

「聽說老十三當時急得都要打人了，那些人才答應入宮稟報，然後再請太醫來。」胤禛沉沉說道。

「人命關天，他們這一來一回不知要耽擱多少時間，哪還來得及？」凌若當時也是七個月動了胎氣早產，虧得瓜爾佳氏請了大夫來，才保住她的命。

「是啊，等他們回稟了皇阿瑪再帶太醫回來時，已經太晚了。孩子沒了不說，還出大紅，沒過多久兆佳氏就去了。聽進去的人說，床褥已經被鮮血浸透了，滿眼所見，皆是刺目的紅色。」

凌若澀然無語，良久才道：「十三爺怎麼樣了？」

「他能如何？」胤禛長嘆一聲，仰頭望著頂上描金的圖案道：「縱然再痛苦，兆佳氏與孩子都回不來了啊。」

雖然胤祥對兆佳氏沒有刻骨銘心的愛戀，但畢竟是夫妻，眼睜睜看著自己的女人和孩子由生到死，怎麼承受得了！

「這件事皇上知道了嗎？他有沒有說放十三爺出來？」

「沒有，皇阿瑪只說將兆佳氏以皇子嫡福晉禮下葬，其他的什麼也沒說。」胤禛揉一揉皺了一日的眉頭道：「我也曾去求過皇阿瑪，但是他老人家沒有應允。我有種感覺，十三弟這次怕是要禁足很久。」

「四爺！」默然聽了許久的墨玉突然走到胤禛面前，跪下磕了個頭，泣聲道：「奴婢想去十三阿哥府，求四爺成全。」

胤禛詫異地看著垂淚不止的墨玉。聽了凌若的解釋，才知道原來墨玉這丫頭已經默默喜歡胤祥多年，如今要去十三阿哥府陪伴胤祥，也算是有情有義。

想到這裡，胤禛的臉色好看了些許，睇視著墨玉嬌小的身子，道：「皇阿瑪讓我這幾天在內務府擇幾個能幹的人送到十三阿哥府去做事，將妳安插在裡頭不是不可以，只是妳要想清楚，一旦進了那裡，想再出來就不容易了。說句難聽的話，有可能一輩子都被困在裡面，抬頭仰望的永遠是那一片狹小的天空。」

墨玉仰起頭，臉上掛著羞澀但堅定的笑意。「只要能陪著十三爺，哪怕奴婢失去所有，永墜黑暗地獄也願意，何況還能有仰望天空的機會。求四爺賜奴婢這份福氣，奴婢這一輩子都會感念四爺的大恩大德！」

胤禛微微動容，對凌若道：「墨玉是妳的丫頭，是去是留，由妳來定。」

第二百八十五章　離別

聽到這話，墨玉緊張地看著凌若，唯恐她不答應。凌若憐惜地看了她半晌，道：「妾身如果不答應，只怕這丫頭要怨妾身一輩子了。」

墨玉知道她這是同意了，忙磕頭叩謝。「多謝四爺成全，多謝主子成全！」

「起來吧。」凌若親自扶起她，執帕拭去墨玉臉上的淚。「不要哭了，既然選擇了這條路，不論苦難與否都要堅強勇敢地走下去，眼淚解決不了任何問題。」

「嗯。」墨玉拚命點頭，哽咽道：「不論奴婢去到哪裡，您都是奴婢的主子，奴婢每一日都會在佛前乞求保佑主子福壽安康。」

凌若忍著眼中的酸澀，道：「行了，妳下去吧，把該交代的事都交代好，還有妳爹娘那邊也記得說一聲，往後怕是很久時間都不得見了。」

墨玉含淚答應。在她離開後，凌若終於忍不住落下淚來。胤禛看出她心裡的難過，抬手撫去她臉上的溼潤，凝視道：「既然捨不得，為何還要答應她？」

凌若握住他寬厚修長的手。「天下哪有不散的筵席，終歸是要分開的，既然這是墨玉自己的心願，妾身就該成全。」

「無不散的筵席嗎？」胤禛喃喃重複了一句，忽地反握住凌若的手，那麼用力，似要將這隻手融進身體一般。他眼中有幽暗如磷火的光芒在閃爍。「那麼若兒呢，會在這筵席散去時離開我嗎？」

「不會！」凌若想也不想便道：「妾身這一輩子都不會離開四爺，除非四爺不要妾身，又或者妾身死了。」

在聽到「死」字時，胤禛心裡竟有些惶恐，起身將凌若抱在懷中，一字一句道：「我不會不要妳，更不會讓妳死在我之前。此生此世，妳都註定要做我的女人！」

凌若沒有說話，只是靜靜地抱著胤禛。滄海桑田，白雲蒼狗，哪怕這個世界不復存在，她都不會離開身邊這個男人！

四月初一，整個淨思居都沉浸在傷感之中，因為墨玉要走了，離開雍王府，隨那些從內務府挑出來的人一道去十三阿哥府。

與墨玉感情最要好的水秀與水月，自從知道這件事以後就哭了好幾次，昨夜更是一夜未眠，與墨玉聊至天亮，盼著時間過得慢些再慢些。

「墨玉，妳一定要去嗎？」水秀緊緊拉著墨玉的手。

墨玉心中也是萬分不捨，嘴裡卻還是安慰道：「別哭了，我又不是一去不回，指不定明日皇上就下旨放了十三爺，到時我又與妳們在一起了。」

她不說還好，一說水秀更傷心，眼淚不住地往下落。她們整日跟在凌若身邊，多少知道皇上根本沒有放十三阿哥的想法，想再見墨玉也不知要等到何年何月。

「記著每日清晨都要趕在太陽出來前收集花葉上的露珠，主子最喜歡喝用露水泡出來的茶；還有茶沖好之後一定要立刻蓋起來，這樣茶葉的香氣才不會散掉。」墨玉又叮嚀幾句後，走到紅著眼的小路子和李衛面前，哽咽道：「我要走了，你們都保重，若有機會，我一定回來看你們。」

「墨玉，妳那邊能收信嗎？要是可以的話，以後我們寫信給妳吧？」

墨玉「噗哧」一笑道：「你認識的字還沒我多呢，怎麼寫啊？而且信想來也送不進十三阿哥府，還是別費這個勁了。」說完，她將目光轉向李衛，重重嘆了口氣道：「以前咱們這些人當中，最讓人放心的是你，現在最不讓人放心的也是你。你啊，聽我一句勸，莫要再跟主子置氣了。」

「妳有空還是先擔心妳自己吧。」李衛似不願說這個，轉過話題道：「衣裳有沒有帶夠？這一去不知要多久，厚衣裳也帶著一些，免得到時候冷了。」

感覺到李衛的關心，墨玉心裡一暖，拍著身上幾個大包袱道：「放心吧，都帶齊了。」旋即又正色道：「李衛，替我好好照顧主子，千萬不要對主子有任何不忠之心，否則我一定不會放過你！」

李衛有些不自在地推一推她道：「行了、行了，哪來這麼多話，快走吧。否則錯過了時辰，入不了十三阿哥府可別怪我們。」

「記住了啊！」墨玉不放心地又說了一遍，方才與他們依依揮手作別。

水秀兩人泣不成聲。此去經年，再相見不知要等到何時……

墨玉跟了內務府來的太監往外走去，在即將踏出淨思居的時候，她忽地停住腳步道：「這位公公能否稍等片刻，容我與主子去道個別。」說著，從袖中取出幾兩碎銀子塞在太監手中。

「真是麻煩。」太監雖有些不耐煩，但瞧在銀子的分上還是道：「去吧，不過快些啊，咱家還趕著去覆命呢。」

墨玉答應一聲，轉身恰好看到站在櫻花樹下的凌若正靜靜望著自己，櫻花漫天，不時隨風落下，圍繞在她身周。

「主子！」墨玉輕呼一聲，跑過去含悲跪在凌若面前，泣不成聲。

「傻丫頭，怎麼又哭了，忘了我說過的話嗎？」凌若儘管心裡也不好受，但依然笑著說道。

「奴婢記得，奴婢不哭。」墨玉連忙抹去臉上的淚，強忍了哭意道：「主子，您怪不怪奴婢當時自作主張？」

凌若撫著她臉龐，澀然道：「我若怪妳就不會站在這裡了，我只是有些捨不得妳啊！」墨玉是第一個伴在她身邊的人，風風雨雨走過整整六年，終於到了要分開的時候，她好生不捨。

不等墨玉說話，她已道：「去了那邊，好生照顧自己與十三爺，若是有什麼解決不了的事就想法子通知我，我會盡力幫妳。」

「奴婢會的。主子自己也要保重，奴婢希望下次回來的時候，主子身邊能多一個小阿哥或小格格。」墨玉故作輕鬆地說著，藉此掩飾心裡濃濃的不捨。

凌若一直將墨玉送到雍王府門口，看她隨太監遠去，方才忍著心裡的空落落轉身回府。在路經花苑時，正好遇到了在那裡散步的佟佳氏。

凌若本不欲與她多言，行了禮便準備離開，無奈佟佳氏阻了她的路，笑吟吟道：「姊姊這是從哪裡來啊？」

第二百八十六章　春景

「妾身適才去送墨玉離開。」凌若垂目後退一步，小心地與佟佳氏拉開些許距離。

佟佳氏搖著手裡的六稜宮扇，輕笑道：「姊姊可真是捨得，為了討好四爺，不惜讓自己的心腹丫鬟去陪十三阿哥坐牢，囚禁於那一畝三分地，興許這輩子都出不來了。唉，好好的一個姑娘就這樣毀了，換了我，可狠不下這個心呢！」

墨玉要去十三阿哥府的事，在府中已傳得人盡皆知，佟佳氏知道了也不稀奇；然而明明是墨玉自願去陪胤祥，從她嘴裡說出來，卻變成了凌若強迫墨玉去。

「是嗎？」聽著她在那裡顛倒黑白，凌若不怒反笑，一字一句說出令佟佳氏驟然變色的話來：「論狠心，妾身怎麼也比不過佟福晉。傅從之待福晉一往情深，福晉卻一把火將他活活燒死在荒廟中。」

「妳怎麼知道！」佟佳氏驟然捏緊手中的扇柄，死死盯著凌若。這件事除卻她與幾個心腹之外，只有胤禛曉得，為何此刻會從鈕祜祿氏嘴裡說出來？難道是胤禛告訴她的？

「若要人不知，除非己莫為。福晉莫不是以為紙可以一輩子包住火吧？」凌若舉袖遮一遮明媚到極點的陽光，如是說道。

在最初的驚駭過後，佟佳氏突然輕輕笑了起來，那笑容竟比陽光還要耀眼數分。「縱然妳知道又如何？王爺也知道，可是我依然是王府中的側福晉，妳見到我也依然要行禮！傅從之，呵……」她微瞇了眼，扯過一朵迎春花隨手擲在地上，冷聲道：「這個戲子的死活與我何干！」

聽著那冷酷無情的話語，凌若一陣心寒。一個人怎能冷情冷心到這種地步？「福晉做這麼多傷天害理的事，就不怕有朝一日傷了自己和孩子的陰騭嗎？」

「陰騭？」佟佳氏咯咯輕笑，彷彿聽到了什麼可笑至極的事情，好一陣子才止了笑聲，撫著碩大的肚子道：「我記得姊姊今年好像二十有二了吧？」

「那又如何？」凌若是康熙四十三年入的府，當時十五歲，過了六年，恰好是二十一歲。

佟佳氏低頭一笑道：「那就是比我尚大一歲，也不是十三、四歲的小姑娘了，既如此，怎麼還這般天真可愛，竟然會相信鬼神報應之說。陰騭——那不過是一些蠢人編出來安慰自己的話語罷了，只有與他們一樣愚蠢的人才會相信。」

說到此處，她一展妃紅色綃繡合歡紋袖子，好整以暇地道：「姊姊不是一直說我害人嗎？若真會傷陰騭，那為何我現在還好端端站在這裡，我的孩子更是平安無事，在裡面動得不知道有多歡愉，再有兩個月，他便會來到這個世上。相反的，姊姊自四年前那個孩子後，肚子至今都沒有過動靜，這可讓我這做妹妹的好生不解呢！究竟是這世間根本沒陰騭一說，還是姊姊傷的陰騭比我更大呢？」

這話像把尖刀一樣狠狠扎進凌若的心中。是啊，佟佳氏做了這麼多人神共憤的事，可她依舊活得好好的，腹中更懷著自己日盼夜盼的孩子。還有兩個月，就可以呱呱墜地，成為又一個固寵的資本，甚至可能憑此定下世子額娘的身分！

看到凌若微微顫抖的手指，佟佳氏臉上的笑意更深了。「沒有孩子，姊姊自然要千方百計討好王爺了，只是……」她湊到凌若耳邊，嬌豔欲滴的紅唇輕輕開闔：「妳又能討得幾日好？終有一日，王爺會厭棄妳，就像康熙四十五年那樣，將妳趕去別院。只是，我保證，下一次，妳絕對沒有機會再回來，姊姊！」

凌若雙手驟然捏緊，將所有憤怒、不甘盡皆捏在掌心，只是平靜地看著佟佳氏。「多謝福晉提醒，妾身定當謹記於心，斷不讓福晉失望。」

佟佳氏笑著朝旁邊伸出手，畫眉立刻會意地上前扶住。「好了，我該回去了，姊姊在這裡慢慢賞花吧。」

在她走後許久，凌若方回身離開，從始至終，那雙手都不曾鬆開過……

不論佟佳氏抑或是凌若，都不知道，在不遠處的八角亭中，始終有一雙眼睛盯著她們。在那座亭中，還有一隻渾身如雪的小貓以及一個正在逗貓的男孩。

「姨娘，雪球除了魚還喜歡吃什麼？我下次帶些給牠。」男孩與小貓玩了一陣子後，抱起小貓，脆生生地問著女子。

女子微微一笑，半蹲了身道：「雪球還喜歡吃小魚、小蝦，時阿哥喜歡牠嗎？」

「嗯！」弘時用力點頭，舉起毛茸茸的雪球在臉上蹭了蹭道：「我最喜歡雪球了，要是能一直養著就更好了。」

「唉，可惜嫡福晉不喜歡你養小貓、小狗，怕你玩物喪志，不然姨娘就將雪球送給你了。」女子故作可惜地嘆了一聲，見弘時小臉黯然失色，又笑道：「不過姨娘答應你，每日都帶雪球來跟你玩，好嗎？」

「真的啊？」弘時兩眼放光。自從前幾日第一次看到雪球的時候，他就喜歡得不得了了。

女子一臉溫柔地揉著他的頭道：「姨娘怎麼會騙你呢？自然是真的，只是這件事千萬不能讓你嫡額娘曉得，你也知道她最不喜歡你玩耍了。」

「嗯，這是我跟姨娘之間的祕密，誰也不說。」弘時蹦蹦跳跳地說著，極是高興。

「這就乖了。」女子從他懷中抱過小貓，道：「時候不早了，你該回去了，否則嫡福晉該起疑心了。明天下課，姨娘還在這裡等你啊。」

弘時戀戀不捨地看了嬌小可愛的小貓一眼，轉身走到一直等在亭外的奶娘身邊，牽了她的手往含元居走去。

「那個奶娘靠得住嗎？」女子側頭問著不知何時走到身後的侍女。

「主子放心。」侍女微微一笑，甚是肯定地道：「奴婢查過奶娘的底細，她兒子得了重病，亟需銀子買藥，為了她兒子的命著想，絕對不會將咱們趁時阿哥下課帶他來這裡玩耍的事說出去。」

「那就好。」女子點頭，撫著懷裡雪球柔軟的毛髮，漫然道：「好生訓練雪球，別臨到頭出岔子，這件事一定要做得萬無一失。佟佳氏……得意太久了，那張臉我也看得太久了。」

「主子放心，那一天一定能如主子所願。」侍女這般說著，眼中閃爍著幽暗的冷光，與這桃紅柳綠的如畫春景格格不入。

第二百八十七章　報信

凌若因著之前墨玉離開還有佟佳氏的話，心緒始終不佳；再加上晚間胤禛又去了年氏那裡，情緒更是低落，坐在窗前瞧著黑漆漆的庭院出神。

「主子，您晚膳沒吃幾口，奴婢去端盞燕窩給您吧？」水秀小聲地問。

「嗯。」凌若頭也不回地答應一聲，隔了一會兒有腳步聲由遠及近，想是水秀端了燕窩回來，她遂道：「放在桌上吧，我過會兒再喝。」

來人依言將盛了上好金絲燕窩的碗盞放在鋪有繡仙鶴的織錦桌布上，隨即靜靜站在一旁。

不知過了多久，凌若才收回目光轉過身，眸光不經意地抬起，卻看到一個意想不到的人。她皺一皺眉，收回了想去端燕窩的手。「是你？你來做什麼？」

端燕窩進來的人並不是凌若以為的水秀，而是李衛。見凌若發話，李衛忙陪笑道：「奴才自然是來伺候主子的。」

凌若冷笑一聲，戴在右手小指上的玳瑁嵌珠寶花蝶護甲在桌布上緩緩劃過，勾起一絲細細的銀絲，在黯黯燭光下閃爍幽冷的光芒。「不必了，我一個小小的庶福晉如何擔得起你的伺候。」

聽聞這話，李衛惶恐地跪下道：「奴才之前犯渾糊塗，對主子多有不敬，求主子恕罪，再給奴才一個機會。」

「犯渾糊塗？那現在怎麼突然清醒了？」凌若盯著跪在自己跟前的李衛，目光幽幽。

「還是多虧了墨玉，她臨走前狠狠罵了奴才一頓，將奴才罵清醒了，不然奴才至今還糊裡糊塗。」李衛隨口胡謅。「主子待奴才們恩重如山，莫說受點兒委屈，就算要奴才的命也是理所當然的，怎可因為主子的幾句責罵而心生怨懟，實在罪該萬死。」

見凌若不說話，他眼珠子悄悄一轉，忽地揚手用力打在自己臉上，一邊打一邊道：「奴才該死！」

在打到第七下的時候，凌若終是不忍地道：「罷了，念在你這次是初犯，就暫且饒你一回，可沒有下一次！」

「奴才記住了。」李衛欣喜過望地答應，也不起身，從桌上端起有些涼了的燕窩奉到凌若面前，討好地喚了聲「主子」。

凌若曉得他這是在向自己認錯，遂接在手中道：「起來吧。」

「謝主子！」李衛垂手恭謹地站在凌若身邊，待得她一盞燕窩喝完，立刻接過空盞放到紅漆描金托盤上，又取來溼巾仔細地拭著凌若的手。

「主子可是有心事？」李衛小心翼翼地問著。

凌若默然點頭，長嘆一聲，憂心忡忡地道：「今兒個送墨玉出府的時候，碰到佟佳氏，她的肚子已經很大了，比我懷霽月的時候還要大幾分。」

「佟福晉為人惡毒，竟然也讓她無災無難懷孕到了八個月，真是老天無眼。」李衛狠狠地呸了一聲，瞧著甚是氣憤。

「原本我一直以為那拉氏不會容佟佳氏生下孩子，如今卻是猜錯了。看來，始終還是要自己動手。」她手微一用力，再次勾起的絲線倏地斷裂，一縷令人心驚的冷笑浮現在臉上。

來了！李衛心頭狂跳，努力忍著心中異樣，試探道：「主子是想……」

凌若撐著桌子站起來，夜風習習，拂起她耳下的米珠點翠墜子。「佟佳氏的孩子絕不能生下來。」

「可是佟福晉腹中的孩子已經八個月了，想除去只怕很難。」李衛一邊說一邊不停地覷著凌若的神色。

凌若冷笑，輕吹著護甲上殷紅似血的紅寶石，道：「難，並不代表不行。一包紅花下去，孩子照樣打下來；還有麝香，八個月不見得就能活得了，倒是再耽擱下去就真麻煩了。如今始終還只是一塊肉，而非人。」

「只是這樣是否太冒險了些？據奴才所知，蘭馨館對入佟福晉口的東西檢查甚嚴，紅花、麝香又為孕婦所忌，很難蒙混過關，一個不好還會將主子扯進去。」李衛眼珠子不停地轉著。

「這個你不用擔心，我自有打算。」這般說了一句後，凌若不再言語。

李衛曉得她不準備將此事交給自己辦，怕惹其懷疑也不敢多問，唯有在之後的幾天裡時刻注意凌若的舉動，想要知道她究竟準備怎麼害佟佳氏的孩子。

王府中是不允許有紅花或麝香的，想要擁有這兩樣東西，必然要去府外的藥店採買，不過凌若始終沒什麼異動。然李衛曉得這位主子的性子，一旦決定了的事是絕不會更改的，如今不動手，不過是在尋找一個更恰當的時機罷了。

就在三日後，凌若以身子不適為由，命人召曾替她催生過孩子的沈大夫入府診脈。沈大夫仔細瞧過後，認為她是血氣不調，遂開了幾服活血通筋的藥。李衛趁著去抓藥的機會瞅了一眼方子，發現當中就有一味紅花。

之後，每次水秀她們煎完藥，李衛都會趁人不注意去翻看藥渣，明明藥方裡有紅花，可是藥渣裡面卻根本不見紅花的影子，心知這紅花必是被留作了他用。

只是蘭馨館檢查得這般森嚴，又有什麼辦法把紅花混進去呢？這個疑惑一直持續到某日在廚房看到蘭馨館用來燉參湯的罐子，他忽地靈光一閃，拍著腦袋暗道：原來如此！

這夜，李衛趁凌若等人睡了，悄悄出了淨思居，避開府中值夜的下人來到蘭馨館。等了一會兒後，便有佟佳氏的貼身侍女柳兒出來引他入內。

「奴才給主子請安，主子吉祥！」一到裡面，李衛立刻朝端坐在上面的佟佳氏打千兒行禮。

佟佳氏正擺弄一件剛剛做好的小衣，想著要不要在衣襟上繡幾朵小花，聽到李衛的聲音，抬起頭似笑非笑地道：「你叫我主子？我記得你可是淨思居的下人啊。」

李衛小心地瞅了她一眼道：「鈕祜祿氏黑白不分，忘恩負義，奴才早已對她失望，如今之所以留在她身邊，完全是為了主子。」

第二百八十八章　中計

「哦？」佟佳氏將小衣往邊上一放，好整以暇地道：「怎麼個為我法，且說來聽聽。」她雖命孫大由拉攏李衛，也知道李衛生了二心，但一切皆是孫大由轉述，如今親自見了自然要試上一試，確定他的投靠是真心抑或假意。

「恕奴才直言，鈕祜祿氏一直嫉恨主子得寵，如今主子身懷六甲，她更是視之為眼中釘，指不定會想什麼惡毒的法子來加害主子和未來的世子爺。為免主子被她下三濫的手段加害，奴才才忍辱負重留在她身邊。」

佟佳氏對他這番話頗為滿意，揚手道：「罷了，你這麼晚來見我，所為何事？」言下之意就是默許了李衛喚她主子。

李衛是何等聰明之人，連忙跪下給這位新主子磕了個頭，隨後道：「主子可知鈕祜祿氏最近找了位大夫進府看病？」

「那又如何？」佟佳氏隨口反問一句，接過畫眉遞來的參湯。每日睡前她都會服用一盅參湯，固本培元。

然這一回不等她喝，李衛已一把奪過參湯，沉聲道：「主子，這參湯不能喝。」

對於李衛大膽的舉動，佟佳氏並沒有怪罪，而是沉了眸子道：「怎麼，參湯有問題？」

李衛點頭。「大夫開給鈕祜祿氏的藥方中有一味紅花，可是奴才翻遍藥渣也沒有看到丁點紅花的痕跡，主子不覺得奇怪嗎？」

佟佳氏聽懂他話中的意思，轉而看向畫眉。畫眉心頭一跳，忙道：「這不可能，凡入主子口的東西，奴婢和柳兒她們都仔細檢查，絕對不曾掉以輕心；至於這參湯，燉煮時更是一直守在旁邊，片刻不曾離開，怎可能被人下了紅花而不知。你休要在這裡胡言亂語！」

柳兒亦在一旁使勁點頭。

李衛搖頭。「畫眉姑娘無須激動，我並沒有質疑妳的意思，只是那鈕祜祿氏狡詐陰毒，令人防不勝防。」見畫眉猶有不信，他道：「敢問畫眉姑娘，這燉參湯的罐子用完之後收在哪裡？」

「自是收在廚房。」待這句話脫口而出，畫眉才省悟過來，暗道不好。果然一道冷冽的目光刺過來，慌得她連忙跪下，低著頭一個字也不敢說。

佟佳氏冷聲道：「我記得我與你們說過，凡我這裡用的一應器具，皆收至蘭馨館中保管，為何這個罐子會收在廚房？」

「奴婢……」畫眉吞吞吐吐。

佟佳氏不耐煩地喝斥道：「還不快從實招來！」

畫眉見逃不過，只得道：「回主子的話，罐子原是收在蘭馨館的，但是夜間來去，天黑難走，經常不小心摔碎，被廚房的人說過好幾回，奴婢們又不敢跟主子說，所以後來罐子洗淨後就不再帶回來，直至第二日。」畫眉越說越小聲，顯然知道自己犯了大忌。

「糊塗！」佟佳氏一拍桌子痛斥：「居然將我的話當成耳邊風！」

「奴婢知罪，求主子寬恕。」畫眉清楚自家主子的性子，最討厭別人砌詞狡辯、推卸責任，倒不如乾脆些認錯得好。只是心裡總覺得委屈，不過一個罐子罷了，用得著這般緊張嗎？

李衛瞧出她的心思，遂道：「畫眉姑娘，妳也別怪主子小題大作，實在是這裡有許多文章可作。我曾聽人說，在一些大戶人家當中，為了害人小產，便將平常用來燉參湯、燕窩甚至安胎藥的罐子，浸到放有紅花的水中煮上幾個時辰。」

「每日如此，這紅花的藥效便慢慢滲到了罐子裡，罐子便會在日復一日地燉煮中，將吸收在裡面的藥力釋放出來，看似在吃補品，實則根本在吃紅花。而且這手法神不知、鬼不覺，很多人到最後都不知道自己孩子怎麼沒的，只當是天意如此。」

佟佳氏頗為意外，沒想到李衛會知道這麼隱祕的事。至於畫眉早已聽得一身冷汗，萬料不到一個小小的罐子竟可以作出這麼大的文章來。如果，有人趁他們不防，按李衛說的那般，那豈非……她越想越害怕。

害怕的又豈止她一人，佟佳氏緊緊捂著肚子。雖然這幾日她沒覺得有何不妥，但李衛深夜前來，又說出這番話，必然事出有因，當下就要叫人去廚房將罐子拿來檢查。

「主子且慢。」李衛阻止道：「奴才適才只是說有這個可能，事實上鈕祜祿氏並沒有在這方面動手腳。同是紅花，但卻放在另一樣東西裡。」在佟佳氏疑惑的目光中，他緩緩說出一個字：「水！」

李衛不大的聲音聽在佟佳氏耳中竟如驚雷轟頂，臉龐霎時失了血色，失聲道：「果然嗎？」

李衛也不答話，逕自從桌上的提梁白玉壺中倒了一杯茶。在遞給佟佳氏時，袖子不慎掃到茶水，帶了幾分漣漪，待要重新換一杯，佟佳氏已出言問：「你想說什麼？」

李衛望著已經平靜如初的茶水，將之遞到佟佳氏面前。「奴才斗膽，請福晉嘗一嘗這茶水的味道。」復又補充道：「只小小一口便可，萬不可多飲。」

見他說得慎重，佟佳氏依言輕抿一口，隨即疑惑地看著李衛，只見他道：「主子可曾嘗到隱藏在這茶水中的些許辛辣之氣？」

佟佳氏細細品了品殘餘在口中的茶，不知是因為仔細嘗了還是心理作用，果然嘗到一絲微不可察的辛辣之氣；同一時刻，腦海中掠過一段關於紅花的描述：性溫，味辛，活血通經、散瘀止痛。

至此，佟佳氏已可確信這茶水中被人摻了紅花。雖然紅花分量極微小，但人每日都要飲用大量的水，如此一來，即使再輕微的分量，累積在一起也相當可觀了。日復一日下來，她的孩子真有可能保不住！

「鈕祜祿凌若！」佟佳氏狠狠將上好白瓷製成的茶盞掃落在地，眼中盡是陰毒猙獰。從來只有她算計人的分，如今卻險些被人算計了，而且還想害她腹中好不容易得來的孩兒，她恨不得將鈕祜祿氏五馬分屍、挫骨揚灰！

第二百八十九章 背叛

畫眉見狀，忙問：「主子，要不要奴婢現在就去將此事告知王爺，讓他將鈕祜祿氏抓起來？也好永絕後患。」

佟佳氏沒有立刻回答，而是看向李衛，顯然是想聽取他的意見。

李衛略一沉思道：「恕奴才直言，想憑此事定鈕祜祿氏的罪，只怕很難。她在這件事上做得極為小心，連奴才都瞞著。縱然王爺發現水中有紅花，可是主子又憑什麼去證明是鈕祜祿氏所為呢？單憑奴才一人的證詞，很難令人信服。而且鈕祜祿氏若知道這回沒害成主子，必然又會去動別的腦筋，而奴才又不能再替主子盯著她，主子反而容易吃虧！」

佟佳氏微微點頭。「你說的也有幾分道理。罷了，我便再忍她幾日，等將來孩子生下後再慢慢收拾。」

李衛見狀，趕緊跪下表忠心。「奴才縱然肝腦塗地、粉身碎骨，也要替主子除掉鈕祜祿氏！」

佟佳氏面色稍霽，微笑道：「你很好，這次若不是你，我也不能發現鈕祜祿氏的詭計。說吧，你想要什麼？」

「主子英明。」李衛抬起頭，眼裡閃爍著異樣的光彩。「奴才想要擺脫眼前的身分。」

佟佳氏對他的回答並不意外。李衛是個聰明人，而聰明人往往有著不安於現狀的野心與欲望。「只要你忠心替我辦事，我可以向你保證，將來必會給你不亞於張成的榮耀！」

「多謝主子。」燈光下，李衛嘴角輕輕勾起一個詭異的弧度。

自這一夜之後，佟佳氏藉口廚房送來的水有異味，命人自府外另行取泉水為己所用。而凌若在等了幾天後，發現佟佳氏的孩子依舊好好待在腹中，不過倒也沒有懷疑到李衛頭上。

日子不鹹不淡地過了幾天，李衛一次去找孫大由喝酒，酒過三巡，孫大由指著李衛道：「老弟，你不夠意思啊！」

「老哥此話怎講？」李衛放下酒杯，訝然問道。

「你說你知道了凌福晉下藥那麼重要的事，怎麼連老哥也不透露。怎麼著，還怕老哥會搶你的功勞啊？」

「哪能啊。」聽到是這件事，李衛放下心來，執起酒壺替孫大由的杯子斟滿了酒，道：「我能跟上佟福晉這麼好的主子，還不是全靠老哥幫忙。一直以來，我都對老哥感激得不得了，若可以，我恨不能將這個功勞雙手奉送給老哥。實在是那天事出突然，又怕鈕祜祿氏的詭計會當真害到主子，這才急匆匆趕過去報信，根本來不及細想，老哥你可千萬不要誤會。」

見他說得極是誠懇，孫大由笑道：「行了、行了，我也不過與你開開玩笑罷了，別當真。」他抿了口酒，有些羨慕地道：「不過老弟可真是能耐，才這麼幾天就立下如此大功，主子對你可是讚不絕口呢！」

李衛嘿嘿一笑，旋即又有些遺憾地道：「可惜這次明知是鈕祜祿氏所為卻找不到真憑實據，否則就可以為主子永絕後患。這樣我也好名正言順地跟在主子身邊，省得現在每日受鈕祜祿氏的氣。」

「放心吧，這不過是早晚的事，到時候你飛黃騰達了，可千萬別忘了老哥我！」孫大由舉起酒杯道。

李衛連忙執杯與他相碰，正色道：「老哥將我李衛當成了什麼人，忘恩負義這種事我可做不出來。還是原來那句話，咱們兄弟有福同享，有難同當！」

「說得好！」孫大由感動地連連點頭，仰頭一口將杯中酒飲盡，拍著李衛的肩膀道：「好兄弟！」

兩人推杯換盞正喝得熱鬧，門突然被人用力推開，一張怒氣騰騰的面容出現在他們眼前，卻是水月。
水月進來後，一掌打翻李衛端在手中的酒杯，怒道：「李衛，你是不是瘋了！居然與佟福晉勾結，你這樣做對得起主子嗎？」
凌若讓她來找李衛，打聽後知道李衛在花房這才找了過來，萬萬沒想到竟會聽到這樣一段對話。若非親耳所聞，她說什麼也不會相信李衛居然背叛主子！
李衛只是在最初的時候驚詫了一下，片刻後已是神色如常，望著灑了一地的酒，搖搖頭道：「可惜了一杯好酒！」
水月聽得差點沒閉過氣去，這種時候，他居然還在可惜一杯酒。她怒不可遏地揪住李衛的領子，大聲道：「我問你為什麼要背叛主子？說！」
「良禽擇木而棲，這有什麼好奇怪的？」李衛不以為然地說著。「總不成一個大活人要比畜生還笨吧！」
「你少給我在這裡說歪理，主子有什麼地方對不起你，令你要另擇新主？若換了旁人也罷，竟是佟佳氏！你知不知道她害得主子沒了孩子？」水月越說越生氣，恨不能打李衛一頓。
「她待我好嗎？」李衛嗤笑，帶著難以言喻的譏諷道：「在她眼中，我不過是一條呼之即來、揮之即去的狗罷了，何曾將我當人看待過。那天妳也看到了，為了二小姐的幾句話，就讓我在外面跪了整整一夜。也虧得那一夜，讓我想明白了很多事，她鈕祜祿凌若根本不值得我李衛追隨。」

聽到他這番狂妄無禮的話，水月一時間竟不知該如何接續，良久才痛心道：「即便如此，你也不該背叛主子，背叛我們啊！」

「那是她自作自受！」李衛如此說了一句後又道：「至於你們，水月，說句實在話，咱們幾個這些年相處下來也算融洽，如果妳願意的話，我可以向主子進言，讓妳也跟隨在她身邊。」

「呸！」李衛話音剛落，就被水月吐了一臉唾沫。「不是所有人都像你這麼無恥，我這輩子只有一個主子！」

李衛接過孫大由遞來的帕子，慢慢擦掉臉上的唾沫，陰聲道：「既然妳願意一條道走到黑，我也沒辦法。往後我走我的陽關道，妳過妳的獨木橋，咱們各不相干！」

「李衛，我真沒想到你會是這樣的人，算我這些年來一直都瞎眼看錯了你！」扔下這句話，水月轉身離開。

第二百九十章　另投新主

孫大由用手肘碰了碰李衛，道：「怎麼辦？看她這樣子是準備去告訴凌福晉了。」

李衛重新拿來一只杯子將酒倒滿，滿不在乎地道：「隨她去說吧，左右我也受夠了鈕祜祿氏的氣，正好可以趁此做個了斷。」他仰頭將滿滿一杯酒喝盡後，拱手道：「老哥，咱們這酒晚些再喝。」

在他離開後，孫大由想一想，也離開了花房。李衛這一去只怕凶多吉少，他要趕緊去通知主子才行。

淨思居內，凌若一臉鐵青地聽完水月的述說，正待要命人去將李衛找來問個明白，卻見李衛已經施施然走進來。

李衛到了屋中，拍一拍袖子微微欠身道：「奴才給主子請安。」

凌若一言不發地走到李衛面前，在所有人都沒有反應過來時，一個巴掌狠狠甩在李衛臉上。

這一掌她用上全身的力氣，打得李衛一個踉蹌，扶著旁邊的椅子才站穩。待回過神來後，他舔一舔滲出嘴角的腥甜，望著胸口微微起伏的凌若，冷笑道：「主子這又是哪裡瞧奴才不順眼了，要動手教訓？」

「不要叫我主子，我沒你這種吃裡扒外的奴才！」外面天色是那般的晴朗耀眼，然凌若卻如置身於數九寒天，冷得打顫。

李衛眼中閃爍著陰冷的光芒。「即便奴才當真吃裡扒外，那也是讓主子逼的。妳眼中只有鈕祜祿家的人，可曾真正在意過奴才們。」

「所以你就出賣我去投靠佟佳氏？」凌若瞧著眼前這個人，好似覺得他無比陌生。

「我就奇怪，為何佟佳氏無緣無故地要讓人從府外另取泉水給她用，現在卻是明白了，必是你給她通風報信，說是水裡被下了紅花！」

李衛也不否認，只撫著火辣辣的臉龐道：「原本奴才對這件事還有些許愧疚之心，現在卻是半點也沒有。這一巴掌全當還了主子這些年對奴才少得可憐的情分，從今往後，奴才與主子互不相欠！」

李衛說完轉身就要離開，卻被凌若冷冷叫住。

「我這淨思居是你想來就來、想走就走的嗎？小路子，給我打斷他一條腿！」

小路子看看李衛又看看凌若，不知如何是好。一邊是主子，一邊是生死與共的兄弟，他……他……

這時，外頭忽地傳來佟佳氏的聲音：「什麼事讓姊姊發這麼大的火啊？」

儘管心中厭惡到了極點，凌若還是不得不上前行禮。「妾身見過佟福晉。」

「姊姊請起。」佟佳氏扶著長壽的手在椅中坐下，撫著高聳的腹部，似笑非笑地道：「姊姊還沒回答我是什麼事呢？」

見她明知故問，凌若一陣氣憤，強自忍耐道：「李衛背主棄義，妾身正要命人懲戒他。」

「原來如此。」佟佳氏望了一眼李衛，道：「你呢，有什麼話要說嗎？」

李衛哪會不曉得佟佳氏這是專程來救自己，忙跪下道：「奴才絕沒有做背主之事，是主子冤枉奴才，還要讓人斷奴才一條腿，求佟福晉大發慈悲，救救奴才吧！」

「謊話連篇的狗奴才，看來真是容你不得了！小路子，還不快動手！」看著他們兩人在那裡一唱一和，凌若恨得幾乎要嘔出血來。

「慢著！」佟佳氏抬手阻止小路子上前。

「佟福晉又想說什麼？莫不是妾身連教訓一個奴才的權力都沒有？」凌若挑眉，眼眸中有掩飾不住的怒意。

佟佳氏撫一撫袖子，輕笑道：「姊姊無須動氣，只是妹妹有一個小小的要求，盼姊姊能成全。」

「福晉請說。」凌若耐了最後一絲性子道。

佟佳氏朝李衛努一努嘴道：「我瞧這奴才挺聰明伶俐的，恰好我那邊還缺一個打雜的小廝，所以想問姊姊討了他去蘭馨館做事。」

凌若終於明白她的來意，黛眉輕揚，透出鋒利。「敢情福晉說了這麼多，就是想要袒護這個奴才。只是這次怕是要讓福晉失望了，妾身沒打算將他送給任何人。妾身還有事，不能招待福晉，恕不遠送！」她欠下身去，竟然是要送客。

佟佳氏未料到凌若會這般不識抬舉，神色亦冷了下來，起身居高臨下地看著凌若。「我現在不是在與妳商量，而是知會妳一聲，從此刻起，李衛就是我的奴才，與妳、與淨思居再無半點關係！」

她話未說完，凌若已迅即起身，憤然道：「妳無權這麼做！」

佟佳氏嫣然輕笑，看也不看凌若，逕自伸手向李衛。「小衛子，扶我回去。」

「嗻！」李衛答應一聲，扶了佟佳氏往外走，在走到凌若跟前時，靜靜道：「請凌福晉讓路。」

凌若死死盯著他不語，一旁的水秀看不過眼，憤然上前道：「李衛，你要不要做得這般忘恩絕情？怎麼說也是主僕一場。」

「道不同，不相為謀。」凌若緩緩說著，側身讓開。「妳與這種人說再多，他也不會認為自己錯。全當我這些年瞎了眼，養出這麼隻白眼狼。」

在回到蘭馨館後，李衛朝佟佳氏行了一個大禮，肅然道：「奴才多謝主子救命之恩！」

淨思居到蘭馨館雖不算遠，但佟佳氏已是懷孕八個月，身子笨重，走了這麼一遭還真是有些累了，坐到椅中歇了會兒，方才道：「你也叫我一聲主子了，我自不能眼睜睜地看著你死，往後你就隨長壽一道在我身邊伺候吧。」

「能在主子身邊伺候，自是奴才的福分，只是奴才擔心鈕祜祿氏會心有不甘，藉機在王爺面前進讒言。」

「呵！」佟佳氏撫著高高聳起的腹部，睨眼道：「她能怎麼說？說是我阻止她打斷你的腿？還是說她在水中下紅花被你發現？」她展一展袖子，不以為然地道：「放心吧，她掀不起什麼風浪來，你儘管安心待著就是。」

李衛這才放下心來，磕了個頭後下去，自有人替他安排住處。

第二百九十一章　驚魂

李衛並不曉得，就在他離開後，佟佳氏低聲對長壽道：「看好他。」

「主子認為他還有可疑？」長壽一驚，小聲問道。

「我也不知道，不過小心一些總是沒錯的。」畢竟是以後要跟在身邊伺候的人，佟佳氏不得不慎重一些。何況她對李衛背叛鈕祜祿氏投靠自己這點，還存了些許疑心，並不是全然信任。

在之後的日子裡，長壽依著佟佳氏的話，悄悄注意李衛的一舉一動，發現他一切如常，並未有任何異狀。

四月末的春光漸漸老去，晝長夜短，開始有入夏之勢；而佟佳氏腹中的孩兒也安然度過八月，到了第九個月，再有一月不到的時間便可臨盆。

這日，佟佳氏在李衛和畫眉的攙扶下到花苑中散步。太醫說過，孕晚期時，若身子吃得消便多走動走動，如此臨盆時方才好生產，所以自孕七月開始，她每日必來花苑散步；而每次來花苑，腹中孩兒都動得特別歡，想是知道出來走動，所以歡喜得很。

在走到幾株盛開如冬雪的梨樹前，樹後忽地竄出一團白白的東西，速度極快，佟佳氏尚未看清是什麼，牠就已經從腳邊跑過去，三兩下就竄入不遠處的花叢中消失不見。

「雪球！雪球不要跑！」

佟佳氏還沒反應過來，之前竄出那東西的地方又跑出一個小小的身影來，卻是弘時。他正追著那東西跑，根本沒注意到佟佳氏，待發現時想再避讓已經收不住勢，朝著佟佳氏的肚子撞了過來。這要是被撞個正著，非得出大事不可！

佟佳氏尖叫一聲，避之不及，只能眼睜睜看著弘時的身影離她越來越近。在不遠處，一雙眼睛正默默注視著自己親手促成的一切。

佟佳梨落，我不只要妳的孩子死，我還要妳死！

關鍵時刻，一個身影飛快擋在佟佳氏身前，生生受了弘時一撞。在悶哼聲中，那兩條腿就跟生了根一樣黏在地上分毫不動，半弓的身子牢牢護住佟佳氏的肚子。

直到弘時「哎呀」一聲被反撞摔倒在地上，李衛才咧嘴對呆若木雞的佟佳氏道：「主子還好嗎？」

佟佳氏臉色煞白地盯著李衛，萬沒料到，在這麼要命的時候會是他擋在自己身邊，許久才回過神來，搖頭道：「我沒事。」

「那就好。」李衛輕吁一口氣，忍著被撞到的疼痛直起身來。

直到這個時候，奶娘才急匆匆奔過來，一把抱起正使勁揉頭的弘時，緊張地道：「時阿哥要不要緊？」

畫眉被剛才那驚險的一幕嚇出一身冷汗，此刻見到奶娘，立刻喝罵：「妳是怎麼看著時阿哥的，任由他這樣跑出來？妳可知剛才他差一點就撞到我家主子了！若我家主子和腹中孩兒出了什麼事，妳擔待得起嗎？」

奶娘慌得連連請罪，至於她懷裡的弘時尚沒有意識到這個，指著白影消失的地方，急道：「雪球，雪球跑進那裡去了，奶娘快幫我去找回來！」

「噓，時阿哥不要鬧！您還沒見過佟福晉呢。」

經奶娘這麼一提醒，弘時才記得剛才的事，小臉一白，趕緊規規矩矩地朝佟佳氏行了個禮，然後小身子往奶娘後面躲了躲，小聲道：「佟姨娘對不起，我不是故意的，您不要將此事告訴嫡額娘好不好？」

佟佳氏驚魂未定地撫一撫胸口，強笑道：「時阿哥一直在叫雪球，可是剛才跑過去的東西？」

一提到雪球，弘時頓時來了精神，也沒那麼怕了，「嗯」了一聲道：「雪球是一隻貓，平時很聽話的，剛才不知怎麼了，一下子就竄出去，現在也不知跑去了哪裡。」他有些擔心地東張西望，唯恐雪球就此不見蹤影。

佟佳氏心中一動，追問：「這隻貓是誰給你的？」

奶娘面色一緊，害怕被佟佳氏發現她暗中收錢的事，忙插嘴：「哪有人給啊，是時阿哥無意中在花苑裡發現的野貓，時阿哥看牠可憐，就每日裡過來餵食。」

「是這樣嗎？」佟佳氏將懷疑的目光轉向弘時。

弘時有些奇怪地看了滿臉緊張的奶娘一眼，不明白她什麼要說謊話。他待要說實話，忽地想起自己曾經答應過姨娘，這個祕密誰也不說；雖然嫡額娘常教導他不可以說謊，但同樣也教導他說過的話要算數。

「時阿哥，佟福晉問您話呢，快說話啊！」奶娘不停地使眼色給弘時，也不管一個才五歲的孩子能否明白她的意思。

弘時歪著小腦袋瓜想了許久，終是點頭道：「嗯，雪球是我無意中在花苑裡發現的。」

小孩子是最不擅長撒謊的，佟佳氏一眼就看穿弘時心裡的掙扎猶豫，也不揭穿，微笑著牽起弘時的手，道：「既是這樣，那姨娘現在送你回去。」

奶娘還有弘時的態度令她起了疑心，懷疑這一切是否與那拉氏有關，是以想去試探一下。

儘管弘時和奶娘一百個、一千個不情願，但佟佳氏的話由不得他們去反對，只能亦步亦趨地跟上。

在離開時，李衛覺得有些奇怪地看了一眼空無一人的身後。不知為什麼，從剛才起，他就隱約感覺有雙眼睛在盯著自己，令他渾身不自在。

含元居中，那拉氏正在教靈汐繡雙面繡，瞥見佟佳氏與弘時一道進來，頗有些訝異。她仔細問過之後，方從畫眉口中得知弘時剛才在花苑中險些釀成大禍，一時間驚怒交加，神色變得極是難看，怒視奶娘道：「時阿哥不是去上課了嗎？為何會在花苑中玩耍，又從何處來的貓？」

奶娘趕緊跪下道：「奴婢有罪，有一次時阿哥經過花苑時看到一隻野貓，很是喜歡，所以這些天時阿哥每次下課之後，都要帶些東西去花苑餵貓並與牠玩耍一會兒，奴婢以為只是小事，所以便沒有稟報嫡福晉。」

「妳好大的膽子，居然自作主張！」那拉氏怒不可遏，隨即又看向早早低了頭的弘時，痛斥：「還不給我跪下！」

弘時不敢分辯，挨著奶娘跪下，仰起臉小聲道：「孩兒知錯了，孩兒再也不敢了。」

「上次你在花苑中挖蚯蚓的時候，我已經說過一次了，讓你以後不要貪玩，好好唸書；可是你竟如此不知長進，又瞞著我偷偷去玩耍，還險些闖了大禍，你是想氣死我嗎？」

第二百九十二章　香囊

「孩兒這一次真的知錯了。」弘時揪著自己耳朵，可憐兮兮地說著，唯恐那拉氏真的生氣不再理會他。

那拉氏冷哼一聲，轉向默不作聲的佟佳氏，赧然道：「此事皆錯在我未曾管教好弘時，連累妹妹受驚。幸好妹妹與孩子安然無事，否則我這輩子都難心安。妹妹放心，我一定會給妳一個交代。」

佟佳氏一直有留意那拉氏，仔細觀察下來，發現她言行不似作假。難道一切真只是場意外？

這樣想著，她口中已道：「小孩子貪玩是常有的事，哪用得著交代這麼嚴重。這件事妹妹原是不準備告訴姊姊的，可是又怕弘時不知輕重，下次真闖出什麼禍來，所以才冒著被姊姊誤會的可能走這一趟。」

「我怎會不明白妹妹一片苦心。不過此事我已決定，妹妹不必再說。」不等佟佳氏再勸，她已經分別發落了弘時與奶娘。

弘時被禁足一月，這一月間不許出房門一步，縱是授課也由先生來房中相授，一個月後考他能否背誦《千字文》，若不能，則加禁一個月。至於奶娘，那拉氏命人鞭笞二十後將她逐出了王府。

從含元居出來，佟佳氏一路未言，直至身在蘭馨館，她才撫著胸口長長出了口氣。今日之事真是嚇死她了，若非李衛反應快，孩子已不在她腹中，能否活下來更是個未知數。

「主子喝盞定驚茶。」蕭兒自畫眉口中得知此事後，連忙趕去煎定驚茶，在裡面加了少許幾片碧螺春、竹葉、燈心草與蟬衣，有清心除煩的功效。

在佟佳氏將一碗定驚茶喝完後，畫眉方小聲道：「主子，要不要奴婢去請太醫來看看小阿哥是否安好？」

「不必了。」佟佳氏撫著肚子道：「若要出事早就出了，哪還能熬到現在。」說及此，她瞥向垂手站在一旁的李衛，讚賞道：「今日我能安然站在這裡，全賴你反應及時，很好，不枉我將你從鈕祜祿氏手中救出來。」

李衛欠一欠身，歉虛地道：「主子和小阿哥鴻福齊天，就算沒有奴才也會安然無事，奴才實不敢居功。」

「不必自謙，孰功孰過我分得很清楚。」說到此處，佟佳氏褪下腕上的金鐲子道：「這是賞你的，拿著。」

令她意外的是，李衛竟然不接，而是正色道：「主子折殺奴才了，奴才現在可以留著這雙腿走路跑跳，全靠主子憐惜。自那一日起，奴才就在心底發誓，這一輩子都要效忠主子。主子有事，奴才自然該挺身而出，何功之有？所以請恕奴才不能受這份賞賜。」

聽完李衛這番發自肺腑的話，佟佳氏甚是動容。看來自己當真是多疑了，李衛若是鈕祜祿氏派來的奸細，適才絕不會想也不想地就擋在自己跟前。她收回鐲子，和顏悅色地道：「也罷，你的忠心我記下了。好生辦差，我絕不會虧待你。」一直到此刻，李衛才真正被她引為心腹。

「多謝主子。」李衛眼中掠過一絲不易察覺的喜色，在直起身時不慎扯到之前被弘時撞到的地方，痛得他倒吸一口涼氣，扶著後腰慢慢站直。

佟佳氏瞧在眼中，道：「待會兒找個大夫瞧瞧，這腰若是落下了病根可是不易好。」

「奴才是賤身子，不打緊。」李衛嘿嘿笑了一下，忽又皺了雙眉。「有句話，奴才一直在猶豫，不知是否要與主子說。」

「但說無妨。」

李衛斟酌了一下語句，仔細道：「時阿哥的事……奴才一直覺得蹊蹺，是否另有內情？」

「你是說嫡福晉？」佟佳氏徐徐問出這句話來，見李衛默認，又搖一搖頭道：

「不會的，她不會害我。」

見佟佳氏說得這般肯定，李衛也不好再說下去，只道：「知人知面不知心，奴才也是怕主子受人蒙騙。」

「知道你忠心。」佟佳氏掩嘴打了個哈欠，對李衛道：「有些睏了，你扶我去內堂歇會兒。」

進了內堂，李衛替佟佳氏脫了鞋正要起身，忽地發現旁邊的檀木頂櫃下似乎有什麼東西，撿起來一看，卻是一個四角香囊，忙拍掉沾在香囊上的灰，雙手遞給已經半躺在床上的佟佳氏，道：「主子，您的香囊掉了。」

「我的？」佟佳氏有些奇怪，自她懷孕之後就再未配過香囊。她接過這個瞧著有些眼生的四角香囊仔細瞅了一陣子，才恍然道：「我想起來了，這是幾年前我做給四爺的，裡面放了些有助於提神醒腦的香料，四爺很是喜歡，一直戴在身上，只是後來不知道為什麼找不到了，原來是掉在這裡。」

她將香囊湊到鼻尖聞了一下，雖然隔了幾年，但香囊依然散發出淡淡的幽香；然香氣剛一入鼻，佟佳氏就立刻變了神色，抖手就將香囊遠遠扔開，那模樣彷彿看到了什麼毒蟲蛇蠍。

「主子怎麼了？」李衛被她這一驚一乍的舉動弄得莫名其妙。

佟佳氏什麼也沒說，只掩著鼻子死死盯著那個香囊，許久才對李衛道：「你去瞧瞧香囊的封口，是否曾經被人拆開過。」

李衛撿起來一瞧，發現封口儘管很整齊，卻有兩條線痕，明顯是拆開後又另行縫上去的。

聽到李衛肯定的答覆，佟佳氏又讓他拆開香囊，問裡面是否有一個塊狀的香料，聞之有濃香，嘗之則有刺舌但清涼的味道。

李衛一一試過後，發現與佟佳氏說的半分不差，遂好奇地道：「主子，這是什麼東西？」

「什麼東西？」佟佳氏露出一個令人遍體生寒的笑容，趿鞋下地，走到半敞的窗子前，用力吸一口自外面吹進來的涼風，道：「此物有許多名字，當門子、遺香、心結香，不過這些名字加起來也沒另一個名字來得人盡皆知。」在李衛疑惑的目光中，她輕輕吐出兩個字：「麝香。」

李衛大驚，終於明白適才佟佳氏為何有這等反應。麝香對於懷孕的女子來說，與紅花一般可怕，皆是能滑胎的禁物。

「我終於明白，為何當年鈕祜祿氏腹中胎兒會屢屢出現不安之狀，卻查遍所有東西也毫無所獲，原來根源出在這裡。」

佟佳氏接下來說出的一句話更是令李衛駭然，卻也記起，胤禛佩戴這個香囊時，恰恰就是康熙四十五年，鈕祜祿氏懷孕的時候。

第二百九十三章 一石二鳥

那陣子鈕祜祿氏經常胎動不安，徐太醫為保孩子，屢次加重了安胎藥的分量，但還是難以阻止情況惡化。若非雲福晉命人摘來子母草，鈕祜祿氏這個孩子絕對熬不到七個月。

當時只以為是淨思居的東西出了問題，壓根沒人往胤禛身上去想，如今再回想，李衛才驚覺每次鈕祜祿氏出現胎動不安之症時，都恰恰是胤禛來看過她之後。

「主子可能瞧出這麝香……是何人所放？」李衛沒有去問麝香是不是佟佳氏所放，而是直接問是何人所放。因為若佟佳氏知道香囊中有麝香的話，適才絕不會主動去聞，更不會讓自己察看香囊是否曾被人拆開。

佟佳氏皺一皺眉，命李衛將已經取出麝香的香囊拿過來。雖然封口的線已拆掉大半，但邊角仍有殘餘，依然可以看清針腳。在反覆看了一陣子後，她搖頭道：

「此人為了怕被人看出端倪，用的是幾乎人人都會的平針繡法，難查其蹤。」

「這人將麝香放入主子所繡的香囊中，分明是想藉此來陷害主子，歹毒至極！」李衛恨恨地說了一句，旋即又有些不解地道：「王爺之前佩在身上的時候，主子沒聞出不對來嗎？」

「此人將麝香分量控制得極其精準，令香囊中原有的香料氣息恰好可以蓋過麝香之氣。若非時隔多年，其餘香料的氣味已漸漸淡去，我也不見得可以聞得出。」佟佳氏也是心有餘悸，虧得胤禛當時掉了香囊在這裡，否則後果不堪設想。一旦鈕祜祿氏孩子沒了，暗中將麝香放在香囊中的那人，必會引人追查到這個香囊，從而順理成章地將所有事推到她頭上！

究竟是誰這麼處心積慮地害她？而且是在她剛入府沒多久的時候？

她沉思之際，李衛突然拿著適才從香囊上拆下來的線，遲疑道：「不知道主子是否有印象，咱們剛才在含元居，嫡福晉教靈汐格格繡雙面繡時，曾打過與這個相同的反手結，很少有人這麼打結。」

佟佳氏仔細回想一下，發現果然如李衛所言，那拉氏打結的手法與一般人不太一樣。照此看來，香囊中的麝香十有八九是出自那拉氏之手。想到這裡，她冷冷一笑道：「真是處心積慮，今日若非你恰好找到這個香囊，只怕我這輩子都會被蒙在鼓中，不知嫡福晉早在數年前就盤算著想害我了。」

「果真是嫡福晉嗎？」李衛訝異不已，他適才只是有所懷疑。

「除了她，我想不到還有什麼人能深謀遠慮到這一步。一石二鳥，真是好算計。」她言語間有掩飾不住的厭惡，隨手將那個四角香囊丟在地上。

「那咱們要不要將這件事告訴王爺？」

佟佳氏略一思忖，搖頭道：「事隔多年，而且僅憑一個結，不足以指證嫡福晉。何況以現在的形勢，我還不足以對付她。」

「那就這般算了？」李衛有些不甘心地問。

「不算了又能如何？」佟佳氏微瞇了雙眼。「她現在是嫡福晉，膝下又養著一女一子，雖非親生，但名義上總是她的子女，她又最會揣摩王爺心思，沒瞧見這些年王爺去含元居的次數比以前多了嗎？要對付她，除非有十足十的把握，一擊必殺，否則貿然出擊，不只動不了她，還會給自己帶來無窮災禍，輕舉妄動不得。」也就是現在，若換了以前，佟佳氏斷然不會與李衛說出這番話來。

李衛撿起四角垂流蘇香囊，憂心忡忡地道：「奴才不擔心別的，就怕嫡福晉會暗中繼續給主子下絆子，防不勝防。主子如今懷著身孕，心力難免有所不濟，若一個不小心，豈不是……」

「只能小心再小心了，唉……」佟佳氏嘆一口氣。「有些事讓你知道也無妨，我與嫡福晉曾有一個協議，她助我起復，而我則助弘時登上世子之位。至於我生下的孩子，若是女孩便罷，若是男孩，永不爭世子之位。」

世子之位……竟是這麼一回事，怪不得嫡福晉會幫著佟佳氏說話。李衛想了想道：「恕奴才直言，嫡福晉生性多疑，恐怕不見得會相信主子的話。」

「我知道。」佟佳氏彈了彈描繪成花的指甲道：「所以我從不打算放棄世子之位，我的孩子要麼不生下來，生下來了就必然要得到最好，沒人可以逼我放棄！」她撫一撫肚子，森然道：「還剩下一個月了，這段日子你與長壽他們仔細些，絕不能出什麼意外。等孩子生下來，我才有資本與嫡福晉慢慢算這筆帳。」

李衛垂首，鏗鏘道：「主子放心，奴才哪怕拚了這條命不要，也一定會保主子與小世子平安。」

「嗯。」佟佳氏面色稍霽，回到床沿坐下後道：「尋個隱蔽的地方將香囊埋了，這件事不要跟任何人提起。」

在李衛準備出去時，她又道：「我聽說淨思居的人曾經找過你？」

李衛暗自一驚，嘴上卻道：「是，小路子找過奴才，希望奴才可以回去。不過奴才已經明確告訴他，自踏出淨思居那一刻起，奴才與鈕祜祿氏就恩斷義絕，斷無再回去之理，讓他死了這條心。」

佟佳氏滿意地點點頭。「很好，安生當差，往後我必許你一個錦繡前程。」

在李衛退出去後，佟佳氏面無表情地握緊了垂落在床邊的紗幔。那拉氏……

第二百九十四章　拒婚

春末夏初的午後，樹間漸可聞蟬鳴之聲，水秀怕會吵到凌若午睡，與水月還有小路子一道頂著烈日拿黏杆去捕樹上的蟬；可他們都是第一次捕蟬，手法生疏，往往還沒等黏杆過去，那蟬就已經飛到另一處。捕了半天，累出一身汗來，才抓到可憐的兩隻，氣得水月鼓著腮幫子，坐在地上恨恨瞪著隱藏在樹葉間叫得無比歡快的夏蟬，賭氣道：「再叫！再叫就把樹砍了，看你們還怎麼停。」

小路子蹲在地上看著被關在籠中的兩隻蟬，感慨道：「如果李衛在就好了，這些年，淨思居的蟬一直是他負責在捕。」

「不要提那個忘恩負義的小人，我這輩子都不想再聽到這個名字！」水月大叫，憤憤拿了黏杆起身。「我就不相信離開他李衛，咱們幾個大活人還治不了這區區幾隻蟬！」

小路子黯然無語。他曾偷偷找過對方，希望可以勸其懸崖勒馬，哪知反被李衛一陣奚落，說早已忍夠了他的愚蠢，讓他不要再自作聰明。

水秀什麼也沒說，只是暗自嘆了口氣。他們原本有六人，轉眼間卻去了一半。阿意久在府外，偶爾才回來一趟；墨玉去了十三阿哥府。這一切都算了，最可惜也可恨的莫過於李衛的背叛，他親手毀了所有人的信任。

三人一直捕得雙手無力抬起，才堪堪將樹上的蟬黏了個七七八八，僅餘少數幾隻還停留在樹上，但已不至於再吵到人。小路子提了裝有十數隻夏蟬的籠子正要出去，忽地看到胤禛進來，忙避到一邊請安。

胤禛掃了他們一眼，略有些不悅地問：「怎麼都在外頭，不用伺候你們家主子嗎？」

「回王爺的話，主子正在屋中午睡，奴才們怕蟬鳴吵到主子，所以來這裡捕蟬。」小路子仔細地回著。

胤禛點點頭，逕自往內堂走去，待到裡面後，果見凌若躺在床上，一截雪白藕臂露在紫蘇繡海棠紋錦被外。她嘴角微微上翹，含了一縷輕淺的笑意，彷彿夢到了什麼開心事。

胤禛微微一笑，也不叫醒她，只在床沿坐下，靜靜看著那張秀美安靜的容顏。暖風從敞開的窗外吹入，拂起他墨綠織錦的袍角。

過了約莫小半個時辰，凌若自夢中醒來，睜眼看到近在咫尺的胤禛時愣了一下，有些不確定地喚道：「四爺？」

「怎麼？睡了一覺連我也不認得了？」胤禛笑著扶起還有些惺忪的凌若。

聽著他打趣，凌若失笑道：「妾身就是忘了自己，也會牢牢記得四爺，只是您來了怎麼也不叫醒妾身？枯坐著可不無聊？」

「左右也無事，何必吵醒妳。」說話間，府外隱隱傳來幾聲鞭炮響，緊接著又有鑼鼓的聲音，彷彿很是熱鬧。

凌若好奇地問：「外頭什麼事這麼熱鬧？」

「妳忘了，今兒個是殿試放榜的大日子，皇阿瑪欽點了三甲，如今狀元郎正領著諸進士遊街呢！」胤禛笑著解釋。

聽到此處，凌若忽地想起一事來，忙問：「不知今科狀元是誰家好兒郎？」

「是張相家的兒子，我瞧過他那篇文章，作得極好，策論也不錯。皇阿瑪對他很是看重，除卻欽點頭名狀元之外，還下旨賜婚，將靖雪下嫁於他。」

果然如此……凌若想起那個聰慧無雙的女子。她果然什麼都猜到了，猜到了自己要嫁的人，猜到了自己未來的路，只是她開心嗎？

還有容遠，他又會如何想？

「可是想去瞧瞧？」胤禛見凌若突然不說話，只道她是想見狀元遊街的盛況。

凌若點頭，她也想見見康熙金口指給靖雪的男子，希望是一個人品出眾、才華洋溢的翩翩少年郎。

所謂的狀元遊街，是指皇帝在金鑾殿傳臚唱名，欽點狀元、榜眼、探花和二、三甲進士後，狀元領諸進士拜謝皇恩，然後到長安左門外觀看張貼的金榜。從金鑾殿到長安左門，要經過太和門、午門、端門、承天門，一直到大清門，隨後才可各自回家。

凌若隨胤禛站在圍觀人群中，看狀元及眾進士騎馬遊街。走在最前面的自然是今科狀元張英，他年約二十，長得眉清目秀、一表人才，此刻手捧皇詔，足跨金鞍朱鬃馬，旗鼓開道，前呼後擁，真是「春風得意馬蹄疾，一日看盡長安花」。

而張英更是大小金榜同題名，狀元、額駙齊趕著來，真可謂是「鯉魚躍龍門」，從此平步青雲。看著從眼前過去的狀元郎，凌若默道：靖雪，這人雖不是妳心中所想的那個，然也算是良配，他應會好好待妳。

數日後，李德全奉康熙之命，傳凌若入宮覲見。自杭州回來後，這還是康熙第一次召見凌若。彼時康熙正在西暖閣中批閱奏摺，凌若進去後不敢驚擾，靜靜站在一邊，直至康熙從奏摺中抬起頭來，她方上前屈膝見禮。

康熙放下手中朱筆，自案後起身緩步走到凌若面前。不知為何，一直平易近人的康熙在此刻給她一種無言的壓迫感，只是這樣站著便令她難以喘氣。

許久，終於有威嚴的聲音自頂上垂落：「靖雪拒婚的事妳知道嗎？」

拒婚？凌若詫異不已，抬頭迎上康熙漠然的面孔。「回皇上的話，奴婢並不曉得此事。」

「這麼說來，妳也不知道，她拒婚是為了徐容遠的緣故了？」

康熙的聲音猶如當頭澆下的冰水，令凌若通體冰涼，渾身血液都似停止流動。

「奴婢……」凌若正想說不知，瞥見康熙審視的目光，心中一跳，忙改了已經到嘴邊的話：「奴婢知道。」

聽到這四個字，康熙面色微緩，沉聲道：「究竟是怎麼一回事，給朕仔細說清楚，不許漏了一個字。」

凌若仔細斟酌了後道：「回皇上的話，其實妾身也只是在去年入暢春園偶遇公主時，聽其說過一些。公主仰慕徐太醫醫術，所以才暗生情愫，但一切皆是發乎情，止乎禮，不曾越了分毫禮數規矩。」

「終於肯說實話了嗎？」康熙冷笑一聲，在凌若的驚訝中道：「靖雪什麼都沒說，只言不肯下嫁張英，朕問了她許久都問不出原因，還是德妃提了一句，是否靖雪心中已經有了人。朕思來想去，近年來與靖雪走得比較近的唯徐容遠一人，若朕直接問他，他未必肯說。妳與徐容遠自小相識，又多有接觸，朕猜想妳或許會知道一二，所以召妳入宮，試探之下果然如此。」

不等凌若解釋，他已經驟然發難：「你們一個個皆好大的膽子，這麼重要的事居然都瞞著朕！靖雪如是，妳也如是！說，究竟還有多少事是朕不知道的？」康熙重重一掌拍在紅木扶手上，怒容滿面地盯著凌若。

「請皇上息怒。」凌若連忙跪地請罪，除卻這句不知應該說什麼。

第二百九十五章 勸

「息怒？朕還能與妳這般說話已經很克制怒氣了！靖雪一直都很孝順聽話，可偏偏在這一件事上固執己見，不論朕如何勸她都不肯聽，如今更把自己關在宮中，不吃不喝，想逼朕收回聖命！」康熙越說越生氣。

君無戲言，他身為皇帝，怎可出爾反爾，何況這話還是當著今科所有士子與文武百官的面說出的，若收回，與當眾打臉有何異！

對於靖雪如此堅決的態度，凌若亦是暗自吃驚。在她印象中，靖雪是一個聰慧的女子，看透一切世情，早已知自己與容遠不可能在一起，也願接受自己身為公主的命運，為何如今卻又執著了？

「堂堂今科狀元不要，偏去喜歡一個小小的七品太醫，實在荒謬！」康熙一想到這裡就怒不可遏。對這個女兒他頗為喜歡，所以千挑萬選，等著今科殿試為靖雪擇一個好夫婿，結果卻弄成這樣一個局面。

「太醫，呵呵，好一個徐太醫，真是好本事，居然令朕的女兒痴迷到連性命都不要的地步！」

康熙的冷笑令凌若渾身一涼。靖雪是康熙的親生女兒，哪怕犯再大的錯，都會顧念父女之情；但容遠不一樣，萬一康熙將怒火發洩到他頭上，後果不堪設想。

這般想著，顧不得是否惹來康熙怪罪，她出言道：「皇上，這一切與徐太醫無關，徐太醫亦不想如此。」

「不怪他，難道還怪朕不成？」

康熙一句話立時堵得凌若啞口無言。匹夫尚因懷璧而有罪，何況是引動了公主之心，不論有心無心，容遠都難逃其責。也怪她，竟一時不察被康熙試了出來，再後悔已是莫及。

「來人，傳徐容遠來此！」正當凌若還在思索該如何應對時，康熙已經傳令李德全召容遠來養心殿見駕。

片刻後，容遠的身影出現在養心殿，看到凌若時他愣了一下，旋即似乎明白了什麼，拱手一一行禮。「微臣見過皇上，見過凌福晉。」

「徐容遠，你可知罪？」一上來，康熙便是問罪之語。

容遠垂首從容道：「微臣不知何罪之有，請皇上明示。」

康熙也不與他拐彎抹角，逕自道：「你身為太醫，不思治病救人，卻去誘引敦恪公主，令她違抗聖命不肯下嫁張狀元。」說到此處，康熙冷冷一笑。「徐太醫，你很想做朕的乘龍快婿嗎？」

容遠如何聽不出康熙話中的冷意，跪下應答：「微臣從不敢有此妄想，至於敦恪公主……」一張秀麗卻又總噙著幾許哀傷的面容在腦海中一閃而逝，他沉聲道：「承蒙公主錯愛，微臣受之不起。」

「這麼說來，你並無心於公主？」依舊是陰晴不定的聲音，令人揣測不出聖意究竟為何。

容遠飛快地看了凌若一眼，仰頭迎著康熙銳利的目光，一字一句說出他心中的想法：「微臣此生早已下定決心終身不娶。」

康熙不知道自己該氣還是該笑，堂堂天家公主，竟然不被小小七品太醫放在心中，公主二字背後所隱含的榮華富貴、權力金錢，他更是視若無物。一時間，康熙對這個小太醫倒是另眼相看起來，畢竟這世間少有人能抵得住如此誘惑。

「既是這麼一回事，那麼你去替朕勸解公主，讓她如期下嫁。你若做好了，之前的事朕一概不咎，否則……你還是去西北軍營中待著吧。」言下之意，若容遠勸不了靖雪回心轉意，便要將他發配至邊陲苦寒之地。

「微臣遵旨。」

容遠爬起來，正要出去，凌若忽地請求道：「皇上，奴婢能否同去看一看敦恪公主？」

在得到康熙應允後，凌若與容遠一道隨小太監往靖雪所住的地方行去。因為靖雪尚未出嫁，所以與已晉為敬妃的生母章佳氏一道住在永壽宮。

這些天，為著靖雪不願下嫁，又拒不進食的事，敬妃可說是操碎了心，聽聞康熙讓凌若他們過來，也沒心思多問，逕自讓人帶著去了靖雪的住處。

「公主，徐太醫和凌福晉來了。」到了門外，小宮女隔門通傳，卻是靖雪不願見人之故。

許久，屋中傳出病懨懨的聲音：「讓他們進來吧。」

待到了屋中，只見靖雪躺在貴妃榻上，目光直勾勾地盯著頂上描金畫彩的圖案。在她手邊的桌上攤著一張只繪了幾筆的白紙，硯中的磨已經乾涸，想是擱了有些時日。

聽到腳步聲，她眼珠子澀澀地轉了一下，瞧著兩人勉強擠出一絲笑來。「你們今日怎麼會一道來看我？」

凌若上前握住靖雪冰涼的手，心疼地道：「是皇上召奴婢來的，若非如此，奴婢還不知道公主的事呢。也怪奴婢不好，不小心被皇上套出了話，說出了公主不肯下嫁張狀元的原因。」

「這不過是早晚的事罷了，妳不必自責。」靖雪搖頭，靜靜望著容遠，蒼白的面容上浮現一絲紅暈，神情間更有淡淡的歡喜。「你終於肯來見我了嗎？」

默然片刻，容遠忽地一撩長袍，跪在榻前道：「微臣無才無德，承蒙公主錯愛，實受之有愧；而且微臣早已下定決心終身不娶，請公主不要再將心思浪費在微臣身上，更不要因微臣而傷了鳳體。」

靖雪側目靜靜地看著他，忽地一滴清淚落下，恰好滴在容遠手背上，那種異常的灼熱令容遠的手不自覺顫了一下。

「這便是你要與我說的話？」她問，這一刻笑顏如花，淚卻如斷了線的珍珠不斷落下，怎麼也止不住。

第二百九十六章　所願

那樣洶湧落下的淚以及蒼白的容顏，令容遠心中泛起一絲痛楚，然他依然硬了心腸道：「是！張狀元才是公主的良配，若因微臣之故而令公主失去這段美滿姻緣的話，微臣此生都不會心安。」

「容遠。」她突然這樣親暱地喚他。「是否我嫁給張英，你就會開心？」

明知她已經痛徹心扉，他依然狠心道：「是！」

「好！好！」靖雪含淚點頭，用盡全身力氣，一字一句道：「可惜這一次不能如你所願，不論你愛或者不愛，我都不會嫁給張英，哪怕……最終要賠上我這條性命！」

容遠目光複雜地看著她，這樣一個驚才絕豔、空靈如仙的女子對自己一往情深，要說沒有一絲感動無疑是自欺欺人；可是感動並不代表愛情，而他甚至懷疑自己已經不會再去愛任何人。

此生此世，他只願遠遠守候著凌若，實不想再牽扯情愛。「公主何必如此執著，微臣平庸，實配不上公主，若公主下嫁張狀元，必會夫妻恩愛，永結同心。」

永結同心……這四個字令靖雪憶起去年夏日，她與容遠在太醫院時的對話，也是這四個字，從不曾變過。「你不必再勸，我不能改變你心中的想法，同樣的，你也不能改變我的。」

她的眼中有令容遠心悸的熾熱，竟令他不敢直視。

「你先出去吧，我與凌福晉有幾句話要說。」她揮手說道。

容遠猶豫了一下，終是沒再說什麼，依言退下。

在他出去後，凌若方才開口：「數日前，張狀元領眾進士遊街，奴婢遠遠曾見過張狀元，確是一表人才；而且能摘得狀元之名，必然學富五車、才華出眾，他……實乃公主良配。」

靖雪淒然一笑。「我知道張狀元極好，可是再好又如何？終不是我心中那個人，我始終過不了自己這一關。」

凌若無奈地搖頭。人世間最難勘破的莫過於情愛，多少人用盡一世去看，依然猶如霧裡看花、水中望月。

「其實適才來之前，皇上曾說，若不能勸公主回心轉意，便要將徐太醫發配至西北苦寒之地，他也是迫不得已。」她希望能讓這冰雪聰明的女子心裡好過些。

「妳不必安慰我。」靖雪頹然閉一閉目。「即使沒人逼迫他，他一樣會這樣說。

凌若，我真的很羨慕妳，有這樣一個一心一意待妳的人。如果當初妳不曾被指給四哥，妳此刻一定會是世間最幸福的女子。」

「世間哪來這麼多如果，一切只是妄想罷了。」凌若輕嘆了口氣道：「其實公主一直都是看得最透澈的一個，為何這一次卻是如此執著？」

靖雪默默看著她，於無聲的嘆息中緩緩道：「我多麼希望自己看錯一次，多麼希望預料到的路是錯的啊。所以我不孝地拒絕了皇阿瑪的賜婚，所以我任性地以絕食相爭，希望可以由著自己選擇一次，卻原來，一切皆是痴心妄想。可笑的是，最大的阻力竟不是來自皇阿瑪、來自這個公主的身分，而是他。」

有蝴蝶自窗外飛來，撲著布滿細小鱗片的翅膀在屋中轉了個圈後停在紙上，翅膀微微搧動著。

靖雪睇視著那隻蝴蝶，默默道：「又是一個四季，春夏秋冬，一直在輪迴，從不曾停下。只不知人死之後，是否真有六道輪迴？若有下一世，我寧願做一隻蝴蝶、一條游魚，如此便不會動情、不會傷心。」

「公主千萬不要這麼想。」凌若聽出她言語間的心灰意冷，忙握著她即便在初夏中依然冰涼的手道：「公主生在天家，身分貴重，不知讓多少人羨慕。」

「羨慕？」靖雪吃吃一笑，疲倦地道：「我倒寧願生在平凡人家，榮華富貴從不是我想要的。」

「可是萬物皆有情，即便為蝴蝶、為游魚，依然會愛、會悲傷。公主豈不聞飛鳥與游魚，一水之隔，愛而難相守。」凌若頓一頓又勸道：「既然事已至此，公主何不給自己一個機會，給張狀元一個機會？難道公主當真想看著徐太醫被發配到西北軍營嗎？那裡是苦寒之地，環境惡劣，若徐太醫去了那裡，也許永遠都回不來了。還有皇上和敬妃，他們將妳撫養成人，又將世間一切美好都給予妳，即便皇上這次命妳下嫁，其本意也是為妳好，希望張狀元可以令妳幸福快樂，公主當真要令他們傷心嗎？」

靖雪默然。是啊，她當真要眼睜睜看著容遠一去不回，而皇阿瑪與額娘傷心難過嗎？

靜立許久的蝴蝶驟然振翅飛起，彷彿自畫中飛出，翩翩起舞。明亮灼目的日光照在蝴蝶身上，美得有些不真實，與之相對的是靖雪在陽光下單薄如紙的容色。

直到凌若離開，靖雪都沒有再說什麼。

翌日宮中有消息傳來，說是敦恪公主願意進食了，對於下嫁之事也不再抗拒。她唯一的要求就是在出嫁前，調養身子的事由容遠負責。

康熙允諾，著禮部商訂婚期。當朝敦恪公主下嫁，嫁的又是當今狀元，張相之子，自然馬虎不得。禮部幾經斟酌之後，將婚期訂在八月初八這個全年中最好的黃道吉日。

禮部尚書原是太子妃之父石重德，自太子二度被廢後，無所倚仗的他地位岌岌可危。屋漏偏逢連夜雨，他被人查出貪汙受賄，罪證確鑿後被判抄家，他本人則被流放三千里，終身不得回京。

如此一來，禮部尚書的位置就空了出來，康熙一直沒有指定新的尚書人選。原本有兩個侍郎代行其職倒也過得去，然眼下要準備公主大婚，未免有些不足，為避免出錯，康熙遂命胤禛暫管禮部。

凌若長出一口氣。靖雪能夠想明白無疑是一件好事，儘管這個決定令她很痛苦，但相信，在風雨過後必能見彩虹，她與張英會恩愛到老；且公主這個身分註定了張英終生都不會納妾，這一世只能有她愛新覺羅・靖雪一個女人。

不需要與眾多女人爭搶一個男子，不必去時時擔心被人算計陷害，這本身就是一種幸，而自己……並沒有靖雪的福氣。

第二百九十七章 年氏

五月初九，懷孕九個月的佟佳氏開始見紅，儘管尚未出現腹痛、破水等症狀，但那拉氏已經命人請來早已選定的穩婆，還有陳太醫、王太醫，命他們著手準備，別等到出狀況的時候再手忙腳亂。

廚房大鍋中的水更是一直燒著，那拉氏嚴命廚房管火的小廝，不許灶中的柴火熄滅，水更是時時要添進去，備著隨時要用。

如此一直等到初十的子時，佟佳氏終於開始出現腹痛症狀。穩婆去瞧了之後，說因為佟佳氏是頭胎，所以離生產還要很久。那拉氏、戴佳氏還有陳格格幾人一直陪在裡頭。

至於胤禛，一邊管著刑部，一邊還要準備靖雪大婚的事，忙得不可開交，又像以前查頂死案一般，經常忙到三更半夜，今日更是到現在都還沒回來。

二位太醫正在外堂喝茶提神，卻見年氏身邊的侍女迎春匆匆走進來，神色焦急地道：「沛阿哥突然發燒，身子滾燙，哭鬧不休，福晉請二位太醫速去診治。」

福沛是年氏的第二個兒子，因之前一個夭折，所以自他生下來後，年氏就視若珍寶，處處小心，如今已快有一歲。

二位太醫互看了一眼後，陳太醫放下茶盞道：「請迎春姑娘在前頭帶路。」

迎春並不動身，瞧了他們一眼後道：「奴婢說了，福晉請二位太醫一道前去診治。」她刻意咬重了「一道」二字。

「這……我等在此等候佟福晉生產，離了一個倒也罷了，可若是離了兩個，萬一佟福晉此時生產，豈不是無法照料。」王太醫為難地道。

「生產自有穩婆照料，太醫在與不在又有什麼打緊；再說朝雲閣離蘭馨館不遠，若真有什麼事，再趕過來完全來得及。」迎春如此說了一句，見兩人還在猶豫，催促道：「你們速與我去醫治沛阿哥吧，否則耽誤了病情，誰都吃罪不起。」

陳太醫想了想道：「請迎春姑娘稍候片刻，我等回了嫡福晉便過去。」

「我都聽到了。」那拉氏面色微沉地從內堂走出來。「沛阿哥生病自是要緊，但這裡也同樣離不開人。王太醫留在這裡，陳太醫過去就是了。若當真陳太醫一人救治不過來，再讓王太醫過去也是一樣的。就像妳剛才說的那樣，朝雲閣離蘭馨館不遠，來回一趟完全來得及。」

面對這位王府中的當家主母，迎春不卑不亢地行了個禮。「回嫡福晉的話，主子也是擔心沛阿哥，恐陳太醫一人照料不過來。」

陳太醫聞言，忙接上去道：「微臣一定會竭盡全力保沛阿哥無恙。」

迎春不以為然地看了他一眼，似笑非笑地道：「想當年宜阿哥生病，陳太醫不也一樣竭盡全力，可依然未能救回宜阿哥的性命，一人之力畢竟有盡時。」

她一句話噎得陳太醫尷尬不已，搓手站在那裡不知該如何是好。那拉氏將他的窘迫看在眼中，淡淡道：「凡事不可一概而論，宜阿哥當時病重難醫，就算將整個太醫院全叫來也是一樣的，怎可怪到陳太醫頭上。而今沛阿哥不過是尋常發燒罷了，相信以陳太醫的醫術一定可以手到病除。」

不待迎春再言，她已不容置疑地道：「行了，快些過去吧，若是晚了，當真要耽誤沛阿哥病情了。」

迎春雖是年氏的人，但她畢竟不能像年氏那般與那拉氏針鋒相對、分毫不讓，若再爭執下去，那拉氏大可問她一個不敬之罪，讓她受一些不大不小的皮肉之苦，儘管她猶有不甘，也只得依言退下。

在他們離開後，那拉氏轉身和顏對王太醫道：「陳太醫不在，這裡就全倚賴王太醫你了。」

「嫡福晉放心，微臣盡當全力為之。」王太醫受寵若驚地說著。

陳太醫隨迎春一路來到朝雲閣，進了福沛所在的屋子，只見年氏正坐在床邊，靜靜睇視著熟睡中的福沛。

「微臣見過年福晉，福晉吉祥。」陳太醫拱手施禮，心中略感到有些奇怪。因為適才遠遠一眼看去，發現福沛面色如常且熟睡安穩，並沒有發燒患者常見的面色潮紅、睡眠不安之症。

「起來吧。」年氏淡淡說了一句，目光並未從福沛身上移開。陳太醫正要上前給福沛把脈，年氏忽地轉眸道：「不必了，剛才那會兒福沛的燒已經退了。」

不知為何，在與年氏目光相對時，陳太醫心裡升起一種不好的預感，強笑道：「既是沛阿哥無事，那微臣先行告退了。」

「既是來了，那就坐會兒再走，正好我有些事要問陳太醫。」年氏扶一扶鬢角的珠花，起身慢慢走到惴惴不安的陳太醫面前。「我記得，福宜死的時候還不到兩個月。」

陳太醫額角已經開始見汗，強自鎮定道：「是，微臣無能，未曾救回宜阿哥，這些年一直心有不安。」

「呵！」年氏輕笑著，眸光卻是一片冰冷。「你若真不安，就該自絕於此！」

「微臣……微臣不明白福晉的意思。」到如今，他豈能還不明白，福沛根本沒發燒，年氏不過是以此為藉口罷了。

「你明白，比誰都明白。」紅脣貝齒，在幽幽晃晃的燭光下閃爍著令人心寒的光芒。她彎腰，貼著陳太醫的耳畔輕聲道：「福宜死後，我一直很奇怪，究竟是什麼病令福宜吐奶不止，而且連太醫都診斷不出，所以這些年來，我翻看了所有醫書，厚厚一疊，比我人還高。陳太醫猜我看到了什麼？」

「微臣不知。」陳太醫的聲音開始打顫，有一種大難臨頭的感覺。

「紫心草啊！」說到這裡，她直起身，從袖中取出一株紫色的草扔在陳太醫面前。「陳太醫瞧瞧，是不是覺得很眼熟。」

陳太醫跪在地上瑟瑟發抖，驚恐難安。他萬萬沒想到這個祕密竟然有被揭開的一日，而且還是被年氏本人揭開！

第二百九十八章 福宜之死

「紫心草，生在苦寒之地，一季一枯，有催吐之功效。」年氏的話還在繼續。「有人將少量的紫心草下在奶娘吃的飯菜中，因劑量小，所以奶娘只會覺得噁心，以為是自己吃得過於油膩。可是這劑量對於福宜來說是致命的，他吃了混有紫心草的奶水後就開始嘔吐，吃下去的奶全吐了出來。之後你來替福宜看病，故作不知，只開一些無關痛癢的藥，結果可想而知，福宜不停地吐、不停地吐……」

說到這裡，寧靜微笑的假象已經被撕破，取而代之的是猶如鬼魅一般的猙獰可怖。「所以最後福宜死時，只剩下一張皮與一副骨頭。養了一個多月，卻比他從我肚中爬出來時還要輕。」留著三寸餘長指甲的右手狠狠掐住不曾反應過來的陳太醫脖子，一字一句道：「陳一澤，謀害皇嗣，不只你要死，你們陳氏九族都要陪葬！」

「咳……沒有……我沒有！」陳太醫不敢掙扎，只漲紅著臉艱難地辯解，然那隻手依然毫不留情地掐下去。他不敢掙扎，是因為迎春還有幾個小廝正面無表情地在旁邊站著，若他敢反抗，相信他們一定會毫不猶豫地過來制住自己。

脖子被掐，陳太醫呼吸困難，大腦漸漸空白，就在他以為自己要交代在這裡的時候，年氏突然放開手，冷眼看著陳太醫在那裡大口大口地喘氣。

在恢復過來後，陳太醫忙不迭地道：「福晉明鑑，微臣當真什麼都不知道，更不曉得紫心草。微臣發誓，絕對沒有傷害過宜阿哥。」

「是嗎？」年氏冷冷一笑。「那你敢不敢拿你陳氏九族的性命來發誓，如有一句虛言，九族皆不得善終，而且不論輪迴多少世，男的世世為奴，女的代代為娼！」

這個誓言太過惡毒，即便是陳太醫也不敢隨便發。見他不語，年氏臉上的笑意越加陰冷。「怎麼，不敢了嗎？」

陳太醫低頭不語，既不發誓也不承認自己加害福宜。他打定主意只要自己不承認，只憑一株紫心草根本證明不了什麼。

年氏哪會洞悉不了他這點心思。「別以為你不說話我便制不了你，這世間從沒有天衣無縫的事，做過一定會留下痕跡，你也不例外。陳太醫，你是希望我將手裡的證據呈到皇上和王爺面前，治你一個謀害皇嗣的罪名，還是將功補過？」

陳太醫其實早被一重接一重的事嚇得魂不附體，如今不過是死撐罷了。因為他太明白一個道理：不承認未必會死，但承認了就一定會沒命！

如今聽得年氏口氣似有轉圜的餘地，他忙抬起頭討好地道：「微臣確是不曾害過宜阿哥分毫，但是福晉若有任何吩咐，微臣必會盡犬馬之力為福晉分憂。」

「不要在這裡跟我說這些沒用的話。」年氏厭惡地睨了他一眼道：「我給你兩條路走。一，說出幕後指使者；二，替我辦一件事。」

陳太醫甚至連想都沒想就問：「請問福晉要微臣辦何事？」

那拉氏的手段他早已領教過，當初自己一時貪心，收了她送的財物與女人，結果被她牢牢控制在掌心，這麼些年來一直受她擺布，一步步走到如今無法回頭的地步。至於出賣她？這個念頭陳太醫不是沒有動過，可是那個女人握有他全部的把柄，他稍有異心，必然會死無葬身之地，還會連累家人。至於年氏，她到如今都沒有拿出什麼實質的證據，權衡利弊，陳太醫自然更懼那拉氏。

年氏眼中閃過一絲失望，冰冷地道：「直到佟佳氏生完孩子之前都不許離去，若有任何人問起，就說沛阿哥高燒不退，你無法離開。至於讓一個正常人瞧著像發燒，我想你身為太醫，這點兒瞞天過海的本事總是有的吧！」

陳太醫心中一凜，聽年氏這意思，分明是有心針對佟佳氏腹中的孩子。可是那邊還有一個王太醫，即使他不去，王太醫和穩婆也足夠應付了，除非……她早已買通了王太醫與穩婆！

他猛然想起前幾日，他與其他太醫發現一直喜歡抽兩口菸的王太醫突然抽上了從雲南過來的上等菸絲；而以前，王太醫因為要供幾個兒子上京城有名的學堂以便將來考取好功名，所以十幾年都只抽最便宜的菸絲。他們當時還笑話王太醫是否發了什麼橫財，如今卻是全明白了。而且這次來雍王府，是王太醫主動請纓。

既然連太醫都可以買通，更無須說區區穩婆了。

「是否微臣替福晉辦完這件事後，福晉便放過微臣？」

年氏盯了他許久，方啟唇道：「辦完此事後，你辭去太醫之職，遠離京城，我可以放你一條活路。」

放棄太醫之職？這就意味著他要重新回到給三教九流看病的日子，只是他有得選擇嗎？陳太醫只能苦笑著謝恩。

說了許久年氏也有些累了，又怕吵到熟睡的福沛，命小廝添祿帶陳太醫去耳房候著。至於福沛，陳太醫依照年氏所言，留下昔年曾經在靈汐身上用過的藥，一旦有人來看，就立刻讓他服下。此藥能讓人體溫升高，不過只要及時服用退燒藥的話，對身體並不會有什麼傷害。年氏也是備著萬一，不到萬不得已，是絕不會給福沛吃的。俗話說，是藥三分毒，沒有一種藥是真正無害的，能不吃還是不吃的好。

待陳太醫退下後，迎春扶了年氏在椅中坐下，然後輕輕替她揉著有些僵硬的肩膀。「主子，您當真要放過陳太醫嗎？」

「放過他？」年氏嗤笑，旋即眉眼間浮上瘮人的狠意。「他害了我的孩子，我恨不能食他肉、喝他血，怎可能放過他！」

「那主子您還……」迎春不解。

年氏看了一眼發黯的燭光，示意迎春拿過小銀剪子。隨著鋒利的剪子合攏，一截烏黑蜷曲的燭心帶著殘餘的燭火落在滴有蠟油的燭臺上。

第二百九十九章　紫心草

在慢慢亮起的燭光中，年氏打開桌上的暗格，從中拿出一本泛黃的醫書來，翻開，恰好是繪寫紫心草的那一頁。她幽幽道：「我們始終沒有證據，只憑這樣一頁紙、一張嘴，根本作不了證。」

是的，她從沒有什麼真憑實據，一切皆是唬陳太醫的，想讓他自己承認謀害皇嗣的罪，還有親口供出幕後主使者。可惜……他竟咬死了不肯承認。

紫心草……年氏手指徐徐撫過繪有紫心草圖案的書，淚驀然落下，化成紙上一點兒暈染。就是這種草害死了她的孩子，若她能早一點發現，福宜就不會死，如今也該有兩歲多了。福宜，她的兒……

迎春忍著鼻間的酸澀，安慰道：「主子，一切都過去了，您現在不是還有沛阿哥在身邊嗎？」

「我知道，只是每每想起可憐的福宜，心裡都難受得緊。若我以前能多看看醫書，多注意一些的話，福宜就不會死，而且還是活活餓死！」即便已經過去了這麼久，想到福宜臨死前的慘樣，她整顆心仍揪成一團，痛不欲生。

她在懷著福沛時，一直想弄清楚福宜得的到底是什麼怪病，是以翻閱了所有雍王府收藏的醫書。此外，還讓阿瑪與哥哥在外面廣搜醫書，統統運送到王府中。

正如之前對陳太醫所說，她看的醫書堆起來比她還高，卻始終沒有發現像福宜一樣的怪病。嬰兒因為幽門狹窄吐奶是常有的事，但絕不至於吐得活活餓死。直到有一次，她在這本冷僻的醫書中看到紫心草，醫書中記載紫心草的功效與福宜狀況有太多相似之處，唯一不能解釋的就是福宜這樣一個小嬰兒，絕對不可能吃乳汁以外的東西，除非有人將紫心草混在奶娘吃的東西裡，再藉由乳汁進到福宜體內。

這個疑惑從奶娘處得到了解答，她說有一回因腹中生飢去廚房尋點心吃時，曾在廚房一處角落瞧見這種草，應是不小心落下的。當時她還順嘴問了一句這是什麼，不過沒人知道，只當是普通野草。

為了證實紫心草的功效，她特意尋來一個正在餵奶的奶娘，在她的飲食中加入紫心草，由輕漸重；在加到約莫半株時，她餵哺的孩子開始出現吐奶症狀，到後面，但凡吃進去的奶水皆吐了出來，症狀與福宜一模一樣。至此，她可以確信，福宜根本沒有得病，而是被人下藥蓄意害死！

廚房人多嘴雜，根本無從查起，所以她將目光轉到了當時為福宜看病的陳太醫身上。當年福宜生病，她原是想請鄧太醫來看的，無奈鄧太醫有事出宮回鄉去了，不知何時才能回來；正當她沒有頭緒的時候，那拉氏向她舉薦了陳太醫，當時也並未多想，便讓陳太醫替福宜治病，直至福宜嚥下最後一口氣。

事後回想，她很懷疑，身為太醫怎會診不出殘留在福宜體內的藥性，而是執意認定他得了怪病？也怪自己當時不夠仔細，竟沒想到讓其他太醫來瞧瞧。

之後鄧太醫回來，她曾讓鄧太醫去診斷過那名餵食了紫心草的嬰兒。鄧太醫雖然不識紫心草這種極冷僻的草藥，但明顯感覺到嬰兒不對，疑心是否是所吃的奶水有問題。

同為太醫，醫術當不至於相差太遠，所以從那一刻起，她開始疑心陳太醫隱瞞福宜的情況。命人暗中調查之後，發現陳太醫新置辦了一處大宅子，還納了數房姬妾。那些女子穿金戴銀，奴僕成群，生活富庶，而這一切單憑陳太醫的俸祿是絕對供養不起的。

再追查下去，竟然發現陳太醫的背後隱隱出現那拉氏的身影。在此之前，她一直認為那拉氏膽小懦弱，全無主見，不過是運氣好讓她收養了一子一女，從未將對方放在眼中，如今看來她似乎搞錯了什麼。

這一次，趁著佟佳氏生產，她故意藉口福沛發燒，命迎春同去請陳、王二位太醫。她知道那拉氏就在蘭馨館，絕不會讓迎春順當地請二位太醫過來，果然只有陳太醫一人來。

而這恰恰就是她要的。至於王太醫，早與那個穩婆一樣為她所用，佟佳氏的孩子休想生下來。

「陳一澤儘管只是個七品太醫，但終歸是食朝廷俸祿的，縱然我父兄位高權重，但要明著對付他，也有所不便。如果他不是太醫了呢？」陰冷可怖的笑意自年氏唇邊蔓延。從頭到尾，她都沒打算放過陳太醫，之前那番話不過是為了哄陳太醫辭去太醫之位罷了，殺一個普通大夫自然比殺一個太醫要簡單得多。

迎春恍然，微笑著欠下身。「主子英明。」

「他離開京城之日就是喪命之時，我的孩子絕不能白白枉死！」陳太醫在她眼中早已是一個死人，可笑此刻身在耳房裡的陳太醫還天真地以為可以保住一條性命，安享餘生。

「可惜這一次不能揪出幕後主使者。」年氏不無可惜地道。陳太醫不過是一隻小蝦米，真正的大魚依然高坐其位。

「奴婢相信血債終將血償，不過是讓她多活幾日罷了。」迎春安慰著她。

此時，原本熟睡中的福沛突然將粉嫩的小胳膊伸到外面，嘴裡小聲哼嘰著，年氏忙過來輕拍他，待他重新安睡後方才收回手，悠悠地嘆了口氣道：「這次利用了福沛，我這個做額娘的實在心中難安啊！」

「主子也是迫不得已，沛阿哥就算將來知道了也會體諒主子的。佟佳氏膝下無子都已經一步步坐到了側福晉之位，若她再生下一兒半女，必然會威脅到主子的地位。」

第三百章　失算

說到佟佳氏，年氏銀牙緊咬。那個官女子出身的卑賤女子何德何能可以與她同居側福晉之位？簡直就是奇恥大辱！

如今便已寵信至此，將來再生下孩子，豈不是要騎到她頭上來？她絕不允許這種事發生。

「都怪奴婢，若是當日在花苑中就除了佟佳氏與她腹中的孩子，就沒有如今這許多麻煩。」迎春一臉懊惱。

「這事也怪不得妳，誰能想到會突然蹦出一個李衛來。」

年氏自得知佟佳氏懷孕的消息後便一直視其為眼中釘，不只想要除掉她腹中那塊肉，更想連她一塊除掉，而這單靠下藥之類的把戲是沒用的。

一來，佟佳氏當時懷孕已經逾四月，胎象穩固；二來，不論麝香還是紅花都僅能除掉孩子，對大人來說調養一陣子便可恢復了。但如果是腹部突然遭到重擊，那結果完全不一樣，孩子固然保不住，大人也岌岌可危。

是以，她便想出一計來，買通弘時的奶娘，以雪球引誘弘時，讓他每日下課後都在花苑中與貓兒玩耍。五歲大的孩子看到小貓、小狗必然喜歡，尤其是一直被那拉氏緊緊管束、壓抑了童真天性的弘時。

實際上，她暗中命迎春訓練雪球，讓牠可以聽得懂指令，如此一直等到佟佳氏懷孕九個月的時候。知道佟佳氏每日都會去花苑中散步，所以迎春那一日刻意讓雪球從佟佳氏身邊竄過去，引得弘時急追。弘時只是一個小孩，不能很好控制自己的腳步，又離得那樣近，極容易撞上佟佳氏。

想想懷孕九個月的女子突然正面受到猛烈的衝擊會怎樣，落胎？早產？抑或者……一屍兩命？

除此之外，還可以將此事嫁禍於那拉氏，至少也可以問一個管教不嚴之罪，畢竟弘時名義上可是她的兒子。

原本一切都按著她的計畫在發展，偏生在緊要關頭突然冒出一個李衛，生生護住了佟佳氏這個賤人，令她化險為夷、安然無恙，實在可恨至極。

錯失了這樣絕好的機會，她只能選擇暫時隱忍，一直到今天有萬全的準備才再次動手。

燭光昏黃，將她漆黑的影子投在牆上，不曾張牙舞爪，卻有令人心驚的猙獰，彷彿正從地獄中爬出來！

蘭馨館那邊，陳太醫離去後沒多久，佟佳氏的陣痛就開始加劇，而且頻率也變密集。穩婆不敢怠慢，命人趕緊將燒開的水端來，又拿燭火燒了銀剪子，準備接生。王太醫則等在帳外，一旦出現問題立刻便可進去，不過是進去救人還是殺人就不得而知了。

佟佳氏痛得渾身冒冷汗，不住問穩婆有沒有見到孩子的頭，在似乎沒有休止的痙攣痛意中，開始不由自主地向下用力。

穩婆讓她放鬆一些，說等宮口開得能容下一手時再用力，否則只是平白浪費力氣。柳兒和畫眉緊張地站在一旁，畫眉手中更是拿著百年老參的參片，以備不時之需。

那拉氏一直坐在外面等消息，這大半夜的未闔眼，縱然一直在喝提神茶依然睏極，正想閉目養一養神，聽得外面傳來一陣急促的腳步聲。她抬眼望去，卻是胤禛到了，後面還跟著凌若。

胤禛阻止那拉氏行禮，急切地問：「情況怎麼樣了？」

「還沒動靜，不過穩婆和太醫都候著呢，不會有事的。」她目光不著痕跡地掃過凌若，關切地道：「這深更半夜的，妹妹怎麼不休息也過來了？」

凌若行完禮，微笑道：「王爺剛到妾身那邊，就聽說佟福晉要生了，便緊趕著過來。妾身想想無事，便陪著王爺一道過來了。」

儘管不是第一個孩子，但聽著裡頭悽慘的叫聲，胤禛還是頗為憂心，耐著性子等了一會兒，忍不住又問：「為何這麼久還不見生下來？」

「王爺寬心，女人生孩子都是這樣，妹妹又是頭一胎，難免慢些。」那拉氏輕聲安慰著，接過下人奉來的茶親手遞予胤禛，道：「這事急不來，王爺辛勞了一日，還是先坐下歇歇喝口茶吧。」

胤禛想想也是這麼一回事，遂在椅中坐下，見凌若還在原地站著，拍一拍左邊的椅子道：「妳也累了，一道坐吧。」

那拉氏臉頰一搐。她此刻就坐在胤禛右側，左右之中素來以左為尊，眼下胤禛讓凌若坐在他左側，豈不是比她還要尊貴三分？對於她這位嫡福晉來說，無異於當眾搧巴掌。

然而片刻後，她已經平靜如昔。胤禛要抬舉，她自不會去掃他的興，至少此刻不會，不過她倒要看看鈕祜祿氏有沒有這個膽子。

凌若彎一彎唇角，指了下首的位置道：「妾身坐這裡就可以了。」能讓那拉氏刺心，她當然樂意之至，但若因此授人以柄就未免有些不值了。往後的日子還很長，沒必要逞一時之快。

內堂，佟佳氏的呻吟尚在繼續，而隨著宮口的張合，已經能看到胎頭上黑黑的毛髮。但凡有些經驗的穩婆，都會知道這一胎的胎位極正，可以順利生產。

不過，這個情況對已經收了年氏一大筆銀子的何穩婆來說，是絕不願見的。

她正琢磨著該怎麼辦，畫眉已經忍不住催促：「何穩婆，到底怎麼樣了，能生下來嗎？」

何穩婆心思一轉，故作為難地道：「這宮口倒是開了，可是胎兒的頭卻遲遲沒看到，想是胎位不正。」

畫眉和柳兒雖說平日精明，但到底是沒經歷過這一關的人，一聽這話頓時慌了神。「那、那可怎麼辦是好？要不要請太醫進來？」

佟佳氏忍著劇痛，努力睜開眼等著何穩婆的回答，只聽她道：「這種情況若繼續下去，不只孩子生不下來，福晉也會有危險，所以老婆子得設法將胎兒體位撥正才行。」

她自問這話可以騙過屋內的人，可是人算不如天算，沒等她動手，忽地佟佳氏感覺到一陣前所未有的陣痛，無論怎麼忍耐都阻止不了身體自然而然地向下用力，也就是這麼一下，胎兒的頭驟然露出來。

第三百零一章　再生一計

何穩婆一下子慌了神。這出來的孩子總不能再塞回去吧，該怎麼辦才好？難道趁著現在整個身子還沒全露出來，先把孩子弄死？

佟佳氏在陣痛的間隙看到了何穩婆臉上的表情，這一眼令她起了疑心。為何會這樣慌亂，難道孩子不妥？適才她明明感覺到有什麼東西出來了。

她忍痛對畫眉道：「妳們看看孩子怎麼樣了。」

不等何穩婆阻止，畫眉她們已經繞到佟佳氏腳下。在血腥中，她們看到一個像是腦袋的圓圓東西露在外面，驚喜道：「主子，小世子的頭出來了。」

見何穩婆還愣在原地，畫眉不悅地喝斥：「妳這婆子，怎麼呆手呆腳的，孩子都露出頭了也不快些接生！」

何穩婆明白大勢已去，現在想再動手腳已經來不及了，只能暗嘆一口氣，道了聲「遵命」後，安分地接生起孩子。

之後的事再無懸念。在剪斷臍帶、洗去血汙後，何穩婆抱了裹好的孩子出去，給一直等候在外的胤禛行了禮，強笑道：「恭喜王爺，是一位小阿哥。」

「當真？快給我抱抱。」胤禛大喜過望，接過包在大紅襁褓中的孩子。他膝下單薄，至今不過才兩兒兩女，佟佳氏能再為他添一子，自是滿心歡喜。

孩子閉著小小的眼睛熟睡，細細黑黑的頭髮還是溼的，緊貼在額頭，發紅的皮膚令他瞧起來像是一隻小猴子。

早在何穩婆將孩子抱出來的時候，就有下人抬上鋪了紅綢的秤，將孩子抱到上面一秤，六斤三兩，倒是不輕。

那拉氏撫著孩子紅紅發皺的皮膚，微笑道：「妹妹懷孕的時候，妾身瞧著就覺得應該是個男孩，現在果然如是。」在無瑕的笑意中，她盈盈欠下身去，彷彿不勝歡喜。「恭喜王爺又得一子。」

隨著她這句話，蘭馨館所有人包括何穩婆在內，都不約而同地齊齊跪下賀喜：「恭喜王爺喜得麟兒，王爺萬福！」

「都起來吧。」胤禛高興之下對周庸道：「每人賞銀二十兩、蘇緞兩匹。」

待胤禛去裡面看望佟佳氏後，凌若淺笑著對站在原地的那拉氏道：「嫡福晉不進去瞧瞧嗎？」

那拉氏笑看了她一眼，道：「佟妹妹剛生完孩子，現在最需要靜養，改明兒再看也是一樣的。與之相比，我倒更盼著妹妹能早日替王爺再添一兒半女，到時候咱們府裡可就熱鬧了。」

凌若定定地望著她，笑意在短暫的淡落後又盛如嬌花，意味深長地道：「是啊，一定會很熱鬧。」

佟佳氏平安產下一子的消息猶如長了翅膀的鳥兒一樣，天還沒亮前就傳遍整個王府，自然也包括朝雲閣。

年氏臉色鐵青地看著面前羞愧不安的兩人，眼中有遏制不住的怒意。「你們兩個蠢貨當初是怎麼答應我的，現在居然讓那個賤人安然生下孩子！」

何穩婆期期艾艾地道：「這……這實在是不曉得啊。哪知道她一個頭次生孩子的人，會生得這麼快，連調轉胎位的機會都沒有……」

「妳還好意思說！」

年氏凶猛的眼神令何穩婆心驚膽顫，不敢再說下去，不過心裡依然委屈得緊。喝斥完何穩婆，年氏又將目光放在王太醫身上。「還有你也是，我已經將陳一澤調開，你竟然還尋不到機會下手，任由那孩子生下來，可是不想你那幾個兒子入國子監了？」

「福晉息怒！」一提到那幾個被他寄予厚望的兒子，王太醫慌張地替自己辯解。「福晉也知道，若非產婦情況危急，太醫是不許入內的。何穩婆當時不曾叫微臣，微臣又怎好自己進去。」薑還是老的辣，三言兩語就將責任推得一乾二淨。

句句入耳，何穩婆在旁邊聽得暗恨於心，但此事她確有無可推卸的責任，只能硬忍在心頭。

「息怒、息怒，我不要聽這兩個字，我要你們告訴我辦法！否則……」年氏臉色驟然一冷，連周遭的空氣都似乎冷了下來。「後果如何，你們自己心中有數！」

王太醫緊張地思索著辦法，在年氏等得快不耐煩時，他眼睛驀然一亮，道：「既然這孩子已經生下來了，那咱們就設法在別的地方下手。剛出生的嬰兒雖然可以自主呼吸，但尚且虛弱，稍稍一點刺激都可以令他的呼吸出現問題。」

「繼續說下去。」年氏被他勾起好奇心。

王太醫理了理思緒，道：「如今尚只是五月，春末夏初，許多花都還在盛放中，有花的地方必然有大量花粉，福晉大可以往蘭馨館附近廣移花卉。只要他們開窗，小阿哥就一定會吸進去，吸得越多就越有可能得哮喘。」他歇一歇繼續道：「一旦得了哮喘，柳絮、飛花……會有很多辦法令他死得理所當然！」

年氏鳳眸微瞇，遙遙望著泛白的天空，良久，目光落在一直在等她說話的王太醫身上，聲音悠悠若自天上垂落：「很好，就按你的辦法來，總之，這個孩子一定不能活！」

第三百零二章　小阿哥

凌若從蘭馨館出來，未走幾步就看到瓜爾佳氏站在不遠處朝自己淺笑示意。她微微一笑，走過去道：「姊姊一大早過來，是給佟福晉道喜的嗎？」

瓜爾佳氏很自然地挽過她的手，朝不斷經過她們身邊的人努努嘴道：「佟福晉喜得麟兒，有的是人去道喜，多我一個不多，少我一個不少。何況明明不喜卻還要在那裡一味地裝高興，只是想想便覺得膩味無趣，思來想去，還是找妳說說話來得自在些。」見凌若笑而不語，她又道：「如何，熬了一夜累嗎？我瞧妳眼底下都有些發青了。」

凌若隨手折了一朵不知名的紫藍色小花在手裡把玩，待走到人少些的地方，方才道：「是有些累，不過還受得住。」

「瞧見那個孩子了？如何？」瓜爾佳氏突然來了這麼一句，神色甚是緊張。

撫著花瓣的手指微一用力，柔嫩的花瓣上立時出現一個指甲印，汁水從中滲出。凌若恬靜微笑道：「我想咱們的猜測應該八九不離十。」

「果然如此就好，佟佳氏當真是風光太久了，久到我以為這輩子都難以將她從頭上移開。」瓜爾佳氏鬆了口氣，心情明顯瞧著好了許多。

「花無百日紅，人無千日好。」凌若淡淡地說了一句，與瓜爾佳氏攜手來到蒹葭池邊。如今正是夏初，池邊楊柳依依，長垂及地的柳條在晨風中輕拂。

望著池中含苞待放的蓮花，凌若突然生出許多感慨。六年了，她在這雍王府已經度過了整整六年。這六年間，她經歷過許多，也失去過許多，不過幸好，幸好六年後，她依然完好無損地站在這裡。

「還記得康熙四十五年的時候，我與妳也是這樣站在這裡，不過那時我想盡辦法要除妳腹中孩子，妳則處處提防於我。」晨風拂過池面，吹動了瓜爾佳氏垂落於頰邊的鎏金掐絲點翠雙蝶步搖，蝶翅輕動，彷彿隨時會自簪間飛起。

凌若捋一捋被風吹散的鬢髮，赧然道：「是啊，若當初旁人告訴我說，有朝一日我會與姊姊心平氣和地站在這裡賞蓮，我必會嗤之以鼻。」

「我又何嘗不是？世事啊，真是很難料，從生死仇敵變成同仇敵愾的好姊妹，想想都覺得不可思議。不過若兒……」她握住凌若的手，頰邊露出一抹靜好如花的笑容。「能有妳這個妹妹，我真的很開心。」

凌若低頭一笑，正待要說話，突然有聲音在耳邊響起——

「好啊，妳們兩個倒是姊妹情深了，那我呢？」

側目望去，只見溫如言正站在不遠處笑吟吟地看著她們。彼此看了一眼，不約而同地笑了起來，過去拉住溫如言道：「自然還有姊姊。咱們三個啊，要做一輩子的好姊妹！」

能在深宅大院中遇到值得一輩子去信任的姊妹，實在是一種莫大的幸事。

第二日，她們三人結伴一道去了蘭馨館，雖然對佟佳氏極不待見，但她側福晉的身分始終擺在那裡。

恰好胤禛和那拉氏都在，正抱著孩子逗弄。弘時在一旁踮著腳尖看弟弟。經過兩日的休養，佟佳氏的精神好了許多，半躺在床上，眾人不時說上幾句話。

看到她們來，胤禛甚是高興，招手道：「快過來瞧瞧，蓮意說這孩子的下巴像我，妳們覺著呢？」

瓜爾佳氏湊過去，還沒瞧仔細呢，就已經噗哧笑了出來。「其實孩子那麼小，哪能看得出像誰啊。要妾身說，這孩子誰都不像，就像他自己呢。」

她的打趣令眾人為之一笑，唯有佟佳氏的笑容略有些勉強。將這一細微變化收入眼底的凌若笑而不語，只低頭撫弄著領襟上栩栩如生的海棠花紋。

「妹妹怎麼沒有將涵煙抱來？」那拉氏好奇地問道。

「那孩子這幾天總喜歡大喊大叫，我怕她擾到福晉和小阿哥休息，便讓乳娘帶著她。改明兒等小阿哥滿月了，再帶她來。」溫如言謙卑地回答著。

「也好。」那拉氏也只是隨口問一句，隨即又將注意力放到胤禛和他正抱在懷中的嬰兒身上，掩嘴笑道：「瞧王爺的樣子，整日抱著都捨不得放手了，以前弘時小的時候也不曾見王爺這樣在意。」

胤禛失笑道：「哪有妳說的這般誇張，不過才抱了一會兒罷了。」說著將孩子放到佟佳氏身邊睡著，又將弘時抱起坐在膝上，笑問：「不知如此可否？」

凌若先那拉氏一步道：「其實王爺待哪一位阿哥、格格都是一樣的，哪有厚薄之分。不過是因為小阿哥剛出生，所以多疼惜一些罷了，嫡福晉又何必在意。」

那拉氏原是與胤禛開玩笑，可凌若這麼一說，卻彷彿真成了小心眼之人。那拉氏只作未聞，殷殷看著胤禛道：「不知四爺想好小阿哥的名了嗎？」此話一出口，佟佳氏目光立刻熾熱了起來。賜名的早晚往往決定著孩子在胤禛心中的地位，譬如福宜剛滿月便得了名字。

胤禛想一想道：「此事不急，一時之間我也沒想到什麼合適的，等滿月後再議吧。」

聽得胤禛這樣說，那拉氏也不好再說什麼，佟佳氏眸中則浮現些許失望。如此又坐了一會兒後，凌若等人才起身離開。離開蘭馨館時，她們遇到了正指揮底下人做事的李衛，蕭兒也在。

瞧見凌若幾人過來，李衛和蕭兒各自欠身道：「奴才給凌福晉、雲福晉、溫福晉請安，幾位福晉吉祥！」

凌若別過臉不願理會他，溫如言對這個叛主求榮的人也不願多理會，氣氛甚是尷尬。最後還是瓜爾佳氏揚眸看著李衛身後那一盆盆開得花團錦簇的月季花，道：「許久不見了呢。如何，在這蘭馨館過得可還舒坦？」

「多謝雲福晉關心，奴才在這裡很好。」李衛神色自若地道。

「那就好，希望你李衛在這蘭馨館裡可以永遠好下去，否則……」瓜爾佳氏從他身邊走過，以極輕的聲音道：「就不是斷一條腿能了結的了。」

李衛沒有接話，直至她們離去後方才神色冷漠地直起身。

蕭兒朝凌若等人離開的方向啐了一口道：「莫理會她們，不過是幾個庶福晉罷了，也就只能在嘴上逞逞能，將來自有她們好看的時候。」

第三百零三章　哮喘

「放心吧，我沒事。管別人怎麼說，咱們只伺候好主子就行了。」李衛笑一笑道：「還是趕緊讓人把這些月季搬好吧，主子窗外要多放幾盆，花開錦繡，瞧著心情都會好上許多。」

「是呢。」蕭兒笑著答了一句，又道：「算那孫大由機靈，知道主子喜得小阿哥，所以送這些花來討好主子。我看他是嫌屁股下的位置還不夠高，想再挪一挪呢！」

李衛沒有說話，只是將一盆開得最豔的月季搬到窗下，殷紅的花瓣映在他眼中有妖異的美豔。

離了蘭馨館後，凌若幾人一道去淨思居，待得各自落座後，一個面生的丫頭進來奉茶。一問之下，方知是高福前幾日剛領來的，叫安兒；除卻她之外，還有一名小廝，補墨玉與李衛的缺。

「月季花……很是好看呢。」瓜爾佳氏一邊說一邊揭開盞蓋，輕輕撥弄浮在茶湯上的沫子。「不過也很要命。」

「姊姊也發現了嗎？」凌若啜了一口散發著陣陣清香的明前龍井。

「妳們這打的是什麼啞謎？快些說清楚。」溫如言一臉不解。

凌若笑一笑，解釋：「凡有花的地方必然有花粉，這些花粉對於咱們來說自然不算什麼，但是對於一個剛出生不過幾日的嬰兒來說，吸入太多卻是容易引起哮喘。這個病一旦得了，這輩子都擺脫不了。」

溫如言恍然，旋即露出幾許冷笑。「真是冥冥之中自有天意，孫大由一心想著討好佟佳氏，不曾想恰恰是害了他主子。」

「姊姊道這花真是天意嗎？」凌若舉目示意水秀：「把妳上次在花房聽到的事告訴二位福晉。」

「是。」水秀欠一欠身，在瓜爾佳氏她們疑惑的目光中說道：「奴婢昨日經過花房的時候，聽得年福晉身邊的迎春讓孫大由多送幾盆月季花到朝雲閣，說是月季花香可以凝神靜氣，對女子頗有好處，尤其是剛生產完的女子。」

「月季還有這功效嗎？」溫如言好奇地問道。

瓜爾佳氏已經明白過來，眉眼森森道：「凝神靜氣是假，要害佟佳氏的孩子是真。她早知孫大由是佟佳氏的人，眼下佟佳氏剛生了孩子，在府中炙手可熱，孫大由必會想方設法要討好佟佳氏。而花房管事能拿得出手的自然是花了，只要迎春這麼一說，信以為真的孫大由一定會將大量月季送到蘭馨館；一旦蘭馨館中充滿了月季的花粉，那孩子便危險了，畢竟不是每個人都知道看不到、摸不著的花粉會引得嬰兒哮喘。我也是以前徐太醫替我祛毒時，無意中聽他說起的。」

「是啊，等有所察覺的時候已經來不及了。」

這句話在淩若口中落下不過七、八日，蘭馨館就傳來消息，說是小阿哥出現氣急、胸悶、咳嗽等症狀，經王太醫診斷後說是哮喘，而起病的原因便是蘭馨館裡無處不在的月季花粉。

佟佳氏知道此事後將孫大由狠狠責罰一頓，然這並不能改變什麼，小阿哥尚未出月子，便開始日日灌下無數苦藥。因是急性發作，不及時壓下便會有性命之憂，所以佟佳氏即便再不捨也只得硬下心腸。

為了避免加重病情，蘭馨館所有的花全部移走，連附近的幾株楊花也被移走。如此一直醫了十餘天卻效果甚微，小阿哥的情況時好時壞，有好幾次臉都發青了，半天哭不出聲。王太醫說是因為小阿哥太小，機能不全，很可能救不過來，要有心理準備。

佟佳氏聽聞這個噩耗當即暈過去，醒來後以淚洗面，傷心欲絕。胤禛也是心裡難過，這原本是值得高興的一件事，卻轉眼變成這般。

若按著這樣下去，孩子必死無疑；然在孩子又一次病發後，李衛忽地提議說是否換一個太醫來瞧瞧，也許會有轉機也說不定。

正是這句話，令孩子逃過了死劫。

事實上，王太醫開給小阿哥的藥，每一服裡至關重要的那一味藥都少了許多，所以才令得小阿哥病情不斷惡化。

換了另一位太醫後，不曾與年氏勾結的他依病下藥，這病情自然慢慢好轉；只是之前情況太差，嬰兒身體又弱，下不得狠藥，只能慢慢調理。

直到小阿哥雙滿月了，才堪堪將病情壓下。只是得了這病，往後護理就得萬分小心，尤其是春天，一應飛花、柳絮都接近不得；特別是這麼幼小的孩子，每一次發病都可能是致命的，半點不能馬虎。

這期間，陳太醫按著年氏的吩咐辭去太醫一職，帶妻妾子女離京返鄉，途經一處荒郊時，遭遇到一夥黑衣人襲擊，男女老幼無一生還。

七月二十七，阿意如往常一樣入府給凌若請安。在毛氏兄弟的努力下，六合齋請到一位不錯的製香師父，經由他手調出的脂粉細膩幼滑，甚是好用；之後又將水月手上那幾個殘方還原了大半，令得六合齋賣的東西漸趨齊全，生意好了許多，漸漸開始盈利。

阿意絮絮說著六合齋的事，臨了掩嘴笑道：「奴婢前幾日在店裡遇到一個客人，很好笑呢！」

「怎麼個好笑法？」凌若含著輕淺笑意的目光在阿意臉上掠過。在府外這幾個月，阿意臉上的笑容比往常多了許多。

「往常都是女客來店裡買東西，那日卻是來了一個男客，將店裡的香粉全聞了個遍，一邊聞一邊搖頭說什麼『不是這個』。我瞧著奇怪，便上去問他是何事。您絕對想不到他告訴我什麼。」

阿意神祕兮兮地道：「他說有一夜，他在回家的路上莫名其妙被人打暈了，等醒來的時候，他發現自己被蒙住了雙眼，剛想要取下蒙眼布，立刻就有人在耳邊警告他不得取下，然後還告訴他，待會兒會有一個女人過來，讓他……讓他……」說到這裡，阿意紅了臉，吞吐半天才含糊道：「讓他做那羞人的事！」

第三百零四章　借種生子

凌若聽得啞然失笑，正要說天底下哪有這等好事，腦海中驟然閃過一道靈光，忙追問：「那之後呢？」

阿意臉紅紅地道：「之後就那個什麼了。從頭到尾他都沒看到那個女人長什麼模樣，只知道她身子很柔軟，皮膚很滑，身上帶著一種幽蘭般的香氣。被送回家後，他對這從天上掉下來的豔福念念不忘，一直盼著那夥人再將自己帶走，可惜那些人再沒有出現過。他心中惦念，朝思暮想，便尋思著買一盒與那女子身上所擦同樣的香粉來聞聞。哪知他尋遍了京城大大小小十數家香粉店，都沒找到那種香味的香粉。」

聽到這裡，凌若神色越發凝重。「他有沒有說是什麼時候發生的事？」

阿意搖搖頭道：「這倒沒說。」見凌若不語，她又小聲問：「主子，可是有什麼不對？」她原是當作笑話說的，不曉得為何主子的態度這麼奇怪。

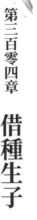

「不是，相反的，妳說的這件事，也許可以幫我解開一個大疑。」凌若神色微微有些興奮，低頭想了一會兒道：「阿意，妳在這裡暫歇一晚，明日再走。」

等到第二日，凌若將一個透著陣陣香氣的小紙包交到阿意手裡，鄭重道：「設法找到那個客人，讓他聞聞紙包中的香粉，看是不是昔日在那名女子身上聞到的香氣。」

阿意覺得這紙包的香氣很熟悉，彷彿在哪裡聞過，等到凌若說完，她也恰好想了起來，當即震驚地張了嘴巴，結結巴巴地道：「主子，您……您莫不是說……那個女人就是……」

「噓。」凌若做了一個禁聲手勢。「這事妳心裡知道就好，不要告訴任何人。」

這樣一等就是十天，阿意再次來到淨思居，行過禮後低聲道：「主子，奴婢找到那人了。」

「結果呢？」凌若緊張地問。自阿意進來後，她就不自覺地握緊手帕。

「一模一樣！」

阿意只說了這四個字，不過對凌若來說已經足夠了，之後又問了時間，恰巧能對上。她站起身來激動地道：「好！真是踏破鐵鞋無覓處，得來全不費工夫。」

直到此時阿意都仍覺得有些不真實，嚥了口唾沫，艱難地道：「主子，昀阿哥他當真不是王爺的親骨肉？」

佟佳氏的孩子雙滿月時，胤禛取了名字，叫弘昀。

「應該錯不了，佟佳氏為了起復可真是無所不用其極，連借種生子這套把戲都敢耍出來，與她一比，昔日的李氏可差遠了。」凌若冷笑。

昀阿哥？很快這世間不會再有這個稱呼。

一排鴻雁自天空飛過，這是一個極好的兆頭，預示著她忍了四年的仇，終於快要報了！

「那是否此刻就去告訴王爺？」阿意既激動又緊張。混淆皇室血脈、與人通姦，不論哪一條都是死罪，一旦查證落實，佟佳氏就算有三頭六臂也不可能再像上回那樣安然無事。

凌若望著鴻雁遠去，收回目光道：「不急，明日就是敦恪公主大婚的日子，不要為此壞了王爺的心情，一切等過了明日再說。何況在此之前，我也要親眼見見那個人。好不容易才尋到這個讓佟佳氏永不能翻身的機會，可不能再錯過了。」

夜，茫茫無邊，將一切都籠罩其中。

這一夜，靖雪赤足走遍了永壽宮每一個角落，不論明天如何，她都將離開這個住了十七年的地方。

「公主還是穿上鞋子吧，以免寒氣入侵。」容遠跟在她身後，已經不知勸了多少次，可靖雪回答他的永遠是搖頭。

長風漫捲，吹起她不曾綰起的長髮，紛紛揚揚，迷離若魅。她彎身在漢白玉階上坐下，見容遠還站在那裡，拍一拍身旁的位置道：「陪我坐一會兒。」

「很晚了，微臣該回去了。」他這樣說著，然在接觸到她近乎哀求的目光時，心莫名一軟，不由自主地坐在她身邊。

這一個小小的舉動似乎令靖雪很開心，看著頭上皎潔的明月，輕聲問：「我走後，你會想我嗎？」

容遠沉默了一會兒道：「微臣會祝福公主與額駙。」

「額駙？」靖雪重複著這兩個字，忽地笑了起來，一邊笑一邊搖頭，不知在想些什麼。在翻飛的衣袂中，她側目望著容遠輕嘆道：「你啊，永遠不會說我想聽的話。」

「這都是微臣的肺腑之言。」果真如此嗎？望著身邊神色黯然的靖雪，他突然有些不確定。

坐了一會兒，靖雪忽地道：「明日我就要出嫁了，有些藥材的名稱我不記得了，你再教我一遍好不好？」

「其實公主根本沒必要學這些。」事到如今，容遠怎還會不明白，靖雪對醫術根本沒多大興趣，之前不過是藉此接近自己罷了。

「多學一些總是沒有壞處的，指不定有朝一日我也會成為你這樣的名醫呢！」靖雪玩笑地說著，拍拍容遠的肩膀。今夜她的心情似乎好了許多。

容遠無奈之下只得帶她來到御藥房，守夜的小太監看到他們，連忙打開御藥房的門，任由他們進去。

赤足踩在地上，有些微的涼意，靖雪打量著偌大的御藥房。這裡的每一面牆上都放著一排排頂天的抽屜，最上面的那幾個需要藉助梯子才能打開。只要一踏進御藥房，就能聞到一股濃濃的藥味，永遠揮之不去。

其實一直以來，靖雪都不喜歡這股味道，總會讓她想起小時候身體不好，日日吃下無數苦藥的日子，不過是為了容遠強自忍耐罷了；但這一刻，她卻開始有些留戀了。過了今夜，什麼都將不復存在……

容遠並沒有留意到靖雪的異常，只是不斷地打開一個個厚重的抽屜，與靖雪說著裡面的藥材。「川貝、當歸、白芍，烏頭、人參、乾薑、大黃……」說到此處，他瞥見靖雪手裡拿了一株棕紅色、長有橢圓形葉子的草藥，連忙劈手奪過道：「這個是雷公藤，有大毒，不可亂動。」

第三百零五章　下嫁

待容遠將雷公藤仔細地放回抽屜裡後，靖雪神色有些怪異地道：「大毒？人吃了會死嗎？」

「雷公藤在民間又被稱作斷腸草，人一旦誤食，就會中毒身亡。不過什麼東西都有兩面性，雷公藤也不例外，它有祛風除溼、通絡止痛的功效，只要使用得當便是一味良藥。」容遠在解釋雷公藤的功效後，又為靖雪指認起其他藥草。他並不曉得，就在自己轉身的時候，放有雷公藤的抽屜被重新打開。

回到靜怡軒，靖雪將一柄白玉梳遞給容遠，輕聲道：「我的頭髮被風吹亂了，你幫我梳齊好不好？」

她的目光令容遠無法拒絕，默然接過梳子。這個舉動似乎讓靖雪很開心，微笑著在銅鏡前坐下，任由溫潤的梳齒帶著微微的酥癢劃過頭皮。

藉由銅鏡，她看到身後男人認真替她梳頭的模樣，眼眶漸漸熱了起來。她閉目，想要忍住淚意，不想還是有那麼一小滴淚滑落臉頰，旋即有一塊乾淨的帕子替她拭去那滴淚。

「如今已經過了子時，是初八了。大喜的日子，公主不該落淚的。」

「沒事，我只是突然覺得很高興，能有徐太醫替我梳頭。」靖雪如是說著，目光落在不遠處的紫檀木桌上。那裡放著一套疊得整整齊齊的吉服、吉冠，正是她天亮後要穿的。

終於，走到這一步了……

八月初八，康熙四十九年最好的黃道吉日，當朝敦恪公主將在這一日下嫁今科狀元張英。

宮門初開，額駙家便依禮備了九九禮物，如鞍馬、甲冑，詣午門恭納，燕饗如初定禮。

到了吉時，靖雪在八名宮女的服侍下，換上公主吉服、吉冠，至養心殿向康熙、敬妃行禮，同時也是向他們辭行。望著將要出嫁的女兒，敬妃不住抹眼淚，康熙也是頗為不捨。只是女兒大了，終歸是要嫁人的，如今選的這個額駙，總算還趁心，也不算辱沒了他愛新覺羅．玄燁的女兒。

靖雪向兩人磕了個頭，平靜的神色下有一絲不易察覺的哀涼。「女兒不孝，不能再侍孝於皇阿瑪和額娘膝下。皇阿瑪和額娘一定要保重身體，勿以女兒為念。」

「起來吧。」康熙慈祥地看著這個自己最喜歡的女兒。「朕與妳額娘身子都好，妳不必掛心；而且額駙府就在京城，什麼時候想見了隨時都可以進宮。朕知道妳素來聰慧，心氣也高，不過嫁了出去，便是別人家的媳婦，一定要恪盡婦德、婦容、婦言、婦功，不可有片刻忘記。」

「兒臣謹記皇阿瑪教誨。」她再一次跪下叩首。「兒臣感謝皇阿瑪與額娘賜予兒臣身體髮膚，感謝這十七年來的養育之恩！」

敬妃取過代表著吉祥平安的蘋果，親手放到靖雪手中，含淚道：「好好與額駙過日子，去吧，別誤了吉時。」

在臨出養心殿時，靖雪突然對康熙道：「皇阿瑪，您說過只要女兒如約出嫁，就饒過徐太醫對嗎？」

「君無戲言。」康熙雖然不喜歡提到這個名字，但在這大喜的日子裡還是和顏相向。

靖雪像是放下一樁心事一般，輕笑道：「那麼請皇阿瑪記住，不論女兒今後如何，您都不可以遷怒於徐太醫。」

自養心殿出來，有命婦翊升輿，下簾，內校舁出宮，儀仗具列，燈炬前引。一應福晉、夫人、命婦乘輿陪從，自午門而出，往額駙府第行合巹禮。府邸中早已設宴九十席，只等行禮後便可開席同樂。

太醫院中，容遠一如往常坐在案後看書，許是因為公主出嫁的喜樂吹得太響吵到了他，又許是一夜未睡、精神不濟，總之整個人都有些心浮氣躁，書上的字一個也映不進腦海裡。

公主……她此刻應該已經在去額駙府的路上了吧？

腦海裡突然蹦出這麼一個念頭，揮之不去，無奈之下，容遠將一頁都未曾翻過的醫書往案上一放，起身走到重簷下遙遙望著午門方向。歡快嘹喨的喜樂聲就是從那裡傳來的，此刻正不住遠去，變得越來越輕。

過了一會兒，有幾個年輕的太醫結伴進來，嘴裡說著剛才看到的公主大婚儀仗，在瞥見神色恍忽的容遠時，當中一人冷笑道：「有些人一天到晚巴著敦恪公主不放，以為這樣就可以平步青雲。哼，也不拿面鏡子照照自己的模樣。額駙？他配嗎！」

容遠不願與他爭執，轉身正要入內，卻被一名走進來的宮人叫住。容遠認得她，是靖雪的貼身宮女柳月。

「公主讓我把這幅畫交給徐太醫。」柳月板著臉道。她對這個令自家主子傷透了心的男人實在沒有什麼好感，若非公主吩咐，才不願走這一趟。

容遠接過畫卷徐徐展開，畫卷之中別無他物，唯一籠子而已。

靖雪，這便是妳出嫁時的心境嗎？身在籠中，不得自由。其實哪個人不都是在無形的籠子中，自由……始終是可望不可及。

容遠抬頭，望著已經聽不到喜樂聲的午門方向，悵然嘆了口氣。不論他願不願意承認，此生對靖雪終是有虧欠。希望在往後日子裡，她可以早點將自己忘記，開始新的生活，如此才會有幸福可言。

這些日子，他一直陪在靖雪身邊，默默注視著她的一顰一笑、一淚一婆娑。處得越久就越清楚她對自己的心意，不是一時迷戀，而是刻骨銘心的愛戀，那種眼神無法偽裝，就像他對凌若那般。

可是，他能如何？愛早已力不從心，何況他一個小小太醫如何配得起高高在上的公主？既不能相濡以沫，倒不如相忘於江湖……

他嘆了口氣，轉身回到已經聚集不少太醫的屋中，還未坐定便見一個頭髮花白的老太監走進來，卻是御藥房總管太監趙方。

趙方進來後，先拱一拱手，笑咪咪地道：「老奴給各位太醫請安了。」

「可不敢當，趙公公快請起。」鄧太醫忙客氣地道。齊太醫不在，他就是這裡官職最高的太醫。

第三百零六章　雷公藤

鄧太醫取來他用來泡鐵觀音的紫砂壺，倒了一杯茶給趙方。趙方雖只是一個奴才，但他身居御藥房總管一職，也是有品有級的，論地位、身位不會比他們這些太醫低多少。何況能爬到這一步的奴才，哪一個不是與後宮那些娘娘主子們有著千絲萬縷的關係，可怠慢不得。

趙方接過紫砂做成的茶杯輕啜了一口，讚道：「清香雅韻，回味悠長。上次在鄧太醫這裡喝了一次後，老奴可是念念不忘呢。」

「公公若喜歡，儘管每日來喝就是。」這般說了一句後，鄧太醫問：「公公今日來，可是身子哪裡有不爽快？」

「老奴這副身板還算硬朗，沒什麼大毛病，也就偶爾天陰起風的時候有點小病小痛。老奴這次來，是想問問幾位太醫，這幾日可有取用過雷公藤？」

「雷公藤？」鄧太醫奇怪地重複一句。身為太醫，他當然知道雷公藤是什麼東西，只是這味藥因毒性過大，平常很少會用到。「趙公公為何突然這麼問？」

趙方咂咂嘴道：「今兒個一早，老奴跟平常一樣領著那群小崽子點藥材，發現雷公藤比冊中記載的少了五株。雖說不是什麼值錢藥材，一年也用不了幾株，但鄧太醫也知道老奴那邊的情況，所有藥材進多少、出多少都要記錄得清清楚楚，分毫不能差。若是有一星半點不對，內務府就該來找老奴問罪了。不得已之下，老奴只好腆著老臉來問問，諸位太醫可有取過藥卻忘了記錄的事？」

「無事誰去取那雷公藤？能代替的都用旁的藥材代替了，否則萬一用錯了分量，可是要出大事的。趙公公，莫不是你底下的人記岔了吧？」其中一個太醫出聲道。

趙方搖搖頭，苦笑道：「若真是這樣就好了，可是老奴把這一年的紀錄都查過了，沒有任何出入，就是無緣無故少了那麼五株。」說到此處，他忽地想到什麼，對有些心緒不寧的容遠道：「徐太醫，聽說昨夜你與敦恪公主曾去過御藥房，不知可曾拿過雷公藤？又或者順手放在什麼地方了？」

自趙方說明來意後，容遠就一直有種莫名的心慌，此刻再被趙方這麼一問，整個人頓時如遭雷擊，猛然想起昨夜雷公藤的抽屜是靖雪打開的，當時她還拿了一株在手上。難道……那個時候……

容遠拿在手中的畫卷驟然落地，畫軸輕滾，展開了畫卷，露出畫在紙上的那只籠子。

原來，從始至終，靖雪都沒有放下過，原本想要鎖住明媚春光的籠子最終牢牢鎖住了她自己，令她無法從中掙脫。

既不能飛上天，又不願像一隻金絲雀一樣放棄所有，安安分分縛在籠子裡，那麼只能有一個結果……

不！不可以！他不允許靖雪這麼做，絕對不會允許！

他一把抓住從外面進來的太醫，急切地道：「公主大婚的儀仗呢？出宮了沒？」

來人被他問得莫名其妙。「我怎知道公主出宮沒出宮，適才過來的時候，已經快到午門了。」

一聽這話，容遠顧不得說什麼，往外疾奔而去。他一定要趕在靖雪出宮前攔住她，雷公藤，千萬千萬不能吃！

從太醫院到午門，相隔不知多少重宮殿，這樣一路狂奔，縱是習武之人也吃不消，何況是容遠這樣的太醫。身子早已疲累不堪，只是他很清楚，只要自己一停下來就再也邁不開步，是以一直強提著一口氣。

在快到午門時，他隱約又聽到了喜樂聲，精神不由得為之一振，腳下又加快幾分，終於在穿過又一重宮殿後看到大婚的儀仗正在緩緩通過午門，靖雪乘坐的彩輿正在裡頭。

「等等！」容遠帶著粗重的喘息聲喚道，只是他的聲音在震耳的鑼鼓喜樂聲中太過微不足道，根本沒有人在意，儀仗依舊往宮外緩步行去。

容遠急得臉色變了，一邊大聲呼喚一邊追上去，也不管那些捧著公主奩禮的宮女、太監，一味撐著已經在不住打顫的雙腿奔到前面，使勁拉住華麗無匹的彩輿。「不要再走了，停下來！快停下來！」

「徐太醫，你這是在做什麼！還不快放開，誤了公主大婚的吉時，你可擔待不起。」隨彩輿同行的張嬤嬤認出了容遠，皺眉言道。

容遠不理會她，只是固執地拉住彩輿。因為他的出現，原本井然有序的大婚儀仗變得有些亂，張嬤嬤見著不對，只得命人停下，看向容遠的目光極為不悅，冷聲道：「徐太醫，你若再不放手，老身唯有去通知皇上了，到時候皇上問罪下來，你可別怪老身沒提醒你！」

原以為只要不是得了失心瘋的人，聽到這話就一定會讓開，哪知這徐太醫反而跑到彩輿面前，甚至還膽大包天地揭開金紅色的簾帷鑽進去！

張嬤嬤從沒見過這麼膽大包天的人，竟敢鑽入公主出嫁的彩輿中，這……這不是要壞了公主名節嗎？若是傳到皇上和敬妃娘娘耳中，他固然要被問罪，自己也要受牽連。她又氣又急，忙命人將這個聽不懂人話的太醫揪出來。

容遠此刻哪還顧得上這些，從剛才開始，彩輿內就一點兒動靜都沒有，他與張嬤嬤就站在彩輿邊上，聲音又不小，靖雪不可能聽不到，除非已經出事了。

性命攸關，他顧不得可能引發的嚴重後果，毅然掀開簾帷進了彩輿中。

進到裡面，只見一身吉服的靖雪頭覆紅帕坐在椅中，雙手輕輕蜷著安然放在膝上。見靖雪好端端地坐在彩輿中，並沒有如自己所想的那樣，容遠長長出了一口氣。看來是他猜錯了，靖雪並沒有自尋短見。

此時，幾個小太監在張嬷嬷的示意上，進來抓容遠，其中一個在上來時不小心腳下打滑，摔了一跤，磕倒在彩輿上，引得彩輿一陣輕微的搖晃。

這本沒什麼，但是原本好端端坐在那裡的靖雪，卻因為這陣搖晃突兀地往旁邊倒去，像一尊木偶一般。

第三百零七章　暫緩

容遠剛剛放下來的心，因這一幕而再次揪緊。他掙開抓著自己的太監爬到靖雪身邊，紅帕被揭起，露出靖雪那張姣好卻毫無生氣的臉龐，慘白自脂粉下透出，與脣角那抹豔紅形成鮮明對比。

「公主！公主！」容遠顫抖著伸出手指探到靖雪鼻下，幸好、幸好還有那麼一絲微弱的呼吸。他勉強靜下心來診脈，脈象薄，數而易變。她應該是才吃下雷公藤不久，也不知她到底吃了幾株，吃的越多，毒性就越大！

不管怎樣，此刻還有生機，他一定要救她。

太醫院，回太醫院救她！此時此刻，容遠心中只有這麼一個念頭。

他咬牙，拚盡殘餘的力氣抱起靖雪，見那些小太監還愣在那裡擋著彩輿的出口，迫聲道：「快給我讓開！」

小太監們雖然不曉得發生什麼事，但看靖雪這般模樣，都知道是出事了，不敢怠慢，退開兩邊，任由容遠抱了靖雪下彩輿。

「徐太醫，你大膽，還不快將公主放下！」張嬤嬤不知道彩輿裡的情況，見容遠抱著靖雪，頓時急紅了眼，閃身擋住容遠的去路。

容遠冷冷掃了她一眼，那眼神竟令張嬤嬤不由自主地往後退了一小步。「若不想公主死的話，就立刻給我讓開！」

張嬤嬤一驚，下意識地往容遠懷裡瞧去，待得看清靖雪的模樣後頓時嚇得魂飛魄散、雙腿發軟，一句話也說不出。

雖然容遠一直在強行忍耐，但不得不承認，他的體力已經到了盡頭，想這樣抱著靖雪到太醫院根本不可能，可是依靖雪此刻的狀態，片刻也拖延不得。

心思疾轉，目光在看見拉彩輿的馬兒時亮了起來，那些都是千里挑一的良駒。他疾聲道：「趕緊將馬套解下來。」

一下子鬧出這麼大的事，那些人早已沒了主意，只能按照容遠的話去做。容遠竭盡全力抱著靖雪蹬上馬，迅速策馬往太醫院奔去。只有到了那裡，他才有辦法救她！

靖雪，妳一定要撐住，千萬不要放棄。

額駙府早已是賓客如雲，親王阿哥、尚書侍郎、朝官皇親，一個個皆攜厚禮來賀，恭喜張廷玉教出一個好兒子，金榜題名不說，還做了皇上的乘龍快婿，不知羨煞多少人。張廷玉雖嘴上不說，心裡實高興不已。

額駙府席開九十，只等公主過門與額駙行過合巹禮便可開席，哪知左等右等遲遲不見公主儀駕，眼見吉時就要到了，若是誤了吉時，可就行不得禮了。張家父子著急不已，命人趕緊去外頭看看公主來了沒有。

凌若也在額駙府，她與那拉氏等人一道隨胤禛來此喝靖雪的喜酒。見靖雪遲遲不出現，心中暗自奇怪，悄聲問旁邊的胤禛：「四爺，怎麼至今還不見公主儀駕？」今日大婚，一應禮儀時辰都是由胤禛與禮部一同定的，他無疑最清楚。

胤禛搖搖頭，顯然他也很疑惑。按著時辰來算，此刻，靖雪早該到了，難道中途出了什麼事？

一眾賓客直等到吉時過了也沒見儀駕的影子，這下子所有人都開始坐不住了，暗自揣測到底出了什麼大事，令得公主的大婚都不能如期舉行。

正當張家父子惴惴不安的時候，李德全到了，帶來康熙的口諭：敦恪公主身子不適，無法行禮，婚期延後。

眾賓客譁然。公主下嫁是早早昭告天下的，如今驟然延後，不管有什麼樣的原因，張家都必然顏面盡失。

在傳完康熙的口諭後，李德全走到震驚莫名的張廷玉身邊，小聲道：「相爺，皇上請您入宮一趟。」

「好！公公稍等，我換件衣服就來。」張廷玉始終是經歷過大風大浪的人，很快的便壓下了心中的震驚與疑惑。
就在張廷玉換衣裳的時候，李德全對胤禛與凌若道：「皇上也請四阿哥和凌福晉入宮。」
「李公公，可是靖雪出事了？」胤禛神色凝重地問。他早上才剛剛見過靖雪，並無異常，即便真有什麼不適，也不至於說連禮都無法行，其中必有緣故；而且還還特意將自己與凌若召進宮中。
李德全嘆了口氣道：「事關重大，奴才不敢多言，總之四阿哥入宮見了皇上就一切清楚了。」
到了養心殿，康熙正閉目坐在寶座上，聽到幾人進來的腳步聲，慢慢睜開了眼，待他們各自行過禮後，揮手示意他們起來。
「皇上，敢問敦恪公主身體可還好？」張廷玉拱手問道。今日的事委實太過蹊蹺，令人難解。
康熙走下來至張廷玉面前，定定望著他許久，忽地重重嘆了口氣道：「衡臣，朕對不起你啊！」
這話可是將張廷玉嚇了一大跳，古往今來，可從沒聽說過皇帝向臣子說「對不起」。他當即要跪下請罪，卻被康熙阻止。
康熙面色鬱鬱地道：「朕說的都是實話，今日原本是召告天下的公主大嫁之日，可是靖雪卻未能過門行禮，傳揚出來，必然連累你張家被人笑話。」

「公主鳳體欠安，微臣豈有不理解之理，待得公主身子好了之後再成婚亦是一樣的。」

「也只能這樣了。」康熙點點頭，眉頭舒展了一些又道：「回去告訴你兒子，他是朕選定的額附，絕不會更改。就算靖雪沒有這個福氣，朕也會另擇一位公主下嫁於他，君無戲言！」

第三百零八章　垂危

見康熙對兒子如此看重，張廷玉激動不已，不過他也同樣從康熙的隻言片語中聽出一些端倪，似乎敦恪公主的事並不那麼簡單。只是既然康熙不說，他自然不會去問，叩謝過皇恩後退了下去。

「吱呀！」養心殿的門在張廷玉出去後緩緩關起，隔絕了外面的秋意與暖陽，令氣氛一下子變得凝重無比，壓得人喘不過氣來。

「皇阿瑪，靖雪她——」胤禛剛說了幾個字，就被狠狠擲在面前的一方琉璃鎮紙打斷。

康熙滿臉怒意地道：「不要提這個逆女！」

胤禛與凌若面面相覷。康熙素來疼愛這個女兒，怎麼生這麼大的氣，還稱之為逆女？瞧那模樣，比當日靖雪絕食拒婚時還要生氣。

「皇上當心身子。」李德全見康熙不住地喘粗氣，忙上前替他撫胸。待康熙氣息順暢些後，他睨了康熙一眼後，小聲對茫然不解的胤禛兩人道：「敦恪公主出宮時服下了自御藥房中偷來的毒藥，如今性命垂危，正在太醫院中救治，能否活過來還是未知數。」

胤禛一路過來想了無數種可能，甚至連靖雪拒絕出嫁都想過，卻萬萬沒料到會是這種情況。靖雪，她……服毒自盡？

不只胤禛，凌若亦是同樣震驚。靖雪明明已經聽勸，答應下嫁張英，為何突然這樣？難道說，從一開始靖雪就打算如此了嗎？

「大婚的儀仗還沒出午門，她就已經在彩輿中服毒，她這是存心要令朕失信於臣子，令朕貽笑天下！」想到適才張嬤嬤的回稟，康熙怒不可遏，這口氣怎麼也順不下來。

胤禛見其動了真怒，忙跪在康熙面前道：「皇阿瑪息怒，皇妹素來至孝，每次皇阿瑪龍體不適，都是她衣不解帶侍奉榻前。今日的婚事更是她親口應允的，怎會無緣無故自盡？其中當另有緣由才是。」

「緣由？」原本因胤禛之話而面色稍緩的康熙，在聽得後半句時再度怒上心頭，目光狠狠刮過隨胤禛一道跪下的凌若。「何曾來的緣由，從頭到尾靖雪都不曾放下過那個太醫，之所以答應，也不過是為了保住那太醫的命！好，真是好，養了她十七年，臨到頭竟還比不上一個完全不將她放在眼中的男人。堂堂公主委曲求全不說，現在還為了他自盡！張家的小子有什麼不好？新科狀元，文采斐然，哪點不比那個該死的太醫強上百倍。她究竟著的是哪門子魔！」

康熙越說越生氣，胸口劇烈地起伏。李德全在旁邊擔心不已，唯恐他有什麼意外。畢竟是近六十的人了，驟然受這麼大的刺激，誰也不敢保證無事。

胤禛驚訝萬分。靖雪一直是聰慧聽話的，且懂得審時度勢，印象中從不見她惹康熙不悅過，否則也不能在眾公主中脫穎而出。甚至有一次康熙還曾感嘆過，若靖雪身為男兒身，必不輸給她任何一個哥哥。

為何她在這件事上這般固執任性，甚至連命都不要？徐太醫當真令她如此痴迷嗎？

不等他們說什麼，康熙已經重重一掌拍在御案上，震得擱在架上的湖筆跳起老高，厲聲道：「徐容遠！朕當初就不該留著這個禍害！」

見康熙因靖雪之事而遷怒容遠，凌若心中驚慌不已，然此刻當著胤禛的面又不便為其求情，只能暗自著急。

胤禛默然，雖然他對容遠印象不錯，也認為他醫術高超，但此刻的康熙就像是一頭被撩起了怒火的猛虎，雖老矣，依然凜不可犯！

正此時，李德全的徒弟四喜快步走進來，細聲稟道：「皇上，敬妃娘娘在殿外求見。」

「不見！」康熙想也不想便怒道：「教出這麼一個不成器的女兒，還敢來見朕，讓她回宮自己好好反省去！」

四喜被他喝得縮了縮脖子，後半句話噎在喉嚨裡不知該說還是不該說。李德全見他愣在那裡，怕康熙怪罪，忙道：「沒聽見皇上的話嗎，還不快出去！」

四喜想了想，湊到李德全耳邊輕聲說了句什麼，李德全面露驚色，在四喜出去後，走到康熙身邊小聲道：「皇上，公主快不行了，敬妃娘娘求您去見見公主。恕奴才說句大不敬的話，萬一公主有個三長兩短，這可能是最後一面了。」

「她不將朕這個皇阿瑪放在眼中，朕為何還要去見她！」在片刻的沉寂後，康熙說出這麼一句話來，臨了更恨聲道：「從她在彩輿上自盡的那一刻起，她就不再是朕的女兒！」

他的聲音極大，透過朱紅雕花殿門傳到尚未離開的敬妃耳中，一直按捺住的哭聲因這句話而驟然爆發出來。她跪在外面，大泣道：「皇上，臣妾求您去見靖雪一面，太醫說她很可能就此醒不過來了。靖雪她縱有千錯萬錯，始終都是您的女兒，您當真如此狠心絕情嗎？」

康熙轉身，背朝殿門，對敬妃的哭泣置之不理。至於李德全，剛才那句話他已經是冒著被康熙責罰的危險說出，此時只能垂頭不語。

胤禛想一想正要說話，康熙卻似已經洞悉他的心思，頭也不回地道：「要見你們去見，朕是絕對不會去見那個逆女的，權當沒生過便是！」

見話已說到這分上，胤禛只得磕了個頭，拉了凌若一道起身退出養心殿。

殿門開啟的聲音驚動了跪在外頭的敬妃，驚喜的目光在看到是胤禛兩人時又黯淡下去，澀聲問：「皇上始終不肯見嗎？」

胤禛上前意欲扶起她，道：「皇阿瑪此刻正在氣頭上，誰的話都聽不進去，還是等他氣消後再說吧。」

敬妃說什麼也不肯起來，言道：「本宮就怕靖雪等不到皇上氣消的那一刻。太醫說她吃的雷公藤太多，毒性無法中和，現在只是靠人參暫時吊著一口氣罷了，不知吊得了多久……」說到後面，敬妃泣不成聲。她入宮二十餘年，只得靖雪一個女兒，將其視作命根子，若靖雪就這麼去了，她不知自己該怎麼辦才好。

第三百零九章　九死一生

「娘娘別太難過了，那麼多太醫在，也許可以將靖雪救回來也說不定。」胤禛安慰道。

敬妃淚落不止，泣然道：「連身為院正的齊太醫也說了，靖雪這次的生機連一成都不到。你們若要去便去吧，本宮在這裡跪著，皇上一個時辰不出來，本宮就跪一個時辰；一日不出來，本宮就跪一日，定要跪到皇上肯去見靖雪為止。」

胤禛知她心意已決，再勸亦無用，只得搖搖頭，與凌若一道去了太醫院。

守在外面的小太監曉得他們為何而來，匆匆行過禮後，快步將其引往東耳房，一開門便看到裡面站了十餘位太醫。

看到胤禛來，他們忙上前見禮。在問起靖雪情況時，齊太醫的話與之前敬妃所說的相差無幾，臨了又道：「尋常兩、三株雷公藤便已致命，何況公主一口氣服用了五株，毒已深入五臟六腑，藥石雖有效，卻難以清除，若非有九百年的人參吊著命，只怕早已……」

齊太醫沒有說下去，但他的意思，胤禛與凌若皆明白。彼此相視一眼，心頭皆如壓了一塊大石。

隨著眾太醫退到一邊，他們看到了躺在床上的靖雪。她依舊穿著那一身吉服，閉目安靜地躺在那裡，若非眉心那絲青黑之氣，她瞧起來就像是睡著了一般，等睡醒後，又會如以往那樣露出恬靜溫和的微笑。

一人跪坐在床前踏板上，眸中有深重的痛苦，正是容遠。自從得知靖雪無救後，他就一直維持同樣的姿勢，不動不言，猶如牽線木偶一般。

儘管知道這件事怪不到容遠頭上，但胤禛還是忍不住重重哼了一聲。若非容遠，靖雪此刻已歡歡喜喜嫁入張家，哪會像現在這樣躺在床上，生死未卜。

「齊太醫，當真無計可施了嗎？」凌若不死心地問道，心中既難過又擔心。若靖雪真死了，依剛才康熙的態度，容遠只怕很危險。

「所有辦法都試過了，可是公主的情況一直沒有好轉。太猛烈的藥又不敢用，公主全靠人參吊住心口一點兒氣，萬一藥性過猛，沖破人參的藥性，公主性命更加堪虞！」

齊太醫說完後，鄧太醫亦道：「雷公藤的藥性太過剛猛，尋常藥物難以奏效，但要以毒攻毒，又怕公主承受不了，反而連這最後一口氣都吊不住。」

凌若默然不語，看向一言不發的容遠，輕聲問：「徐太醫，你可有辦法？」

聽到凌若的話，容遠痛苦地低下頭。若有辦法他早就試了，哪會等到現在？事實上，從他將靖雪抱來此處後，除了以毒攻毒之外，所有辦法都試了一遍，效果皆不理想，他還能做什麼？還能做什麼？

容遠拚命地想著，用盡一切力氣在想，可是他是人，而非神，他做不到人力以外的事，只能眼睜睜看著靖雪一點點虛弱下去。

此時，有太醫為靖雪替換含在舌下的參片。因為靖雪毒行全身，全賴人參吊一口氣，所以每隔半個時辰就要換一片參片。

「齊太醫，這已經是最後一片九百年的參片了，如果這半個時辰裡再想不到辦法，只能改用六百年的人參了，不過我擔心六百年人參的藥力無法吊住公主的性命啊！」

「那就多切幾片含在舌下，以量來補質吧。」齊太醫無奈地說道。九百年人參可遇不可求，縱是皇宮也只在多年前得到一株罷了，這些年下來，就剩下小小一段，此刻全用在靖雪身上了。

齊太醫掃了諸太醫一眼道：「各位再想想辦法吧，看看還有什麼法子可以救敦恪公主。」

沒有人回應他的話，因為早已試過許多，根本無用。至於以毒攻毒的法子，哪個也不敢主動說試，萬一公主沒救過來，而是死了，那這罪可就全落到自己頭上了，是以沒人願意去擔這個風險。

時間一分一秒過去，半個時辰轉眼就到，胤禛兩人親眼看到靖雪情況急轉直下，青黑之氣從眉心擴散而開，轉眼已遍及全身。她渾身更是不停抽搐，眼皮下隱隱翻起白色。

六百年的人參藥力始終是不足，即便多切了幾片也於事無補，可是縱然已到了這個地步，依然無人敢提「以毒攻毒」這四個字，不約而同地選擇沉默。

想到以前剛學會走路的靖雪總喜歡跑到長春宮，看他與胤祥練習射箭，每次看到他們射中靶心就會使勁拍手；還有他們帶著靖雪一道去放紙鳶、踢藤球的時光，胤禛不由得心中大痛，抱著抽搐不止的靖雪大聲道：「靖雪！撐下去，千萬不要死。妳若當真不想下嫁，等妳醒了，四哥跟妳一道去向皇阿瑪求情，讓他收回聖命，醒來！聽四哥的話，快點醒來啊！」

他大聲地喚著，想要叫醒靖雪，可一切都是徒勞的，任憑他怎麼搖晃、怎麼呼喚，靖雪都毫無反應，反倒是身上的黑氣在不斷加重。

就在這個時候，容遠突然站起來跌跌撞撞地跑出去，齊太醫等人見狀紛紛皺起了眉頭。公主還未嚥氣，他便已經嚇得逃跑，這膽子未免也太小了些。更何況此乃皇宮禁地，沒有皇帝許可，哪個又能走得了。

將這一切看在眼中的胤禛露出厭惡之色。想不到他竟是一個貪生怕死的無膽匪類，靖雪為他送了性命，當真不值！

眾人中，唯有凌若不這麼認為，她太清楚容遠這個人，既然出現在這裡，就絕不會離開。

果然，僅僅離去片刻後，容遠又跑了進來，手中還抓著一大把藥材，鉤吻、烏頭、番木鱉、半夏……

眾太醫越看越心驚，以他們的醫術與見識，只一眼便認出容遠抓在手裡的是哪些藥材——無一不是大毒之物。他莫不是想……

而容遠接下來的舉動也證實了他們的想法，只見他將藥材交給守在旁邊的小太監，以低沉到令人發顫的聲音道：「兩碗水煎成半碗，煎成後立刻拿來給公主服用。」

第三百一十章　活命

「慢著。」一直看容遠不順眼的楊太醫出聲阻止：「你不能這麼做，公主身子本來就已經虛弱不堪，再這樣下猛藥，會令她承受不住的。」

待那小太監離去後，容遠方才回過身，神色發冷地看著他。「除此之外，楊太醫還有更好的法子嗎？」

楊太醫語塞，但仍強硬道：「即使如此，也不該枉顧公主性命而用凶藥。」

容遠盯了他半晌，忽地笑了起來，這樣的笑容令楊太醫心裡發毛，色厲內荏地道：「你笑什麼？」

「若再不用這些藥，才真是枉顧公主性命。」他冷冷掃了眾人一眼道：「若公主真毒發身亡，我徐容遠自會擔這個責任，斷不至於連累其他人。」

生死與否，在這一刻已經不再重要，重要的是靖雪。只要靖雪沒事，哪怕要奪去他的性命也無所謂。

這一世，他負她良多……

容遠的這一番話，倒是令胤禛對他改觀。想不到區區一個太醫竟有這等傲骨與承擔，靖雪這番情義倒也算不得錯付。

在藥煎好之前，容遠以針灸術封了靖雪的奇經八脈，令毒血暫時不能流轉。

藥很快就煎好了，接過那碗含有大毒的藥，容遠將之一口口艱難地餵到靖雪嘴裡。所有人都緊張地注視這一幕，究竟是救命的良藥，還是害命的凶藥，很快就可見分曉。

當容遠將所有銀針一一拔出後，隱藏在靖雪肌膚下的黑氣一下子濃郁起來，尤其是面部，猶如蒙了一層黑紗，連容色都有些看不真實，顯然雷公藤的毒性在多次壓抑後到了最劇烈的時刻，何況後面還餵下了那麼多與雷公藤一樣含有劇烈毒性的藥物。

等了一炷香後，黑氣由盛而衰，自面部慢慢退去，正當所有人心中歡喜，認為以毒攻毒的法子奏效的時候，靖雪突然噴出一口黑色的鮮血來，同時黑氣再度強盛，比剛才有過之而無不及。

這顯然不是什麼好兆頭，容遠趕緊搭脈，發現靖雪體內的脈象凌亂不堪。難道真沒救了？

早以想到這個結局，但真到這一刻，容遠依然難以接受，怔怔地望著即便在昏迷中依然露出痛苦之色的靖雪，神色一片茫然。

如果靖雪死了，他這一生都會活在內疚痛苦之中，永遠不會有心安的那一天。

驟然，黑氣從靖雪身上迅速退去，盡數集中到十指上，原本纖細的十指變得粗腫而黑亮。

看到這裡，容遠目光一亮，帶著難言的喜色取過一旁的銀針來到靖雪身前。隨著銀針將十根手指一一扎破，與適才靖雪吐出來一樣黑的血液緩緩自傷口流了下來，足足流了小半杯後，這血才由黑轉紅；又流了一會兒，等血液全部變成鮮紅後，容遠才放開擠壓她的雙手。

再次診脈，靖雪的脈象已經漸趨平和，再沒有了中毒的跡象，看來以毒攻毒的法子生效了，之前的狀況不過是兩種毒性在其體內衝撞罷了。

「公主吉人天相，總算是化險為夷了。」

凌若撫著胸口，放下了一直高懸不安的心。

胤禛同樣高興不已，撫著依然昏迷不醒的靖雪臉龐，問道：「公主什麼時候會醒？」

容遠收回搭在靖雪腕間的手，道：「這個要看公主自己，也許一天，也許十天，說不準。」

胤禛點一點頭後道：「太醫院人多事雜，且又都是男人，不適合公主養病，還是將其送回永壽宮吧。」

這話自然不會有人反對。靖雪被送到永壽宮後，得到消息匆匆自養心殿趕來的敬妃喜極而泣，守在失而復得的女兒床邊，一刻不肯離開。

深夜，敬妃正守在床邊打盹，桌上那盞宮燈在紗罩下散發出幽幽的光芒。不知過了多久，敬妃忽地一個激靈睜開了眼，抬頭竟發現靖雪床邊站了一個人影，嚇得她臉色大變。

她正要喚人，卻見人影用來束辮的髮帶是明黃色的。紫禁城中唯有一人可以無所忌諱地用這種顏色……

帶著這個疑問，敬妃小心翼翼地走到人影旁邊，一看那側臉，敬妃立時確認了自己的猜測，忙屈膝請安。

康熙側目淡淡看了她一眼，道：「妳下去休息吧，後半夜，朕來守著。」

「臣妾遵命。」望著那個清癯的身影，敬妃含淚答應。康熙雖然口口聲聲說不認這個女兒，但心裡始終還是惦念的。

在敬妃走後，康熙在床沿坐下，緩緩撫過靖雪蒼白的臉頰。還好，還好手下的這具身子依然是暖的，他並沒有失去這個女兒。

日間，敬妃跪在外面，他在裡面其實並不好受。那畢竟是他的女兒，養了十七年，又一直頗得他歡喜，父女之情豈是一句「權當沒生過便是」就可以徹底抹殺的。

只是他身為帝王，從未被兒女這樣忤逆過，再加上又恨她為了一個徐容遠捨棄自己的性命，置父母、親人不顧，這才狠下心腸不去見她，然心中一直惦念不安。

好不容易等來靖雪轉危為安的消息，才算放下心來，趁著夜間無人，特意來瞧上一眼。

康熙一直待到天亮才走，之後又來過好幾次，而靖雪終於在五日後醒來。

在知道自己未死後，靖雪顯得異常沉默。在身子好些後，她去過太醫院，發現容遠已經不在了，在她昏迷的第二日，李德全將他帶走，之後再也沒回來過。

靖雪心中一沉，當即轉身去了養心殿。在見到康熙後，她道出了來意：「皇阿瑪，徐太醫去了哪裡？您說過不論女兒如何，您都不會遷怒於他，為何如今不見人影？」

康熙將目光自手中的書卷上移開，原本因為靖雪醒來而高興的心情在這一刻漸漸冷了下來。「妳醒後，不問張家如何，不問妳額娘如何擔心，不問朕因為妳的事如何焦頭爛額，只問那個太醫，靖雪，妳自問應該嗎？」

靖雪低頭，沉聲道：「女兒知道自己不孝至極，無臉要求皇阿瑪原諒，只求皇阿瑪告訴徐太醫的去向。」

她從近身宮女的口中，知道自己此刻能夠活著，全是因為那個男人。

第三百一十一章　父女

康熙冷哼一聲道：「若朕說已經殺了他，妳是否就可以安心嫁給張英了？」

靖雪緊緊抿著唇，眼中有著深切的痛苦，許久，她仰頭，眸中有著康熙從未在這個女兒身上見到過的決絕。「不論徐太醫生與死，女兒都不會嫁給張公子。他或許很好，但不是女兒的良人，現在不是，將來也不會是。」

康熙深吸一口氣，壓下心中的怒意，冷冷道：「此事由不得妳來決定，妳的夫君只能是張英，而非那個太醫。」說到這裡，眸中精光迸現。「不要妄想用死來威脅朕，朕決定的事，無人可以更改。」

靖雪淒然一笑。「不是威脅，而是事實。」

「妳！」康熙未料到不論自己好說歹說，她都聽不進一個字，心頭惱怒不已，揚手欲摑下去，然在中途又生生停住。他長吸一口氣，冷然道：「靖雪，朕再給妳最後一個機會，究竟是嫁還是不嫁？」

「女兒只想知道徐太醫的下落。」她沒有回答，但這句話已經說明了一切。

「好！」康熙重重吐出一個字來，語氣冰冷，但眸中難掩痛意。「從此刻起，妳再不是朕的女兒。明日朕會召告天下：敦恪公主身患急症，藥石罔效，於八月十二日病逝永壽宮！」

「皇阿瑪——」靖雪沒想到他會突然這般言語，詫異不已。

「朕不是妳皇阿瑪！」康熙憤然拂袖，打斷了她的話。「在妳眼中，皇宮也好，公主的身分也罷，都不過是一個牢籠，鎖了妳的自由，那麼朕現在將這個自由還給妳。天下之大，任妳去得，朕只當朕的十五皇女已經死了！」靖雪曾給容遠那幅畫的事，輾轉傳到康熙耳中，以他的才智焉有猜不出的理。

靖雪知道自己這一次是真的傷了皇阿瑪的心，眼淚不住落下，痛徹難言。可是她已經做了十七年的敦恪公主，真的……真的很想純粹地做一次靖雪啊，哪怕最終是粉身碎骨，也無悔！

康熙望著伏地痛哭的靖雪，憤怒被難過取代，畢竟是養了十七年的女兒，怎可能說捨便捨得。他伸手，想要扶起靖雪，然在快觸及時，止在半空中，手慢慢握緊成拳收回身側。

他轉身，背對著靖雪，以淡漠無波的聲音道：「徐容遠在採石場。」

終於得知容遠的下落，靖雪大喜過望，叩首不止。「多謝皇阿瑪恩典！兒臣會永遠銘記在心。」

「朕說過，朕已經不再是妳的皇阿瑪了，同樣紫禁城也不再是妳的家，妳走吧。」康熙頭也不回地說著，似不願再看靖雪。

靖雪緊緊咬著下唇，澀聲道：「不論皇阿瑪認不認，您與額娘，都是靖雪最親的人，縱不能見，靖雪也會在佛前每日三炷香，乞求佛祖保佑皇阿瑪與額娘身體安康長健。」

她說完又叩了三個響頭，方才一步三回頭地離開。

敬妃知道這件事後淚落不止，然她清楚康熙決定的事沒有人可以更改，只能將不捨藏在心裡。經過上次的生離死別，敬妃看開了許多，沒有什麼比女兒活著更重要。

為避人耳目，靖雪當夜就出宮，敬妃一直送到宮門口；至於康熙，始終沒有出現，想來心中還在怪靖雪。

靖雪與敬妃並不知道，其實康熙一直都在離她們不遠的城樓上默默注視著靖雪離開，直至再也看不到靖雪身影，方才深深地嘆了口氣，回過身來。

在下樓的時候，他問伺候了自己幾十年的李德全：「朕是不是太狠心了些？那畢竟是朕的親生女兒。」

若說對康熙最了解的人，非李德全莫屬。他跟在後面小聲道：「皇上不是狠心，而是慈心。您看似貶了敦恪公主，實際恰恰是為了成全她，否則您也不必告訴公主徐太醫的去向。」

說到這個名字，康熙忍不住嘆了口氣，望著濃重如墨的夜色，沉聲道：「若不告訴她，靖雪怕是這一輩子都會怪朕。徐容遠就是靖雪命中的剋星。」

「說到底，皇上還是疼公主的。」康熙這些日子的掙扎痛苦，李德全一一瞧在眼中，輕聲道：「恕奴才說句實話，徐太醫這人其實並不差，待人和氣，醫術也好，宮裡的人有什麼病痛都願意找他來看。不少太監、宮女都受過他的恩惠，只可惜……」

「只可惜他對靖雪無心。」康熙冷冷接了下去。若非怕靖雪傷心，他當時真恨不得殺了徐容遠。堂堂公主，又是他最喜歡的女兒，居然被人棄如敝屣，實在可恨至極。

「世間最難得一心人，也許公主之所以看重、喜歡他，就是因為他對凌福晉的那片真心。」容遠的事，李德全身為康熙近身內侍不可能毫不知情，只是他嘴巴嚴，從不曾在外人面前提起過隻字片言。

康熙哼了一聲沒有言語，下了城樓，秋夜的涼風襲來，帶著與夏日迥然不同的冷意。康熙在緊了緊披在身上的玄色錦緞披風後，往養心殿走去。

翌日旨意傳下：敦恪公主重病，醫治無效，驟逝於永壽宮，帝心甚痛，另為撫張家，帝擇皇十七公主於明年代敦恪公主下嫁張家。

一切，都在此劃下一個句號，世間再不會有敦恪公主，有的只是一個名為靖雪的女子。

京城每年都需要用去大量的石料，而這些石料多數出自京城北郊的採石場。這裡的人除了夜間睡覺的三個時辰之外，其餘的時辰都用來從事採石這項繁重的活計。在裡面的都是一些犯事被貶來做徭役的罪人，頂著烈日嚴寒、狂風暴雨，日復一日，直至徭役滿的那一天。

容遠來這裡已經有好些天了，他自小生於醫藥世家，雖說不上大富卻也是小康，從不曾受過什麼苦，所以初初從事這種粗重的活計時極是不習慣，但依然咬著牙堅持下來，到如今已經有些麻木。

這日，他與往常一樣拖著疲憊的身子回到棚中休息，剛坐下沒多久，就有監工進來說有人尋他，讓他出去一趟。

隨監工來到外面，容遠藉著風燈的光芒看清了來人的模樣，竟然是靖雪。他當下驚詫萬分，脫口道：「公主，您怎麼會在這裡？」

第三百一十二章　許諾

靖雪也看清了容遠此時的模樣，他下巴冒著參差不齊的鬍碴，整個人比之前黑了一圈也瘦了一圈，哪還像之前溫潤如玉的徐太醫，而這才僅僅幾天工夫。

靖雪強忍著心中的不捨道：「我來看你。還有，以後不要再叫我公主，因為敦恪公主已經死了，世間再沒有這個人。」

待知道事情緣由後，容遠澀然道：「公主這又是何必？始終皇上與敬妃才是妳最親的人。」

「可是我想你。」靖雪微笑，長睫蘊淚。「我不願嫁予旁人，只願伴在你身邊。若你採石，我便陪你採石；若你行醫，我便陪你行醫，做一個搗藥女子。」見容遠沉默，她又道：「我知你心中另有所愛，所以我不勉強你，只要能陪在你身邊便足矣。」

這樣的情真意切，縱是鐵石心腸亦要為之動容，何況靖雪還為他拋去了天下人羨慕的公主身分。世間雖有許多人說富貴榮華皆為浮雲，可是真正做到的，能有幾人？

靖雪緊張地注視他，唯恐他依然拒自己於千里之外。如今的她，除卻眼前這個男人，已經一無所有了啊，甚至連家都沒了！

「是否我一輩子不愛妳都無所謂？」容遠突然這麼問。

靖雪想一想道：「若我說無所謂，那必是騙你的。不過這條路是我自己選的，走下去或許會不好，但中途回頭我一定會後悔。」

許久，容遠臉上出現無奈的笑容，目光明澈而溫和。「妳既然這麼說了，我還能說不嗎？」

「這麼說來你答應了？」靖雪驚喜地問。

容遠頷首，第一次主動上前撫著靖雪披散在身後的長髮，道：「我徐容遠何德何能，可以得堂堂敦恪公主這樣垂愛，若再不知好歹，只怕上天都會看不過眼，降下雷來劈我。」

靖雪服雷公藤，性命垂危的時候，他就已經知道，自己對這個女子並非完全沒有感覺，只是尚不到言愛。

原以為自己被貶來採石場，今後兩人再不會有交集，豈料好不容易活過來的靖雪為了他甘願拋棄公主身分離開皇宮。他感動之餘，自不願再傷害這個女子。

「靖雪，我不敢保證一定會愛妳，但我保證會盡我所能對妳好，不讓妳受一點兒委屈。」他鄭重說著，對凌若以外的女子許下一生的諾言。

遠處，胤禛與凌若默默注視著這一幕，其中以凌若感觸最深。儘管當中經歷過許多波折起伏，但總算此刻容遠接受了靖雪，若他可以藉此將自己徹底放下，那便再好不過。

「四爺，您能否向皇上求個情，讓徐太醫，呃，徐大夫免了傜役，總不成真要讓靖雪陪著徐大夫在這裡採石吧。」一時之間，凌若還真有些不習慣新的稱呼。

看到靖雪帶著容遠向自己走來，胤禛微微一笑道：「放心吧，早在咱們來之前，皇阿瑪就已經下旨免了徐大夫的罪，還特意允他回太醫院任職。」

「當真嗎？」容遠與靖雪也聽到了胤禛的話。

胤禛低低嘆息，撫過靖雪柔美無瑕的臉龐，溫言道：「皇阿瑪雖然將妳趕出了宮，但其實心裡最難過的人就是他。就在妳離宮後，皇阿瑪特意將我召入宮中，囑我一定要多照顧妳，莫讓妳在外面受了委屈。始終，妳都是皇阿瑪的女兒，我的妹妹。」

「四哥！」聽到最後，靖雪再也忍不住，撲到胤禛懷中低低啜泣起來。直到此刻，她才深深感受到皇阿瑪對自己的疼愛；相比之下，自己一而再、再而三地傷了皇阿瑪的心，實在罪無可恕。

在安撫過靖雪後，胤禛帶著他們離開採石場。事先得到宮中旨意的監工自不會有任何阻攔，任其離去。

如此，靖雪便在容遠處住了下來，雖引來三姑六婆不少口舌，但連鬼門關都闖過的靖雪又豈會將這世俗眼光放在心上，該怎麼過依舊怎麼過。

九月初，容遠官復原職，繼續入太醫院任太醫一職。

康熙四十九年，原是三年一度選秀的日子了，但康熙因為敦恪公主的「死」心情抑鬱，遂將選秀改在康熙五十年舉行。

這一年，伊蘭十四歲。

凌若一直將伊蘭的事放在心中，只是之前因佟佳氏還有靖雪的事一直抽不出時間來，如今得空便寫了封信給凌柱夫婦。

在信中，她詢問伊蘭的將來是順其自然入宮或者落選，還是她趁早替伊蘭求一份恩典，讓她擺脫秀女不可知的命運，踏踏實實地尋一戶好人家嫁過去。

秀女命運的無常，凌柱夫婦早已在凌若身上看到。凌若如今雖還算風光，但背後多少艱辛，他們一清二楚，尤其是別院那三年，幾乎將性命都要搭進去。

有了前例，自然捨不得小女兒入宮去受苦，當即在回信中表示不願伊蘭選秀，只希望可以嫁一個門當戶對的，平安幸福地過一輩子。

見父母與自己的想法不謀而合，凌若開始替伊蘭留意起合適的人家來，準備等選定後再向康熙開口。

這一日，趁著府中栽種的各色菊花盛開，凌若邀伊蘭一道賞菊，順便挑幾盆開得好的帶回去給二老。

看著那一株株形態各異、花色妍麗的菊花，伊蘭頗為喜歡，不時停下來駐足賞玩，等回到淨思居時已是近午時分。

在水秀命人傳膳的時候，凌若將伊蘭拉到內堂，取過一幅畫卷順手打開後遞給她道：「瞧瞧此人如何？」

伊蘭接過一看，只見畫中是一個年輕男子，打量了幾眼後，覺得奇怪地道：「長得還算可以，不過姊姊妳無緣無故給我看這個做什麼？」

凌若抿嘴一笑道：「這是今科的探花，年方二十，才華出眾，最難得的是至今未娶親，與妳倒算般配。」

伊蘭睜大了眼眸道：「姊姊莫不是想給我說親事吧？妳可莫忘了，我是未選的秀女，不可私自婚嫁。」

「這個我自然曉得。不過我與阿瑪、額娘他們商量過，入宮這條路太難走，而且秀女之間也多有勾心鬥角，一個不慎很容易著了道，姊姊便是一個最好的例子。所以我想在妳選秀之前，去向皇上求個恩典，讓妳免去選秀，自行婚配。」

第三百一十三章 坦言

「這位探花郎姓魏，家中只有一老母，以紡線、織布供他讀書科舉。家世雖貧寒了些，但如今考中探花郎，又蒙皇上看重，前途不可限量。且我也打聽過他的為人，謙恭有禮、有情有義，又與妳年紀相當，實是個不可多得的良配。」

聽到此處，伊蘭目光一動，掃過盡展於自己面前的畫卷。不可否認，畫中的男子長得尚算入眼，探花的身分也算過得去，不過那要看與什麼人相比，若與胤禛相比，縱是探花也不過是一攤爛泥。論相貌，承襲了康熙與德妃容貌的胤禛比他不知俊美多少倍；論身分，更是連相提並論的資格都沒有。

早在十歲那年，她就已經下定決心，姊姊擁有的東西她統統都要有，而且要比姊姊擁有的更多、更好，再不讓任何一個人輕瞧了去。

胤禛，此生，她只會嫁這麼一個男人！

不過這些話，伊蘭此刻是不會說的。她抬起頭，迎著凌若殷切的目光，掩下一切算計，一派天真地笑道：「姊姊迫不及待想讓蘭兒出嫁了嗎？」

凌若並不曉得伊蘭心中諸多盤算，撫著她垂落在鬢邊的銀線綴粉晶流蘇，感嘆道：「哪是迫不及待啊，姊姊心裡不知道有多不捨。只是男大當婚，女大當嫁，總不能因為不捨而耽誤了妳的終身大事吧，這樣姊姊該要內疚一輩子了。」

她打量著伊蘭姣好的面容，忽地說出一番令伊蘭意外的話來：「蘭兒，姊姊知道妳心氣高，不願淪為普通人家妻，只是妳聽姊姊一句勸，後宮之路當真不好走，今日不知明日事，一個不小心便會化為別人腳下的一堆白骨。很多時候，平凡即是幸福，與其跟一堆女人爭寵奪愛、生死相向，倒不若尋個好兒郎，安安穩穩地過一輩子。相信姊姊，姊姊絕不會害妳，至於將來也不必擔心，且不說魏探花是朝廷命官，就是姊姊也斷不會讓妳受半點兒委屈。」

還有一句話凌若未說出口，伊蘭出嫁，她必傾其所有為之準備一份豐厚的嫁妝，讓伊蘭一生衣食無憂。

聽著凌若意有所指的話，伊蘭暗自心驚，看來姊姊並非自己所想的那般一無所知，所幸自己心裡真正的打算她還不曉得。

想到此處，她眸光一動，撲到凌若懷中，含淚楚楚道：「姊姊一片苦心，蘭兒豈有不明白之理。只是蘭兒還小，想再多陪陪阿瑪、額娘，不想這麼早就出嫁。」

凌若看著她，輕輕道：「可是明年妳就要選秀了……」

「那就明年再嫁！」她打斷凌若的話，之後又撒嬌痴纏了許久，終於令凌若鬆口，答應她再多留一年。不過凌若也說了，魏探花是一個難得的少年俊才，錯過了，想再尋可就難了。

只是伊蘭一心想要嫁入雍王府，又豈會在意一個小小的探花郎，隨意敷衍幾句就作罷。

在留伊蘭一道用過午膳後，凌若方命新來的小廝陳陌送她回去，一道送去的還有幾盆難得一見的綠菊。

趁著午後沒事，凌若小歇了一會兒，醒來時發現外頭淅瀝瀝地下起了小雨，打在外頭的花葉上沙沙作響。

凌若倚著床頭坐了一會兒後，方才將水秀喚進來，問胤禛可有回府。

水秀將一盞剛燉好的冰糖燕窩羹放到她手裡。「奴婢聽前院的人說，四爺一下朝就回來了，不過去了蘭馨館看昀阿哥。」

凌若點頭，低頭看了一眼碗中用白燕燉成的燕窩羹後，微微皺起眉頭。「我記得府中才進了一批上等血燕，這麼快就用完了？」

一說到這個，水秀就來氣。「哪裡用完了！原本除卻王爺與嫡福晉、年福晉的常例外，還有四、五斤剩下，哪知等奴婢去領的時候，恰好碰到蘭馨館的畫眉也在。她說佟福晉生完昀阿哥後一直身子虛弱，需常服用燕窩、人參一類的滋補之物，張嘴就將剩下的那幾斤血燕全拿走了，一點兒都沒剩下。奴婢前幾日還看到過佟福晉呢，怎麼就沒瞧出半分虛弱的樣子來。」

「罷了，只是些許血燕而已，沒必要為此生氣。」凌若慢慢吃著軟糯之中又混了冰糖清甜的燕窩。之前因為靖雪的事，她一直抽不出時間去看阿意口中的那個人，如今事情既已告一段落，那自然不該再拖下去，以免平空生出變故。

只是以她的身分，要出府一趟並不容易，即便是藉口回去看望阿瑪他們，也得事先經過胤禛應允才行。而且這一去，必然有人跟隨保護，自己去六合齋的事肯定瞞不過胤禛，與其到時候再解釋，還不若現在想想該怎麼說。

到了夜間，胤禛來看凌若，說了會兒話，凌若忽地屈膝跪下道：「請四爺恕妾身隱瞞之罪。」

在胤禛訝然的目光中，她赧然道：「妾身身邊的水月，以前曾是製香世家之人，開了當時在京中頗為有名的六合齋，無奈後來家中劇變，家道中落，製香的方子也失傳了許多。水月儘管迫不得已賣身為奴，但心裡一直想著可以重振家門，再開六合齋。」

她一咬嘴唇，忐忑不安地道：「前些日子，水月用殘方做了些香粉出來，妾身覺著不錯，又想起她長久以來的心願，便出了些銀子，在京郊以六合齋為名，開了間香粉店，又讓阿意出府幫著打理一二。為怕四爺怪罪，所以妾身一直不敢明言，只是思來想去，又覺得不該瞞著四爺，所以斗膽呈言，請四爺恕罪。」

身為王府福晉，深居簡出，於情於理都不該沾染府外事務，更不需說開店從商，雖說眼下瞞著胤禛，但誰能保證可以瞞一輩子？何況，她並不能確認，胤禛是否當真對這些一無所知。果然，胤禛接下來的一句話，令她大吃一驚。

在垂目盯了凌若片刻後，胤禛凝眸道：「終於肯說了嗎？我還以為這事妳準備瞞我一輩子呢！」

「四爺！」凌若驀然抬頭，眸中有難言的驚意。他……果然一直都是知道的，只是自己不提，他也裝著不知道罷了。

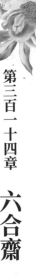

第三百一十四章 六合齋

胤禛拉起她道：「阿意不在府中這麼久，當真以為我不曾有半點疑心嗎？妳讓人傳話給高福，說是阿意老母病重，需要出府照料，但高福恰恰記得阿意入府時曾說過父母雙亡的話。他疑心妳讓阿意出府的目的，便派人暗中追查，發現阿意經常出入一家香粉店，遂將此事回與我。我猜想這家店十有八九是妳開的，交由阿意打理，至於其中緣由卻不曉得許多。」

凌若身上已然冒出一層黏膩的冷汗。唯一讓她安心的是，胤禛到現在都不曾露出責怪之色。「妾身瞞著四爺，實在罪該萬死。」

她想要屈身請罪，卻被胤禛緊緊拉住了雙手，神色一軟，輕聲道：「罷了，這也不是什麼大事，況且妳也是為了水月，只是下不為例。王府福晉開店從商，傳出去實在不好聽。」

「妾身知道。」凌若趕緊答應。「等六合齋盈利穩定下來後，妾身就將它交給水月打理，這本就是屬於她的東西。」

聽到此處，胤禛突然似笑非笑地道：「如此說來，妳身邊伺候的人豈非又要少一個？」

「只要他們過得好，少幾個人伺候又有什麼。何況四爺難道真還能眼睜睜看著妾身自己打水、浣衣不成？」

「我倒是不忍心，可我就怕給妳再多的下人，到最後都會被妳一個個安排了出路，到時候，雍王府可就沒人伺候打理了。」玩笑了一句後，胤禛又拍著她的手，感嘆道：「能跟著妳這樣事事為他們著想的主子，真是水月他們幾輩子修來的福氣。」

凌若低頭一笑，忽地伸手攬住胤禛修長的脖子，認真地道：「要妾身說，能得到四爺憐愛，才是妾身幾輩子修來的福氣。」

這句話，令胤禛心頭一暖，撫著凌若以青玉簪固定的髮髻，一字一句道：「若兒，記著妳曾說過的話，一輩子都不背叛、不離開。」

「妾身矢志不忘。」凌若溫暖的脣印上胤禛掌心清晰的紋路，水眸中蘊含的脈脈深情令胤禛動容不已。

他低下頭吻上她嫣紅的櫻脣，纏綿至深，一路吻下去，氣息越來越濃烈，身子亦漸漸熱了起來。

在粗重的喘息聲中，胤禛將香肩半露的凌若放在床榻上，俯身在那具無瑕的胴體上灑落細密的吻痕。即使已經過去了這麼多年，這具身體依然令他迷戀，根本沒有絲毫厭倦之感，甚至比最初時有過之而無不及。有時候他真懷疑，自己是否這一輩子都不會對這具身子感到厭倦，至少六年來如是。

屋外秋雨瀟瀟，屋內卻是紅燭高照，春意動人……

翌日一早起來，在服侍胤禛更衣時，凌若隱晦地提起想去六合齋看一看。胤禛想了想便答應她，只囑她多帶幾個人跟著，以免出事。

在送胤禛上朝之後，凌若連早膳也不及用，便命人取來一身家常衣裳換上。她平常少有用香粉的時候，可這一次卻取出一個精緻的小盒子，從中挑出些許淡粉色散發著幽香的香粉塗抹在手肘與頸間。

待得做完這一切後，她方才命高福備轎，逕自帶著水秀、水月，還有專門挑出來的幾個守衛一路往六合齋行去。

這個時候，街上做早點的鋪子早已開門，羊肉粥、肉包子、牛肉麵，什麼都有，香氣盈滿了整條街。坐在轎中的凌若也聞到了，想起水秀他們跟著自己過來，水米未進，遂讓人去買了些肉包子回來墊墊肚子。

凌若因為心中有事，勉強吃了一個就再也吃不下去了。直至轎子落地，水月掀了轎簾，帶著難掩的喜色探身進來道：「主子，到了。」

凌若扶著她的手下轎，轎子正好就停在六合齋門口。此處因為是在京郊，不像京城那麼繁華，不過地段還算可以，人也多。

望著招牌上「六合齋」三個字，水月激動不已。這塊摘下多年的招牌終於又掛了上去，若爹娘知道了，不知該有多歡喜。她知道主子雖然現在將六合齋交給阿意和傅從之打理，但最終是要交還給她的，這也令她對主子感激涕零。賣身為奴固然不幸，但能遇到這樣的主子，卻是不幸中的大幸。

阿意原本正在鋪裡做事，見到外面來了這麼些人，只道是客人來了，忙迎出來，哪知竟然看到凌若。

她又驚又喜，當即就要行禮，凌若擺擺手道：「罷了，在外頭沒那麼多講究，進去吧。」

阿意答應一聲，趕緊扶了凌若進去。彼時，傅從之正站在架前將幾盒放錯了的香粉放回原位。他雖目不能視，但憑著過人的嗅覺，對於各種香粉、胭脂瞭若指掌。聽得有腳步聲進來，他回過頭客氣地招呼：「客官隨意看看，若瞧中了什麼儘管告訴我們。」

凌若微微一笑。「傅相公別來無恙？」

這個陌生的女子聲音令傅從之愣了一下，不過既然她可以一口叫出自己的名字，必然是認識的。心念電轉，他想到了一個人，當下不確定地道：「凌福晉？」

「是我，想不到傅相公還記得。」傅從之的命是她救的，也是她讓傅從之留下來的，但他們並不曾有過直接接觸，一直都是李衛或阿意在替她出面。唯一一次碰面，也不過是在曲院風荷聽戲的時候，想不到他一下子便猜到自己身分。

「草民的命是福晉所救，又豈會不記得。」傅從之苦笑，摸索著想要去倒茶。

阿意見狀，忙扶了他至椅中坐下。「你行動不便，我來做就好。」說罷，她手腳俐落地沏了茶奉到凌若手中。「主子用茶。」

凌若點頭抿了一口後，又道：「傅相公在這裡還習慣嗎？」

「一切皆好。多謝福晉照拂，留草民在這裡做事，又賞一口飽飯吃，否則草民如今已經餓死街頭。」儘管知道凌若救自己是為了對付佟佳氏，但受人點滴之恩，當湧泉相報，何況凌若還在他眼盲不能視物後收留他在這裡幫忙。

凌若微微一笑。收留傅從之對她而言不過是舉手之勞罷了，何況傅從之也確實有幫得上忙的地方。

第三百一十五章　突襲

凌若睨了阿意一眼道：「上次妳說的那人，後來怎麼樣了？」雍王府的幾個侍衛被她留在店外，並沒有跟進來。

阿意道：「那人自聞過那香粉後就念念不忘，直問奴婢這叫什麼，何時才會有整盒進來。」當時凌若只給了她一點點去試那男人。「他還說，如果有人買這種香粉，一定要告訴他，指不定便是之前一度春宵的那名女子，他可是無時無刻不惦念著再見她一面呢！」

「只怕真見了面，他連自己什麼時候死也不知道。」凌若話音剛落，就聽見傅從之接過話：「妳們可是在說梨落？」

凌若微微一怔，目光剛轉向阿意，就見她連連搖手，又惶恐又奇怪地道：「這件事奴婢從來沒有跟傅相公提起過，奴婢也不知道他是怎麼知道的。」

「沒有人告訴我，是那日阿意將香粉拿給那人聞時，我無意中聞到的。福晉當知我的鼻子較一般人靈敏，聞過一次的東西就會永遠記得，那香粉的味道與梨落身上的一般無二。」

凌若這才明白過來，當下將佟佳氏借種生子的事簡單說了一遍。

傅從之久久無語，良久才有乾澀的聲音響起：「梨落她……真變得與以前不一樣了。」

「你錯了。」凌若起身，靜靜地望著他。「不是她變了，而是你從未真正認識過她，如今的她才是真正的佟佳梨落。」

傅從之無言以對，臉上閃過撕心的痛楚。他做夢也想不到，自己愛上的竟然會是這麼一個狠心絕情的女子，為了權勢、地位，可以如此不擇手段。

「傅相公……」阿意知道佟佳氏是傅從之心中最大的痛楚，所以平常都絕口不提，正想安慰他幾句，傅從之已然深吸一口氣，壓下胸口猶如刀割般的疼痛。

「放心吧，我沒事。倒是凌福晉既然要見那人，妳趕緊去將他找來吧，莫讓凌福晉久等。」

待阿意出去後，凌若饒有興趣地看著他。「你不怕我查出這事，會令佟佳氏痛失所有嗎？」

「就算真如此，也是她自作自受。何況……」傅從之「看」了她一眼道：「福晉既敢當著草民的面說出此事，就絕不會允許草民去通風報信。」

「你錯了，我不會阻止你。」

傅從之詫異，不過下一刻已化為脣邊的苦笑。

「從今往後，世間不會再有傅從之此人。」

果然，這些看起來嬌嬌弱弱、十指不沾陽春水的女子，沒一個是易與之輩，一旦狠厲起來，比男人有過之而無不及。

「福晉放心，當初那一場火，已經燒盡了我與佟佳氏的所有瓜葛。」

凌若笑而不語。傅從之雖然是個戲子，但無疑很聰明，與這樣的聰明人說話往往能省許多力氣。

等了約莫半個時辰後，阿意帶著一個與她差不多身高、頭戴小帽、身著一襲長衫、面貌異常俊秀的男子進來。

阿意還沒來得及說話，凌若已衝她使了個眼神，隨後故意對猶坐在那裡的傅從之道：「掌櫃的，你說有百悅香的香粉，怎麼還不見拿出來，莫不是在存心戲弄？」

阿意心領神會，假意將男子拉到一邊悄聲道：「瞧見了嗎？她就是我與你說過，來買百悅香香粉的那位夫人。」

男子悄悄回頭打量了正與傅從之說話的凌若一眼，壓低聲音問：「她一直在你們這裡買百悅香的香粉嗎？」他的聲音聽起來頗為清脆悅耳，倒有些像女子。

「可不是，這位夫人出手可闊綽著，常一買就是好幾盒。要知道百悅香可是要十五兩銀子一盒呢，尋常人哪用得起。」

凌若聽到他們的對話，撫一撫鬢邊的絹花，故意不以為然地撇撇嘴道：「十五兩銀子有何了不起，只要本夫人喜歡，便是一百五十兩也是尋常事。」

男子走上幾步，悄悄聞了一下，果然聞到凌若身上盡是百悅香的香味，喜色浮上眉梢，又仔細打量凌若一眼，奉迎道：「夫人氣質高貴、國色天香，也唯有這十五兩一盒的百悅香才配得起夫人。」

「你倒是會說話，不過別想著在我這裡討得什麼好處。對了，你叫什麼名字？」凌若故作傲慢地道，目光在掃過某一處時，有些許訝異，雙腳微微向後挪了一步，同時附在水秀耳邊輕聲說了句什麼。

「趙清則。」他湊上前道：「我瞧著夫人有些眼熟，彷彿在何處見過，夫人不覺得嗎？」

「是嗎？」凌若彈一彈指甲，漫然道：「我倒是沒印象，哪怕真見過，想來也是路上偶然相遇吧。」

趙清則突然笑了起來，露出潔白的牙齒，燦爛耀目。「是啊，以我這種身分，怎配結識夫人？可是那並不代表夫人在利用完之後就可以隨意取他人性命！」

他手驟然揚起，一抹銀光自袖中閃現，不等看清銀光是何物，已經帶著破風之聲狠狠朝著凌若戳下去。

趙清則臉上帶著痛快狠厲的笑意。等了這麼久，終於讓他等到這個機會，親手殺了這個該死的女人！

這突如其來的變故驚得一干人等目瞪口呆，根本來不及反應。凌若還算鎮定，可惜她與趙清則離得太近，根本無從閃躲。

眼見銀光就要落下，忽地一隻剛勁有力的手牢牢抓住趙清則手臂，令他無法動彈。藉著這個機會，眾人也看清了他握在手裡是一把小巧但鋒利的匕首。

「撤手！」抓著趙清則的男子低喝一聲，不斷加重的力道令得趙清則手腕劇痛，勉強忍耐了一會兒，手終是無力地鬆開。

「匡噹」一聲，匕首落在地上。

男子先將匕首踢到遠處後，方才鬆開趙清則的手，朝凌若拱手道：「讓福晉受驚了，要不要將此人押送到順天府？」他是跟隨來保護凌若的侍衛之一。

凌若定了定神，抬手道：「暫時先不必，你做得很好，先退下吧。」

「嗻。」男子沒有多問，而是依言退到外面。至於匕首，在路過時，被他撿在手中。

第三百一十六章　原委

一擊失手，趙清則知道自己再沒有機會了。對於自己的安危他並不在意，只恨沒能殺掉眼前這女人。他恨恨瞪了凌若一眼，道：「這次沒能殺妳，算妳走運。不過妳做下這等傷天害理之事，終會有報應的，我做鬼也必來索妳的命！」

凌若對他的咒罵並不在意，扶一扶鬢邊的絹花，微笑道：「妳確定要索我的命嗎，趙姑娘？」

「妳！」趙清則不敢置信地睜大眼睛，彷彿看到了鬼一般。

凌若伸手在趙清則小巧的耳垂上撫過，最終停留在帽簷邊，纖指微一用力，將那頂小帽挑下來。果然，趙清則前額並沒有如其他男子一般剃髮。她似笑非笑地道：「不必奇怪，妳扮男裝雖然扮得不錯，但有些東西是掩飾不了的，譬如喉結、耳洞。」

正是因為發現這個，她才讓水秀傳話給外面的侍衛，讓他們時刻留意趙清則的舉動；否則趙清則那一刀，就算要不了她的命，受傷也在所難免。

她一直覺得奇怪，以佟佳氏狠辣謹慎的性子，若當真借種生子，為何不在事後直接殺了他，而要留下禍患。如今卻是明白了，那人應該早就死了。此時站在自己面前的，不過是處心積慮要尋出佟佳氏來復仇的人。

阿意從那聲「趙姑娘」開始就一直張著嘴巴，她與趙清則接觸過幾次，竟然一直沒發現她是女子之身。還好主子及時發現不對，否則後果不堪設想。

「現在可以告訴我，妳的真名了嗎？」見趙清則對自己怒目而視，凌若失笑道：「我並非妳心中以為的那人，與妳想方設法要找出那人一樣，我也不過是設法將妳找出來罷了。」

「妳當真不是？」趙清則將信將疑地看著她。

「若我是，妳現在已經是一個死人了。」凌若端起涼了許久的茶，潤一潤嗓子道：「說吧，妳與他到底是什麼關係。」

趙清則咬了咬唇，問：「我可以告訴妳，但是作為交換，妳也要告訴我那個人究竟是誰。」

還不死心嗎？凌若合上盞蓋，抬眼，眸光微冷地道：「如今的妳，並沒有與我討價還價的資格，若不說，我此刻便將妳扭送到順天府去，到時莫說復仇無望，妳這一輩子都將在牢中度過。」

見趙清則黯然不語，她語氣稍緩：「知道的太多對妳並無好處，何況就算告訴妳，我保證，妳也絕對復不了仇，因為那人的身分不是妳能接觸的，更不可能來這種地方買香粉。我身上擦的確實是百悅香……但我可以告訴妳，尋遍整個京城，妳都不可能在任何一家香粉店中找到這種香粉。」

聽得前半句，趙清則還不以為然，但在聽得後半句時卻隱約意識到什麼，頭一次撇開所有情緒，只是純粹地打量凌若，越看越覺得心驚。

凌若那種高貴凜然的氣質，還有不凡的言語談吐，絕不是普通富貴或官宦人家的女子所能擁有的。難道是皇親國戚？若真是這樣的話，那麼確如她所言，自己確實不可能找到那人。

凌若也不催促，只安然坐著，等她開口。

趙清則衡量了許久，終是緩緩敘述了起來：「我叫趙清雲，趙清則是我哥哥。我們家父母早亡，只剩下我們兩人，是他兄兼父母之職，一手將我帶大。哥哥讀書很好，十八歲就中了秀才，他常說要在我嫁人之前考中進士，這樣就可以為我尋一戶體面的人家，再備一份體面的嫁妝，如此嫁過去才不會受苦。」一想起哥哥以往待自己點點滴滴的好，趙清雲忍不住落下淚來。

「平常哥哥在家中讀書，順便打理祖上留下來的幾畝薄田，我就繡些東西拿去換錢，還有替人絞面、化妝，日子還算過得去。哥哥無事時，常會去幾個要好的同窗那裡研習詩詞經史，不過每次都會在天暗前回來。那日他與平常一樣過去，可是一直等到我做好晚餐，天都黑了，始終不見他回來。」

「我擔心他出事，就去哥哥的同窗那裡找他，可他們說哥哥早就回去了。我在街上找很久都沒有找到他，無奈只有回家去等。一直等到四更時分，突然聽到外面有人敲門，我知道是哥哥回來了，所以趕緊開門……」

說到此處，趙清雲整個身子顫抖起來，臉上更浮現出害怕之色，顫聲道：「我看到了哥哥，他身上都是血，好多好多的血，好嚇人！」

「哥哥倒在地上，腹部有道很長的傷口，我想替他止血，可是血太多了，怎麼也止不住，只能眼睜睜地看著他臉色越來越蒼白。」每每想起那一幕，趙清雲都感覺彷彿天塌。一夜之間，她失去了相依為命的哥哥，失去了所有色彩。

「哥哥告訴我，他在回來的時候，在一條僻靜的小巷處被人套入麻袋，直到去了一個不知名的地方這才將他放下，但是雙眼依然被黑布蒙著，不允許他取下。那裡四處都浮動著極好聞的香氣，所有香氣都是從一個女子身上散發出來的。那女子引誘哥哥，想讓他做那事，哥哥常讀聖人書，自不願做那苟且之事；可是那個女子淫蕩無恥，居然一直引誘他，哥哥最終沒忍住，著了她的道。」

「之後他們又將哥哥原樣帶回來，原以為這樣便結了，哪知這群人喪心病狂，居然要殺哥哥。哥哥不過是個文弱書生，哪鬥得過他們，幸而哥哥聰明，假死避過，等他們走後方才逃回家中。可是他的傷實在太重，強撐著說完這些便死了。」

說到這裡，趙清雲再也忍不住痛哭起來。「嗚……哥哥死了，他再也不會醒過來了！」

凌若默然，想不到其中還有這般曲折。待得趙清雲哭夠後，方才再問：「既然妳哥哥回來後就死了，那妳又怎麼知道是百悅香的香味？」

趙清雲忍著心中的悲痛，咬牙道：「哥哥與那女子待了半夜，身上自然也沾了百悅香的香味。我牢牢記著這香味，發誓一定要替哥哥報仇。」

「所以妳就想出這麼個法子來，女扮男裝，假作是妳哥哥，尋遍京城大大小小的香粉店？」

第三百一十七章　趙清雲

「不錯，只要找到買香粉的人，就一定可以找到那女子！原本尋了這麼久，我已經失望了，不曾想無意中路過這裡時會聞到同樣的香氣。」趙清雲眸中掠過一絲狠厲。「這次來之前，我早已想好，哪怕拚了這條命不要，也要殺掉那個惡毒女人，讓她一命償一命！」

百悅香是貢香，除了宮裡頭，就只有諸皇子府上有。外頭縱然出到千金，亦難尋一二。若非那次阿意說起，而凌若又一直對佟佳氏湊巧懷孕有所懷疑，猜測兩者之間可能有聯繫，故讓阿意帶了一小撮百悅香的香粉給她聞，只怕趙清雲現在還徘徊在各香粉店間。

「妳殺不了她的，回去吧，即刻收拾東西離開京城，並且永遠忘記這件事，好生過妳的日子。」見趙清雲猶有不甘，她一蹙眉尖道：「逝者已矣，生者猶在，沒必要為了一個不可能達成的願望，搭上自己一生。若妳哥哥在天有靈，也不會希望妳如此。」

趙清雲緊緊捏著雙手，倏然抬頭道：「我固然對付不了她，但妳可以。妳刻意來尋我，又問了許多，不可能僅僅是因為好奇，肯定是要對付她，我……我可以助妳一臂之力。」

「助我？」凌若好笑地看著她，沒有戴護甲的小指在她那張嬌柔若荷瓣的臉上撫過。「妳拿什麼來助我，就憑剛才那番話嗎？沒用的，話在嘴上，可以這樣說，也可以那樣講。趙姑娘，這件事遠比妳想像的要複雜許多，並不是妳能插手的，一個不慎就會招來殺身之禍。」她阻止想要說話的趙清雲。「我知道妳不怕死，但是若死得毫無價值呢？妳願意嗎？妳哥哥在天有靈願意嗎？」

這句話堵得趙清雲啞口無言。凌若撫一撫她的臉，又道：「不過有一件事我可以應承妳，興許終妳一輩子都不會知道那個女人的身分，但是我會盡我所能去對付她，讓她得到應有的報應。天道無情，欠下的終究要還。」

從見面到現在，不過短短時光，但凌若的話不知為何有一種令趙清雲信服的魔力。她靜望許久，不顧一切到近乎瘋狂的光芒在眼中逐漸熄了下去，清明如初。

「好！我相信妳，希望妳不會有負這份信任。」

凌若緩緩點頭，目送她轉身一步步離去，在收回目光時看到外頭多了兩個探頭探腦的身影，卻是毛氏兄弟。他們怎麼會在這裡？

阿意忙道：「奴婢去找趙姑娘的時候恰好遇上他們。他們知道主子在這裡，便想著過來請安，要不要見見他們？這店能開得成，也虧得他們兩人跑東跑西。」

凌若點點頭。「難得他們有這份心思，讓他們進來吧。」

水秀出去傳了她的話，侍衛讓開後，毛氏兄弟連忙跑進來，二話不說跪下給凌若磕了個頭。「奴才給主子請安，主子萬福。」

「起來吧。」凌若含笑打量著他們。

兩人還是跟以前差不多，沒太大變化，就是比以前又黑了一些；再加上滿面橫肉，不說話光是往那裡一站便透著一股子狠勁。誰能想到這樣從小混跡於市井、靠拳頭吃飯的兩個人，會對一個小女子言聽計從。

毛大摸著腦袋站起來，嘿嘿笑道：「自回來之後，奴才們一直盼著能再見主子一面，可是雍王府高牆大院的，奴才們也進不去，只能在家中為主子立長生牌，求主子長命百歲，福壽安康。」

阿意在一旁掩嘴笑道：「主子，奴婢可是有見過，他們日日都在長生牌前燃香祈福呢！」

凌若溫言道：「立不立長生牌不打緊，你們忠心辦事才是最要緊的。我身在王府，許多事不便出面，這外面能信任的也就你們兩個還有阿意。好生辦差，許你們的東西，我不會忘記。」

毛氏兄弟對視一眼，正色道：「奴才兄弟的命是主子救的，早在那日，奴才們就發過誓，此命此生皆是主子的。」他們兄弟不算好人，卻還分得清好壞是非，受過恩惠，一輩子都會記在心裡。

凌若點點頭，又問了幾句他們所做的事，得知一切已經初上軌道，頗有幾分欣慰。見天色不早，她起身要回府，在離開時，偶然瞥見毛二的鞋子破了一個小口子，隱約露出裡面白色的布襪；她又打量起兩人身上的衣著，雖瞧著乾淨，但皆是舊衣陳衫，瞧著有些寒磣。

按理來說，凌若每月都有想法子送錢出來，他們的日子應該比以前好過才對。正待說話，忽地記起阿意之前提過的情況，她神色一軟道：「今時不同往日，該用的銀子還是要用，不必太過節儉，待會兒回去做幾身新衣裳，要不然這樣出去，也會被人瞧不起。」

毛二低頭看了一眼自己破口子的鞋，笑道：「這些衣裳、鞋子好端端的，還可以再穿呢，丟了多可惜。主子放心，奴才們出去見人的時候，都會換上新衣裳，斷不至於給主子丟人。」

毛大也跟著道：「是啊，銀子該用在刀口上，主子的銀子也不是白白得來，奴才們吃得飽、穿得暖就行了，沒那麼多講究。」見凌若猶有不同意之色，他又改口道：「等將來六合齋的生意做出來了，能賺多一些銀子，沒那麼緊張了，奴才們再跟著得惠吧。」

「罷了，隨你們吧。」凌若見勸不動，也就隨他們去了，不過這份忠心她是記下了。

出門的時候，她看了一眼剛才及時制止趙清雲行凶的侍衛，和顏道：「你叫什麼名字？」

「回凌福晉的話，屬下叫劉虎。」侍衛恭敬地回話。

凌若重複了一遍他的名字後道：「你做得很好。回去後高管家問起，你該怎麼回答？」

劉虎目光一閃，盯著自己腳尖，沉聲道：「福晉在六合齋待了半天回去，其中並無異常。」他雖然只是在王府外院做事，但對內院的事也有幾分了解，曉得這些做主子的往往有許多事不願讓別人知道。凌福晉又是王府的寵妾，若拂逆了她的意思，她想要對付自己一個小小的侍衛，不過是輕而易舉的事。

第三百一十八章　百悅香

凌若笑一笑，看著劉虎的眼中多了幾分欣賞。雖然這人長得五大三粗，心思卻是一點兒都不粗，知道什麼話該講，什麼話不該講。不過看到剛才那一幕的可不只劉虎一人，他管得住嘴巴，不代表別人也管得住，何況她本就沒打算要隱瞞分毫。

她悠悠抬眸，目光掃過劉虎以及看似垂目、實則一個個豎耳傾聽的侍衛，神色靜如一池無波秋水。「事無不可對人言，該怎麼說就怎麼說，如實回答就是。」

劉虎有些詫異，飛快地看了凌若一眼，不等凌若望過來，已經再次垂下頭，低低地應了一聲。

凌若含了一縷清淺的笑意乘上小轎，沿著來時的道路往回走去。這場好戲已經拖得太久了，該是時候上演了。

高福是雍王府的總管，管著偌大一個王府中大大小小事務，經常忙得腳不沾地。這日，他好不容易抽空坐下歇會兒，一邊啜著不知哪位福晉賞的洞庭碧螺春，一邊盤算著是否該跟四爺說說，尋個副總管來分擔一些活計。雖然讓人分了手裡的權力不是什麼舒心的事，但最近事越來越多了，他怕再這樣下去，自己連吃口熱飯的工夫都沒有。

他正盤算著，有人進來，卻是之前派去跟隨保護凌若出府的數名侍衛。高福起先還不在意，當聽得有人意欲行刺時，驚得當場跳起來，滾燙的茶水灑了一手，瞪著眼問：「那凌福晉有沒有事？」

「高管家放心，凌福晉只是受了一點驚嚇，並無大礙。」劉虎與其餘幾個侍衛按著凌若之前的吩咐如實回答，無一絲隱瞞。

高福這才放下心來，放下茶盞，甩著被燙痛的手道：「知道那人為何要行刺凌福晉嗎？」這事實在有點匪夷所思，一個深居簡出的福晉，怎會被人尋仇呢？

「屬下等人守在外面，具體事由並不清楚。」其實劉虎心中也很好奇，不過這種事可輪不到他過問。

「行了，我知道了，你們先下去吧。至於劉虎，你救了凌福晉……」他略一沉吟道：「去帳房支五十兩銀子，算作獎勵。」

「多謝高管家。」

在走到外面後，幾個侍衛皆是一臉羨慕地看著劉虎。劉虎頗會做人，再加上又是這些人的頭兒，當下朗聲道：「今晚三元樓，我請大家喝酒。」

三元樓是京城數一數二的酒樓，在那裡吃上一頓飯少說也得十幾兩銀子，抵得上尋常人家幾個月的開支了。

那幾個侍衛一聽這話，頓時高興了起來，連聲道謝，簇擁著劉虎離去。

他們出去後，高福也趕緊往書房走，這個時候胤禛一般都在書房處理公務。

傍晚時分，凌若瞧著一道接一道端上來的菜餚，忽地對站在身後的水秀道：「再去備一副碗筷。」

還沒等水秀問是何人要來，就見得胤禛大步走進來。他走得很急，衣袖帶風，袍角拂過漫開在院中的千瓣菊，帶起幾瓣深紅與暗黃交融的細細花瓣，飛舞在微寒的秋風中。

胤禛始一進來便緊緊握住凌若的手，上下仔細打量，確定她無事後，方才舒了口氣，然眉宇依然不曾鬆開。「高福告訴我，說妳去六合齋的時候碰到有人執刀行凶，我一聽說便過來了，還好妳無事。」拉著凌若一道坐下後，又問：「究竟是怎麼一回事？」

凌若委屈地低下頭，捻著衣角，將早已想好的故事說出來：「妾身自己也是糊塗得很。到了六合齋，妾身與阿意說了會兒話，她說有盒製香師新調出來的香粉味道很好聞，就是落在了家中，妾身想著時間尚早，便讓她回去拿。回來的時候有名客人也跟著她來了。妾身正想避過，哪知他拖著妾身問了許多混帳話，呃……」

胤禛見凌若止了話語，卻粉面通紅，心知這後面的話必然有古怪，遂問：「都是什麼話？」

凌若扭捏了許久，方才期期艾艾地道：「那人問我可還記著他，說什麼一夜夫妻百日恩，那一夜歡好，他一直都記著……」

說到此處，她已經連耳根子都紅了，而胤禛的臉色則瞬間陰沉下來，看向凌若的目光中多了幾許冷光，慌得凌若連連擺手。「妾身絕對沒有做任何對不起四爺的事，何況他說的日子是九月，那時妾身已經跟四爺離京去杭州，怎麼可能與他有任何關係？依妾身看，他定是認錯了人。」

胤禛臉色稍霽，心想也是，若凌若當真做了對不起自己的事，怎可能愚蠢到洩漏出來。「既然如此，他後來又為何要殺妳？」

聽到這個「殺」字，凌若臉上透出幾分驚惶，撫著胸口道：「妾身也不知道，妾身說不認得他，更不曉得他在說什麼，他聽了之後顯得很生氣，嘴裡還說什麼記得我身上的氣味之類不知所云的話，緊接著不知從哪裡摸出一把刀來殺妾身，還好侍衛及時阻止，否則妾身危矣。」

她不著痕跡地睨了若有所思的胤禛一眼，隨口道：「記人總是記長相，哪有說記氣味的，可不是胡言亂語嗎？」

胤禛心中一動，猛然想起以前還在宮中時，無意中曾聽幾個宮女、太監說起皇阿瑪以前一個妃子的事。那個妃子不甘失寵，竟然與侍衛行苟且之事，珠胎暗結之後便想以此冒充龍種，最後被人發現，她被廢入冷宮終老，她的家族亦被降罪。難道同樣的事又發生了？只是怎會扯上凌若？

想到剛才的「氣味」二字，他湊上前在凌若身上用力聞了幾下，發現與她平日用的香粉氣味迥然不同，濃郁芬芳，訝然道：「妳今兒個用了什麼香粉？」

凌若覺得有些奇怪地抬起手聞了聞，隨即望著水秀問：「今兒個用的是哪個香粉？」

水秀會意地道：「主子素日用的沁宜香用完了，奴婢便問管事要了一盒百悅香來暫時用著。」

聽得「百悅香」三字時，胤禛眉頭微微聳動一下。凌若知其必是想起佟佳氏最喜歡用百悅香一事，卻是不提，只道：「沁宜香也罷，百悅香也罷，皆是貢品，他一個尋常百姓怎可能聞過，必是胡言！」

第三百一十九章　孕期

「若真是胡言，就不會動刀子了。」胤禛淡淡地說了一句，執起安兒她們剛擺上桌的筷子，道：「這人如今在哪裡？」

「妾身見沒出什麼大亂子，就讓人將他打發走了。四爺，可是想到了什麼？」

「沒什麼。」胤禛笑一笑，夾了一筷鱸魚肚肉在她碗中，道：「嘗嘗這個松江鱸魚，每年秋季都是鱸魚最肥美鮮嫩的時候。」

「當真無事？」凌若不安地問。

「都說了沒事，別多想。」胤禛將筷子放到她手裡，道：「妳今兒個也累了，吃完早些歇息，我還有一些公事沒處理完，待會兒還得回去。」

「嗯。」凌若乖巧地答應一聲，安靜地吃著飯。旁邊的胤禛卻顯得有些心不在焉，好不容易等到一頓飯吃完，胤禛坐不了一會兒便以公事為由離去。

在他身後，是凌若意味深長的笑容。

在撤下用過的晚膳後，水月有些不解地道：「主子既然有心將佟佳氏借種生子的事情告訴王爺，為何不明說，也不讓趙清雲出面呢？」

「那樣只會適得其反。」凌若撫裙起身，望著天邊半圓的月亮，笑容中多了幾分無奈。「王爺是一個疑心極重的人，若我直言，他固然會懷疑佟佳氏，但同樣也會懷疑到我身上，認為整件事皆可能是我設下的局。倒不若像剛剛那樣，說得似是而非，既能讓王爺起疑，又將自己撇在整件事外。」

夫妻之間用上諸多心計，實在是她與胤禛的悲哀。只是親王與福晉，本就不是尋常夫妻，怎能奢想全然的信任？何況他們當中還隔了那麼多別有用心的人。

「若將趙清雲推出去，佟佳氏會不會死我不知道，但是趙清雲一定會死。事關王府聲譽，王爺是不會允許她活著的。佟佳氏已經害了她哥哥，我不想再連她也害了。」

水秀奉了茶進來，恰好聽得這話，嘴快地道：「佟佳氏若有主子一半的慈心，就不會害了一個又一個。」

凌若看了她一眼，澀然道：「其實能活在這個王府中的，哪一個手上不染幾分鮮血？慈心？那不過是哄人的話罷了，我只是想替自己積幾分陰德。」她有些黯然地低下頭望著自己平坦的小腹。

自從霽月早產後，這裡就再也沒有過動靜。儘管嘴上沒說什麼，但心裡卻忍不住擔心，終自己這一世，不知能否再擁有一個骨血相連的孩子？

「主子，當時阿意與您說起趙清雲的時候，您怎麼會一下子聯想到佟福晉身上？還拿百悅香給阿意。難道您未卜先知嗎？」這一點水秀一直不明白。

凌若微笑，把玩著衣襟上的墨綠色珍珠鈕扣道：「我曾看過彤冊，王爺是在佟佳氏月事之後第四日寵幸了她，之後她便被禁足，而王爺也與我一道去了杭州，對嗎？」

水秀奇怪地點點頭。但凡看過彤冊的人都會知道這一點，為何要特意點出來？

「很少有人知道，凡女子月事過後的七天之內，是根本不可能懷有子嗣的，所以從一開始我就曉得，佟佳氏懷的根本不是王爺的骨肉。」

這每一個字落在水秀等人耳中，都猶如悶雷滾過，震耳欲聾。

「再加上昀阿哥出生後我有去看過，雖說孩子尚小，瞧不出太多，但當雲姊姊為試她，說出那句『誰都不像』時，佟佳氏的臉色明顯變了一下。她若當真心中無鬼，又怎會如此。只是我沒想到會那麼巧地遇上趙清雲，處心積慮想將佟佳氏找出來，也許這就是所謂的天網恢恢，疏而不漏。」

水月朝黑漆漆的院子看了一眼道：「王爺會去查佟佳氏嗎？」

「一定會。」凌若甚是肯定地說著。

以胤禛多疑的性子，一旦起了疑心，就絕不可能輕易放過。

事情也確實如凌若所料的那般，胤禛回去後，越想越覺得此事古怪，遂命周庸暗中追查此事。

然事情還沒查清楚，府中不知何時傳起了一個流言，說佟佳氏借種生子，弘昀並非胤禛親子，而是她與野男人苟合的野種。

流言的可怕之處在於，它可以無中生有，也可以令一件事由假成真。當初凌若就曾吃過流言的暗虧，幸而當時那拉氏替她壓了下來；更何況這件事並不是空穴來風，自流言傳出後，佟佳氏整日裡惴惴不安。

也是從那時起，胤禛再不曾去過蘭馨館，雖然不過才六、七日，但這在以前是從來沒有過的事情。

佟佳氏不只一次地去過書房找胤禛，皆以胤禛公事繁忙為由，被周庸攔在外面。即便她身子不舒服，胤禛知道後也只是讓人去請太醫來，他一直未曾出現。

這一連串事情令佟佳氏更加不安。那拉氏與她不過是利益驅使下的結盟，根本指望不了對方雪中送炭，舉目之下，她發現自己一旦失去胤禛的寵信就無從借力，只能被迫等待這場流言過去。

但是，流言似乎永遠沒有盡頭，而且越傳越烈。曾經對她畢恭畢敬的下人開始冷言冷語；曾經左一句姊姊、右一句福晉的那些人不見了蹤影。蘭馨館冷清了下來，就像是昔日她被禁足。不同的是，這一次，她猜不到胤禛在想什麼。

日夜不斷交替，日落而月升，月滿則盈虧，萬物都有一個盛極而衰的過程，就像她……

李衛見她這些日子總是悶在屋中鬱鬱寡歡，便提議出去走走。此時已是深秋，走在花苑中，隨處皆可聞到瀰漫在空氣中的桂花香。

見佟佳氏心情似乎好了些，李衛輕聲道：「恕奴才多嘴說一句，其實主子根本不必理會那些謠言，清者自清，任小人再作怪，也傷不到主子分毫。」

佟佳氏仰頭看著開在枝頭的拒霜花（註1），嘆了口氣，略有些落寞地道：「旁的自然不在乎，怕只怕王爺信了那小人之言。」

「王爺那麼喜歡主子，再加上昀阿哥活潑可愛，長得又像王爺……」

「你真覺得弘昀像王爺嗎？」佟佳氏突然打斷他的話，眸中有異常的激動。

李衛愣了一下，旋即道：「昀阿哥是王爺的骨肉，又是小阿哥，自然長得像王爺。」

註1　山芙蓉。霜降之後，花開得越燦爛，因而有「拒霜」之名。

第三百二十章　嚼舌

佟佳氏聽得是這個理由，不由得有些失望，卻也沒再說什麼。她不言，身為奴才的李衛又怎敢多嘴，只靜靜陪她走著。

秋天的花苑雖有人精心打理，但怎麼也比不上春時的奼紫嫣紅、生機煥發，再加上心中有事，佟佳氏只走了一會兒便覺得索然無味，回身往蘭馨館走去。在經過密集栽種在一起的合歡樹時，忽聽得樹後有人在講話，透過樹縫望去，卻是兩個丫頭，一邊掃著落在地上的枯葉一邊聊天。

「春兒姊，妳說昀阿哥真不是王爺的親骨肉嗎？」其中一個年紀稍小些的，滿臉好奇地問著比她年長些許的丫頭。

「依我看啊，十有八九，要不然王爺怎麼這麼久都不去佟福晉那裡呢？換作以前吶，不管王爺多忙，只要有空回府就必然要去佟福晉那裡坐坐，這些年來任府裡的人來來去去，佟福晉可一直是最得寵的那位。」

「是嗎？」小丫頭低了低頭道：「最得寵的不應該是凌福晉嗎？王爺可是連出京都帶著她呢。」

春兒在她頭上敲了一下，道：「妳笨啊，那是因為佟福晉犯了錯，所以王爺才抬舉凌福晉。若王爺真寵信她，為何如今還只是一個庶福晉？」

「這倒也是。」小丫頭摸了摸被敲疼的腦袋，又問：「春兒姊，妳知不知道當時佟福晉犯了什麼錯啊？」

他們這些做下人的，每日都要做許多活計，又不能隨意出府，所以談論主子間的是非，就成了他們平時最大的樂趣。

春兒將掃成一團的枯葉撥到簸箕中，道：「那是在圓明園發生的事，佟福晉一回來就被禁足了，我哪能知道那麼多。不過若非昀阿哥那麼巧地在那個時候懷上了，佟福晉此刻指不定還被關著呢。所以要我說啊……」她壓低了聲道：「佟福晉借種生子很有可能啊。」

「她真有那麼大的膽子？」小丫頭張口結舌，甚是吃驚。

春兒不以為然地道：「那有什麼，咱們這些主子哪一個是省油的燈？為了王爺的寵愛，什麼手段使不出來？」她頓一頓又道：「此事風險固然多，但利益也同樣大得很，若這件事不抖漏出來，她被釋禁足不說，還可以憑藉著昀阿哥坐穩側福晉之位，乃至世子額娘之位，換了我我也願意。」

「可是現在事已經被傳開了……」小丫頭有些擔心地說著。

「那又能怪得了誰？必是她自己做事不當心，被人發現了蛛絲馬跡。妳也不想想她是什麼身分，一個官女子罷了，咱們府裡哪位主子出身不比她高？不就是仗著一張臉蛋漂亮些，又會哄王爺，才一躍登上側福晉的寶座。其他主子雖明面上不說，客客氣氣，但心裡有哪個會服氣？眼睛都盯得緊緊的呢，就盼著她出錯，好把她趕下來。」

說到此處，春兒突然撫了撫自己的臉問：「小梅，妳說我漂亮嗎？」

小梅仔細打量了她一眼，如實道：「春兒姊長得挺好看的。」春兒身材高䠷，又長著一張鵝蛋臉，那雙眼睛水汪汪的像是會說話一樣，就是皮膚黑了些，不過也稱得上是中人之姿。

春兒不知想到什麼，將竹帚往旁邊一扔，理理自己被風吹得有些亂的長髮道：「那妳覺得王爺會不會瞧上我？也封我一個格格或福晉什麼的？」

小梅被她這話嚇了一跳，沒想到她會存這心思，正猶豫著該怎麼回答時，樹的另一邊突然傳來一個冰冷的聲音——

「王爺會不會瞧上妳我不知道，但我知道王爺最恨不安於本分又亂嚼舌根子的人。」

春兒和小梅嚇了一大跳，說了這麼許久，竟沒發現樹後有人，而且聽那話，似乎將她們剛才的對話都聽了進去。

這聲音……春兒一臉緊張地看著從樹後走出來的人影，待看到扶著李衛手的佟佳氏時，嚇得險些暈過去。被正主逮了個正著，這關只怕是難過了。

她戰戰兢兢地跪下來。「奴……奴婢給佟福晉……請安！」

小梅也嚇傻了，跟著她一道跪下，結巴了半天才總算把請安的話說完。

佟佳氏看也不看她，冷聲道：「免了，春兒姑娘這禮我可受不起！」

春兒聽著這話不對，曉得佟佳氏動了真怒，連忙磕頭如搗蒜，不斷地請罪道：「奴婢該死，奴婢下次再也不敢了，求福晉饒恕！」

「該死？」佟佳氏突然笑了起來，嬌媚如花。她蹲下身，托起春兒的下巴道：「妳長得這般好看，又怎麼會該死呢，指不定什麼時候王爺就看上妳了，封妳個格格或福晉什麼的，我這個失寵的側福晉又怎敢怪妳呢？」

「奴婢……」春兒剛說了兩個字，臉上就重重挨了一耳刮子。

佟佳氏臉上的笑容瞬間消失得無影無蹤，取而代之的是冷得能將人活活凍傷的寒意。「還知道自己是奴婢嗎？身為奴婢卻在背後議論主子是非，還妄圖飛上枝頭變鳳凰，哼！麻雀永遠都只是麻雀，變不得鳳凰！何況就憑妳的姿色，說麻雀都是抬舉了妳！」

看春兒吃痛的表情，佟佳氏眸中閃過一陣快意，側目喚道：「李衛！」

「奴才在。」李衛垂首，神色平靜得彷彿什麼都沒有看到。

「去給我狠狠掌這個賤婢的嘴，直到她再也不能勾引男人為止！」佟佳氏將這些日子受的氣全撒在春兒身上。

「奴才遵命。」李衛答應一聲，面無表情地走到又痛又怕的春兒面前，左右開弓，一掌接著一掌，沒有絲毫留手，打得春兒面頰高腫、嘴角流血。

不知掌了多少下後，李衛自己都有些手痛了，方聽到佟佳氏淡淡的聲音：「停下吧。」

終於從那劇痛中解脫出來，春兒連忙朝佟佳氏的方向叩首，自腫如香腸的嘴裡擠出聲音：「謝福晉饒命！謝福晉饒命！」

「我有說要饒妳嗎？」

第三百二十一章　流言蜚語

佟佳氏蹲下身，飽滿如玫瑰花的唇一張一闔，在春兒耳邊輕輕地說：「我這人生平有兩個忌諱：一是人家瞧不起我出身，二是想要跟我搶王爺。很不巧，這兩樣妳都犯了，妳說讓我怎麼饒妳呢？沒錯，我現在是不比從前了，但要收拾區區一個賤婢，相信還不是什麼難事！」

不等春兒說話，她已經直起身對李衛道：「將這兩人送到刑房去，就說她們背後議論主子是非，該怎麼處置，刑房管事自己曉得，別讓我再教他。至於這個叫春兒的，不只背後議論還不安分，妄圖勾引王爺，著刑房拔下她的舌頭，然後趕出府去。」

她要讓所有人知道，雖然王爺有陣子沒來蘭馨館了，但她依舊是王府側福晉，依舊是主子，沒有人可以隨意作踐她！至於流言，哼，坐以待斃從不是她的性子，她定要將此事查個水落石出；若被她查到是誰在暗中害她，定要那人生不如死。

去。

同情在李衛臉上一閃而逝，下一刻他已經拖了哀號不止的春兒與小梅往刑房走

佟佳氏處置了兩個丫頭的事，在天黑之前就已經傳到那拉氏耳邊。彼時她正在檢查弘時功課，待三福說完後方才道：「她這是藉著那兩個下人在發心裡憋著的火呢，隨她去吧。」

「主子，佟福晉那事，咱們真的不用管嗎？」三福小聲問著。

天色漸暗，翡翠取了火摺子在點燈，聽得三福的話，不屑地道：「管她做什麼，佟佳氏可不是什麼省油的燈，留著她將來只會禍害主子。」

「這事我也知道，我就是怕她到時候狗急跳牆，將主子也咬了進去。借種生子若被查實了，可不是什麼小事，即使只沾上一點兒也是麻煩事。」三福也有他的憂心在裡面。

「無妨，一隻狗而已，成不了什麼氣候。」那拉氏在將弘時錯誤的地方一一圈出後，擱下筆拭一拭手，道：「何況彤冊上記載得明明白白，我不過是依彤冊算日子罷了，何錯之有？」

那拉氏一邊說著一邊站起身，望著被暮色籠罩的天空，靜聲道：「我現在更好奇的是，究竟是誰放出了這個流言，又是誰要這樣對付佟佳氏，會是鈕祜祿氏嗎？」

同樣的疑問亦縈繞在胤禛心頭，流言出來的時候，他曾懷疑過凌若，因為當初

就是她的那席話令自己開始疑心佟佳氏。儘管當時不曾提過佟佳氏的名，但凌若那般聰明，焉有想不到之理，何況百悅香一直為佟佳氏所喜。

不過在命周庸追查後，雖然層層繞繞地找不到一個頭，但隱約發現這個流言是從蘭馨館流出來的。若真是這樣的話，那可信度便要高多了，與凌若亦沒有什麼聯繫。

他很想知道，究竟梨落有沒有騙他？究竟弘昀是不是他的親骨肉？在這一切查清楚之前，他不想見梨落。

「四爺。」外面有人敲門，是周庸的聲音。

「進來吧。」胤禛將攤開許久的公文合起，問周庸：「事情查得怎麼樣了？」

周庸打了個千兒道：「啟稟四爺，奴才查到這段日子確有一名年輕公子在各家香粉店轉悠，並且說過四爺之前提到的那番話。只是從前些天起，那名年輕公子就不見蹤影，再也沒有出現過，也無人認得他是誰，倒有些像平空消失了。」

「這麼說來，線索斷了？」胤禛皺眉。

「是。」周庸有些慚愧地答應一聲，旋即又道：「倒是奴才今兒個在茶樓裡面聽到了一件事……」

他猶豫了一下，方鼓起勇氣道：「與府中流言一般無二，販夫走卒、平民百姓之間皆在傳言雍王府的佟福晉為起復搏恩寵，不惜借種生子，以野種冒充王府阿哥，且他們連昀阿哥背上有塊胎記的事也知道，傳得繪聲繪影有如親見；更有那說書的加油添醋，拿來胡謅。奴才擔心，此事早晚會傳到其他幾位阿哥耳中。」

胤禛越聽越吃驚，王府中流言屢禁不止的事他心中有數，但怎會傳到外頭？雍王府素來規矩極嚴，府內的事是絕不允許外傳的，一旦被發現，輕則杖責，重則直接打死。府邸初建時曾處置過幾個，後來就再沒有這樣的事發生。

胤禛很清楚，這件事若被胤禩他們知道了，免不了又要借題發揮，在康熙跟前中傷自己。

這件事……胤禛閉目，屈指在案桌上輕輕敲著，不知在想什麼，而這一想就是整整一夜。

天亮後，胤禛睜開略微有些發紅的眼眸，起身對同樣站了一夜的周庸道：「走吧，去含元居。」

同一時間，凌若打量了銅鏡中梳妝整齊的自己一眼，將手遞給水秀，任她替自己套上金銀雙色戒指，淡淡道：「走吧，咱們去給嫡福晉請安。」

到了那邊，凌若發現瓜爾佳氏已經到了，遂在行過禮後挨著她坐下。在接過侍女遞來的茶盞後，輕聲道：「姊姊來得可真早。」

瓜爾佳氏笑一笑道：「準備了這麼久的好戲要上演了，自不能錯過。倒是妹妹，妳說王爺今兒個真的會來嗎？」

「周庸昨日回府，我相信以他對王爺的忠心，一定會將所見所聞一字不漏地轉述給王爺。只要王爺不希望事情再惡化下去，就一定要做出決斷。咱們儘管看著就是了。」凌若啜了口清香四溢的茶，漫然說著。

「妳倒是將人心揣摩得透澈。」瓜爾佳氏說著將目光移開來。

就這說話的工夫，溫如言也到了，她在對面坐下，朝兩人微微一笑，不需言語已明白，三人皆想到一塊去了。

看人來了不少，那拉氏頗為高興。「難得幾位妹妹都在，恰好可以一起幫著商議商議靈汐的婚事。為著這事，我都頭疼好些天了。」

「靈汐格格要出嫁了嗎？」陳格格訝然問道。

「倒是還沒有，不過靈汐已經及笄，這夫婿人選是時候挑選起來了。否則若是晚了耽誤她出嫁，豈非不好。」說到這裡，她重重嘆了口氣道：「李氏死後，這孩子一直由我在撫養，也可說是我看著長大的。這孩子品行淳良、敦厚親善，與她額娘截然相反，這些年我是真心將她當親女兒看待。如今她年歲漸長，總想著要給她找一個好夫婿。」

第三百二十二章　決心

「能有嫡福晉這位嫡母，真是靈汐格格的福氣。」陳格格恭維了一句又道：「不知嫡福晉可有看中的人家？」

「倒是有那麼幾個，妳們幫著瞧瞧哪個更好些。」隨著那拉氏的話，三福將早就備好的冊子一一分發給諸人，卻是記錄了那拉氏口中那幾人的一些情況。

凌若一打開，赫然發現第一頁就是她曾替伊蘭介紹過的探花郎魏源。那拉氏將他放在第一個，看來也甚是看好。

今科殿試一甲皆是少年才俊，無奈狀元已經成了公主額駙，榜眼又有妻室，唯有這探花因之前家境貧困，一直未曾娶妻，成了香餑餑。

再往後翻，好幾個都是今科進士，還有幾個是世家子弟，瞧著皆還算不錯；唯有一個特別些，竟是商家子弟。在本朝，商戶的地位雖有所提高，但還遠遠不能與讀書人相提並論，然在看到他的姓氏時，眾人又釋然了。錢敏之，姓錢，聞名天下的三大富商之一錢銳也是姓錢。

那拉氏等她們都翻完後，方才含笑道：「如何，幾位妹妹可有推薦的人選？」

年氏將翻了幾頁的冊子隨手往小几上一扔，語含不屑地道：「皆不過是平庸之才，隨便選一個就是了。」

坐在她下首的宋氏聞言，諂笑地奉承道：「福晉父兄皆是人中龍鳳，自是看不上這些，但對其他人來說已經算很難得了。」

那拉氏聽了略有些尷尬，不過很快便面色如常地笑道：「年妹妹的幾位兄長都是好的，可惜輩分不當、年歲不當，又全都早已成家，而子息輩又皆比靈汐年幼，這姻親卻是結不成了呢。」

年氏揚一揚脣，並不說話。

瓜爾佳氏見狀，進言道：「依我看，這個魏探花不錯，學富五車，且聽說為人至孝，凡孝誠之人皆有一顆仁厚之心，將來必會善待靈汐格格。」

在她之後，好幾個人也各自說了意見，既有傾向於進士的，也有傾向於世家的，唯獨沒人提錢敏之。在她們看來，這三大富商之一的錢家雖說有錢，但論門第始終是低了一些，配不得親王格格。總的來說，傾向魏源的人更多些。

她們正商議著，佟佳氏走了進來，剛進門便忙欠身道：「妾身來晚了，請嫡福晉恕罪。」

「無妨。」那拉氏指了指年氏對面空著的位置，示意她坐下。

佟佳氏剛挨著墊了織金墊的椅子，就聽得宋氏涼涼道：「佟福晉如今也不需要伺候王爺了，怎麼反而來得比咱們更晚，難道貪睡過了頭？」

佟佳氏睨了一眼宋氏。以前她得寵時，宋氏低眉順眼，一句話也不敢多說，而今見她失寵，便迫不及待地出言奚落，真是一個可恥小人。

她雖心裡不悅，面上卻依然盈盈淺笑道：「姊姊誤會了，原本早就該到的，哪知臨出門時弘昀有些咳嗽，我怕他出事，便陪了一會兒。姊姊也知道弘昀那身子，雖撿了條命回來，卻一直羸弱得很，天氣稍有點兒變化就易犯病，太醫幾乎是天天往咱府裡跑。」

「弘昀……」宋氏拭了沾在脣邊的茶漬，抬眼譏笑道：「也不知道究竟是不是排這個弘字輩呢。」

這話一出，佟佳氏臉色頓時難看起來。府裡流言雖鬧得沸沸揚揚，但從沒一個人當著她的面提過，宋氏什麼東西，居然敢當著這麼多人的面諷刺她。

不等她發作，那拉氏已不悅地道：「好了，越說越沒譜了，都少說幾句。還是繼續說靈汐的婚事吧，趁著今兒個人齊，定一定，我到時候也好與王爺說。」

佟佳氏按捺心中怒意，取過冊子看了幾眼後，指著最開頭那個魏源，道：「妾身瞧著此人不錯，學識、人品皆是上上選，不若就他如何？也不算辱沒靈汐格格。」

那拉氏心中原本也是中意魏源的，頷首道：「那就此人吧，若王爺沒有意見，便……」

她話還沒說完，就見一襲寶藍色長袍的胤禛走進來，忙起身見禮，又驚又喜地道：「王爺怎麼突然過來了，也不事先說一聲，倒教妾身一些準備也沒有。」

胤禛扶了她起來，沉吟道：「我有幾句話要先單獨與妳說。」此事非同小可，蓮意是嫡福晉，該第一個知道。

那拉氏見他神色凝重，忙隨了胤禛轉去內堂，留下一干人等在那裡暗自猜測。其中最憂心的莫過於佟佳氏，蜷在袖中的雙手早已握緊。是否……是否是在說自己的事？

宋氏幸災樂禍地看著佟佳氏。瓜爾佳氏則藉著舉茶的機會，悄聲問旁邊的凌若：「妳說王爺真下定決心要徹查此事了嗎？」

「王爺從不是一個拖泥帶水的人，事關王府與自己名聲，斷然不會再拖下去。」凌若低頭撥弄著指上的金銀雙色戒，輕聲回答。

「希望這次王爺不會再姑息。」瓜爾佳氏輕嘆一聲。上次她們皆以為佟佳氏在劫難逃，哪知竟被她輕易逃過；此次雖同樣做到萬全，依然不免有些憂心。

「好運可一不可再，佟佳氏的好運該是時候終結了。」凌若淡淡一笑，她很清楚，佟佳氏那張臉固然可以令胤禛容忍許多，但也並非全無底線，天底下沒有一個男人願意戴綠帽子，何況還是胤禛那麼強勢的人。

又等了一會兒，胤禛與那拉氏並肩自內堂出來，隨著他們的出現，屋中一靜，再沒有任何聲音，眾人均巴巴地看著他們。

那拉氏隨胤禛一道坐下，神色凝重無比，沉靜幽暗的目光一一掃過諸人，最終停在強作鎮定的佟佳氏身上，啟聲道：「最近府中鬧得極凶的流言，想必各位妹妹都有所耳聞。」

不怎麼說話的戴佳氏猶豫了一下，小聲道：「嫡福晉可是說昀阿哥並非王爺親生一事？」

胤禛眼皮子因這句話而猛地跳了一下，神色亦越發冷暗。那拉氏瞥了他一眼，見他不言，只得嘆了口氣道：「正是，不過有一件事諸位妹妹尚不知道，此事不只王府在傳，外頭也在傳。原本王爺和我都認為這件事是子虛烏有，所以沒放在心上，但如今越傳越不成樣，再放任下去，只怕會出什麼么蛾子。」

第三百二十三章　滴血驗親

此言一出，眾人齊驚。年氏更是皺了細緻的雙眉道：「怎會如此？」若真是這樣便麻煩了，不論是與不是，鬧出這麼個事來，對王府聲譽都會有損害。

那拉氏睨了胤禛一眼，見他朝自己點頭，便嘆道：「咱們深居簡出，不曉外頭的光景，此次還是王爺身邊的小廝得空去茶樓聽說書，才知道民間早已在傳此事，而且還繪聲繪影，連名帶姓分毫不差，甚至連昀阿哥身上的胎記都一清二楚。王爺與我說過後，覺得此事甚為蹊蹺，所以想與幾位妹妹共同商議商議。」

「無風不起浪，空穴亦難來風。」年氏轉著指間的瑪瑙戒指道：「咱們之前都將此事當成笑話來聽，未曾當真，如今看來卻不盡然。」

她話音剛落，佟佳氏已經「撲通」一聲跪下去，含悲帶淚地望著胤禛，搖頭道：「妾身沒有，妾身絕對沒有做任何對不起王爺的事，求王爺明鑑！」

胤禛靜靜看著她，始終未曾說話。

瓜爾佳氏揚了揚眉，淡然道：「既不曾做過，又何必急著求王爺，豈不聞清者自清這四個字嗎？」

她這話分明是在暗指自己心中有鬼。佟佳氏怨恨地瞥了瓜爾佳氏一眼，復又哀哀垂淚，委屈地道：「姊姊只知清者自清，卻不知流言猛於虎，當初岳飛那樣精忠報國，皇帝還不是聽信流言以莫須有的罪名殺了他。縱使身後流芳百世又有什麼用？死的人終究是活不過來了。前例在，妹妹焉有不怕之理。」

年氏嗤笑一聲，冷聲道：「拿自己與岳飛比，也不怕貽笑大方。」

佟佳氏被她毫不留情的話語說得尷尬不已，臉上一陣青、一陣白，卻沒有反駁一字。此刻已經落了下風，再與她針鋒相對逞一時痛快，只會害了自己。

「罷了，妳先起來。」胤禛說了他進來後與佟佳氏的第一句話。

「瞧王爺這樣子，對佟佳氏借種生子的事似乎還不盡信。」瓜爾佳氏小聲與一旁的凌若說著。

凌若笑而不語，只做了一個繼續看下去的眼神。越不盡信，結果出來時，效果才會越好。

年氏展一展妃紅刺金的袖子，漫然道：「其實想知道昀阿哥究竟是不是王爺的親生骨肉，很簡單，滴血驗親就成！」

這句話與許多人的想法不謀而合。那拉氏更是緩緩點頭。「不錯，這是眼下唯一的辦法。」

不能驗！絕對不能驗！佟佳氏臉上血色盡失，唇間的銀牙因為顫抖而咯咯輕響，心中是難以言喻的恐懼，幾乎要將她整個人淹沒。沒人比她更清楚滴血驗親會是什麼結果，弘昀的血與胤禛是絕對不會相融的。

「這……好嗎？」戴佳氏有些猶豫地說著。若驗下來，弘昀確是王爺的親骨肉，那此事於弘昀而言無疑是一個汙點。萬一將來他長大了從旁處得知此事，心裡免不了也會有疙瘩。

「總好過眼下這樣不明不白。」年氏冷笑。「王爺是龍子鳳孫，血統高貴，王爺的子嗣自然也要清清白白，容不得一點兒侮慢。」

「王爺認為呢？」那拉氏舉目相問。

不待胤禛說話，佟佳氏已經跪下垂淚道：「妾身原本是一介卑微之身，蒙王爺不棄，收在身邊恩寵有加。妾身如今擁有的一切均是王爺所賜，王爺若是開口要收回，妾身絕不會有一句怨言。可是弘昀不同，他與弘時、福宜一樣都是王爺骨血的延續，然現在王爺卻要疑心於他，您讓弘昀長大後如何做人？」

「弘昀不會知道這件事。」胤禛沉沉地看了她一眼，別過臉去對周庸道：「準備清水，另派人去將弘昀抱來。」

見他下定決心要滴血驗親，佟佳氏心中浮起絕望。難道一切真要到頭了？不！還沒到最後一刻，她不能放棄！一定，一定會有辦法！

這樣想著，她艱難地爬起身道：「弘昀不喜歡別人抱，還是妾身去吧。」

在胤禛默許之後，佟佳氏扶了李衛的手回到蘭馨館。彼時弘昀已經醒了，被奶娘抱在懷裡餵奶，因為哮喘的緣故，使得他比一般四、五個月的孩子身量要小，瘦瘦弱弱的。養了這麼久，他頭髮還是跟剛出生時差不多。

奶娘一出去，畫眉就慌張不已地問：「主子，咱們現在該怎麼辦，真要將昀阿哥抱去嗎？」

「不抱去還能跑不成？」佟佳氏緊緊皺著雙眉。懷中的弘昀此刻就是一把要命的利劍，隨時會讓她萬劫不復。怎麼辦？究竟該怎麼辦才好？她一定要在滴血驗親之前想出辦法來才行。

李衛瞧出了幾分端倪，艱難地問旁邊的畫眉：「昀阿哥他當真不是……」

畫眉沉重地點點頭。「事到如今也不用瞞你了。當初主子被王爺禁足，怕會因此失寵，所以命咱們去外頭尋了一個男人，借種生子。事畢之後，那男人已被滅口，照理來說此事不該有人知曉。如今王爺要滴血驗親，這不是擺明了要主子和昀阿哥的命嗎？」說到這裡，她焦急道：「你素來膽大心細，腦子也靈活，快幫著主子一道想想法子，好將這劫給化了。」

李衛驚得合不攏嘴，好半晌才回過神來，仔細想了一會兒道：「主子，奴才入王府前，曾聽說如果在清水中加入白礬，縱是非嫡親亦可相融。」

佟佳氏目光一亮，復又黯了下去，頹然道：「水是周庸準備的，咱們不可能在裡面動手腳。」

李衛想想也是，在一陣苦思冥想後，驟然抬頭，陰聲道：「主子，奴才倒是有一計可以永絕後患，就看主子是否狠得下這個心！」

佟佳氏精神一振，猶如落水的人抓住浮木，忙命他快說。在聽到李衛近乎瘋狂的計畫後，縱然是她也忍不住一陣戰慄，死死盯著李衛，許久才長長吐出一口濁氣……

眾人等了近半個時辰，已經頗為不耐煩。年氏更是將喝了一半的茶盞往桌几上一放，冷笑道：「該不會是知道滴血不融，所以怕得不敢來了吧？」

「事情還沒有明確，妹妹莫要胡說，沒得壞了昀阿哥名聲。」那拉氏輕斥一句。年氏輕哼一聲，別了臉過去。

又等了一會兒後，胤禛也有些不耐了，揚臉對周庸道：「去外頭看看，佟福晉過來了沒有。」

不等周庸答應，一抹天藍色的身影出現在眾人視線中，正是去了許久的佟佳氏，抱在懷中的可不就是弘昀嗎？

第三百二十四章　病發

清水早已經備下，只需用銀針在兩人身上各刺出一滴鮮血便可見分曉。一時間，眾人均是屏了呼吸，靜待結果。

看到周庸拿了細長尖銳的銀針過來，還沒等刺，佟佳氏已經輕呼一聲，將弘昀又抱緊幾分，面露不忍之色。

周庸見狀，知她是心疼孩子，當即道：「佟福晉放心，這針扎著不會很疼的。」

「不是扎你身上，你當然不疼。」佟佳氏傷心地道：「弘昀自出生後就一直害病，好不容易安生兩天，又要被親阿瑪疑心，往他身上扎針。我可憐的孩子，人家是阿哥，你也是阿哥，憑甚就這般命苦。」

她護著弘昀不肯放，周庸也不敢用強，只能尷尬地站在那裡，進也不是，退也不是。

那拉氏見這樣僵著不是個辦法，起身走到佟佳氏面前道：「我與妹妹一般都是為人母的，知道寧可自己受罪也不願讓孩子受一點兒委屈的那種心思。但是妹妹可曾想過，若不過這一關，弘昀縱使長大了，也要一直背負著這個流言，永遠抬不起頭來做人，這難道是妳願見的嗎？」

見佟佳氏抱著孩子的手鬆了幾分，那拉氏知其被自己說動了心，又將語氣放緩幾分道：「把孩子給我吧，只要他是王爺的親骨肉便絕對不會有事，而且從今往後，你們母子都可以堂堂正正抬起頭。王爺與我可以向妳保證，這府裡、府外，沒人可以再議論你們分毫！」

「來，把孩子給我吧。」她伸手，殷殷看著佟佳氏。

佟佳氏儘管滿心不捨，但也知道逃得了一時、逃不了一世的道理，繪著蘭花的長指甲輕輕撫過懷中小小的臉龐，弘昀忽地咧著還沒有長牙的小嘴朝她笑了一下，天真無邪。

那一笑令佟佳氏的心猛地揪了起來，眼淚不可抑制地落下來，手指劇烈顫抖著，近乎痙攣一般。

良久，她終於收回手，將弘昀交到那拉氏手中。就在那拉氏抱著弘昀轉身的時候，一直站在佟佳氏身後的畫眉眸光微閃，悄無聲息地往旁邊走了幾步，站到凌若身後不遠處。

不知弘昀是因為離開了親娘的懷抱，還是因為知道有人要拿針扎他，剛才還在笑的他突然癟嘴哭了起來，短短的四肢不斷動著，似要掙脫那拉氏的懷抱，一時倒有些難以扎針。

胤禛蹙了蹙眉，招手將周庸喚到近前，取過銀針對著左手食指用力一扎，立時有一滴殷紅的血珠落於清水中。

周庸躬身退開，往正在哄弘昀的那拉氏走去，在經過凌若所坐的位置時，突然聽見一聲輕呼。他還沒等看清就被人撞得一個踉蹌，往前跌出好幾步，倒是沒摔著，但是捧在手中的那碗水卻是灑了個乾淨。

「怎麼了？」胤禛看著驟然站起的凌若，甚是奇怪。

凌若神色怪異地朝後面看一下，發現畫眉鬼鬼祟祟躲在後面，適才只顧著注意佟佳氏，竟沒注意到這丫頭是什麼時候跑到自己後面來的。

適才她正坐著，突然感覺背上一陣刺痛，猝不及防之下整個人跳起來，把恰好經過她身前的周庸撞了個正著，此刻背上還隱隱有些作痛。

見胤禛還等著自己回話，忙如實道：「妾身適才背上突然有些疼痛，所以一時沒控制住站了起來。」

年氏嗤笑一聲，閒閒道：「早不疼、晚不疼，偏偏在周庸端了滴有王爺鮮血的碗過來時候疼，凌福晉，妳這疼痛犯得可真是時候。」

凌若低頭，未理睬她，待得重新在椅中坐下後，手悄悄地往背上一抹，瑩白的指尖竟出現一點兒血跡。

瓜爾佳氏不動聲色地將這一幕看在眼中，舉袖掩唇輕言道：「剛才從意告訴我，妳站起來前，畫眉往妳這邊靠了靠，手裡彷彿拿著什麼東西。妳說刺痛，又有血跡，我猜很可能是拿針一類的東西在刺妳。」

凌若又驚又怒，回頭狠狠地剜了躲在別人後面探頭探腦的畫眉一眼，嚇得她立時又縮了回去。

這水既然灑了，當中的血自然無用，周庸又取來一碗水，慚愧地道：「請王爺再滴血。」

胤禛倒是沒說什麼，直接又刺了一針，滴血在水中，而後周庸又端至那拉氏跟前準備扎針取血。

這一次倒是沒意外了，但是原本已經止住哭泣的弘昀呼吸突然急促起來，小臉憋得通紅，想哭又哭不出來，只是不住喘氣。那拉氏親眼看著那張臉由紅轉青，她頭一次遇到這種情況，嚇得腳都軟了，但總算還有幾分清醒，知道這是哮喘發作的症狀，找了一圈後朝佟佳氏急切道：「昀阿哥平日帶在身上的那個香囊呢？」

當時太醫在將弘昀的病情控制住後，為怕他復發時來不及請太醫，所以特意用幾味可以舒緩哮喘發作症狀的藥配成一個香囊，讓弘昀配戴在身上。香囊裡的藥七日一換，以保證其療效，這個香囊是從不離身的。

佟佳氏早已慌了神，手足無措地道：「香囊……不就掛在弘昀身上嗎？是不是藏在衣裳裡了？」

那拉氏趕緊拉開弘昀的衣裳，果然看到了帶有藥香的紅色香囊，立時將之放在弘昀鼻下，可是一點兒效果都沒看到，反倒是那張小臉的臉色越來越不對。

這個突變將諸人引了過來，胤禛更是快步走到那拉氏面前，看到弘昀嚇人的臉色以及急促到極點的吸呼，心知不好，一邊拉開弘昀的領口一邊道：「立刻入宮去請太醫。」

周庸趕緊答應一聲，隨手將碗一放，急匆匆就往外奔去。原本凝結的鮮血隨著時間的推移逐漸暈染開來，直至將整碗清水都染成紅色，透著一種妖邪的美。

佟佳氏將弘昀奪過抱在懷中，一直不停地摸著弘昀的臉，希望他能快些好起來。可是事與願違，弘昀的情況越來越不好，而周庸又一直未回，急得她直掉淚。實在沒辦法，她抱著弘昀跑到外面跪在地上磕頭泣道：「老天爺，求您不要帶走弘昀，我就弘昀一個孩子，他又那麼小，連路都不會走，求您千萬不要那麼殘忍地帶走他，我情願折壽十年，二十年，只要他平安就好！」

第三百二十五章　弒子

佟佳氏不住磕頭，每一下都重重碰在地上，將額頭的皮都磕破了，可她彷彿未覺，依舊不住地磕著，直至手臂被人牢牢抓住，是胤禛。

些許憐惜在胤禛眸中流轉。「不要再磕了，老天爺聽不見的。」

佟佳氏搖頭，神色激動地道：「不！只要妾身心誠，老天爺就一定會聽到。王爺，弘昀是妾身的命根子，妾身不能沒有他，不能啊！」她哭，猶如梨花帶雨，而這恰恰是胤禛最見不得的一幕。

果然胤禛嘆了一聲，蹲下身將她攬到懷中，用佟佳氏許久不曾聽到的溫柔聲音道：「梨落，弘昀不會有事的，太醫很快就到了。」

佟佳氏哀哀看著他，眸中水光深深。「王爺，弘昀真的不能有事，否則妾身也不想活了，還有，他……真的是王爺的血脈，妾身沒有借種，沒有做任何對不起王爺的事啊！」

看到她這樣，胤禛不由得心一軟。原本是想證實弘昀是否為他的親骨肉，想不到事情竟會變成這樣。看梨落的樣子，似乎是自己多疑了。唉，只盼著弘昀能安然無恙。

溫如言與凌若、瓜爾佳氏遠遠落在眾人後面，秋風吹過，拂起她垂落在鬢邊的孔雀藍流蘇。「佟佳氏的演技當真是好，若非早早清楚她那些事情，連我都要被瞞過去。命根子？」她諷刺一笑。「也就是嘴上說說罷了，哪有榮華富貴來得重要。」

「姊姊心裡清楚就好。」凌若淺笑著，眸光卻是一派冰冷，任秋陽明澈似金也溫暖不了分毫。

「昔日武后為昭儀時，為了扳倒王皇后，親手殺了自己的女兒嫁禍；今日佟佳氏比武后有過之而無不及。」瓜爾佳氏低頭撫著綴在裙間的荷包，輕輕說著。

「戲總是要曲折一些才好看。」

凌若聲音剛落下，前面突一陣騷亂，卻是弘昀面色開始發黑，呼吸漸漸緩了下來，卻不是正常的好轉，而是他開始無力呼吸，小小的眼睛不住往上翻。

「王爺！」佟佳氏已是面無血色、六神無主，慌得不知該如何是好。其餘人等亦是一臉著急，至於當中有幾分真假就不得而知了。

「這個周庸怎麼去這麼久還不回來？可真是急死人了。」那拉氏急得不住往院外張望。

胤禛雖未說話，但神情亦是著急難安。

終於在這緊要關頭，外頭傳來一陣急促的腳步聲，正是周庸拖著太醫來了，卻是容遠。

看到他，佟佳氏猶如遇著救星一般，迫聲道：「徐太醫，你一定要救救我的孩子！」

「福晉放心，微臣一定盡力而為！」這一路上容遠已經聽周庸說了緣由，答了一句後顧不上喘氣，立刻查看弘昀的狀況。只一眼，他神色便凝重起來，從藥箱中取出銀針，讓人抓住弘昀，而後自弘昀的喉嚨中緩緩扎了下去。

他一邊扎針一邊注意弘昀的神情，原以為這金針度穴之法可以將弘昀急性發作的哮喘壓下來些許，但事實證明還是他過於樂觀了，連著扎下四根銀針，弘昀依然是進氣少、出氣多，眼珠子不住地往上翻。

「徐太醫，究竟怎麼樣，弘昀還有沒有救？」見容遠停下手裡的動作，胤禛心如不妙。

容遠嘆了口氣，拔下那幾根銀針，拱手道：「請王爺和福晉恕微臣醫術淺薄，回天乏術。」

怔忡半晌，佟佳氏的喉中驟然爆發出一聲尖利哭聲：「不！我的弘昀不會死！不會！」

這個消息對胤禛亦是一個極大的打擊，身子微微一晃，勉強站住後，艱難地道：「徐太醫，當真、當真無法？」

「昀阿哥哮喘時間發作過長，期間又沒有得到有效的舒緩，導致他出現窒息的症狀。微臣原本想以金針度穴來使他緩過氣來，可惜……請王爺和福晉節哀。」容遠慚愧地說著。太醫院未必沒有比他醫術更高的，譬如齊太醫，但是，以弘昀的情況絕對是拖不了那麼久的。

彷彿是為了印證他的話，弘昀停下了微弱的呼吸，原本還在抽動的手腳也停住了，安靜得彷彿睡著一般，然這一覺卻是再也不會醒來。

「弘昀？弘昀？」佟佳氏愣愣地看著垂頭不動的弘昀，手輕輕拍著他的臉頰，不斷有滾燙的淚水滴落在他臉上。「弘昀，你不要嚇額娘，快醒醒！」

那拉氏抹一抹滲出眼角的淚，哽聲道：「弘昀已經去了，妹妹莫要太難過傷了身子。」

「不會的，弘昀不會拋下額娘一人離去，不會！」佟佳氏喃喃說著，然下一刻，撕心裂肺的哭聲從她喉間溢出，震碎了天邊浮雲。

「老天爺！您睜開眼看看，弘昀才那麼小，為什麼要帶走他，為什麼啊？難道我這做額娘的折壽還不夠嗎？」她仰頭大哭，不斷滑落的淚水沖掉了她敷在臉上的脂粉，露出蒼白若魅的真實臉色。

眾人皆是一陣噓唏，陳格格等人更是陪著一道落淚，勸了好一會兒才令佟佳氏止了哭聲，只默默垂淚。

誰都沒想到今日會變成這樣，既然弘昀已經死了，自然再沒有滴血驗親的必要，何況也從來沒聽說過活人與死人滴血相驗的事。

「莫哭了，弘昀那麼懂事，若知道妳這個額娘因他這般傷心難過，他就算去也去得不安心。」胤禛忍著心裡的難過安慰她。

佟佳氏倚在胤禛懷中不住抽泣，見她情緒有所平復，胤禛對候在旁邊的周庸道：「將昀阿哥抱下去好生安葬。」

像弘昀這樣已過百天並且取名的阿哥死後，可以按例葬入皇陵，並且論序排輩，在宗冊上留下一筆。

佟佳氏不捨地將已經沒有氣息的弘昀交給周庸。過了今日，他們母子就是陰陽永別了，再無相見之日。

昀兒，莫要怪額娘心狠，額娘也是被逼無奈！你放心，額娘一定會查出是誰散播流言害咱們母子，到時候，額娘定要他百倍償還，以祭你在天之靈！

就在周庸抱了弘昀準備離去的時候，忽然有一人閃出，跪在胤禛面前。「王爺，奴才有話要說。」

第三百二十六章　指證

「你要說什麼？」胤禛詫異地看了一眼跪在自己腳前的人，他自是認得，正是李衛。原先李衛跟在淩若身邊，後來梨落說這個下人看著甚是機靈，便將他要到身邊服侍，只是這個時候他出來做什麼？

同樣詫異的還有佟佳氏，所有事情到這裡已經結束了，而她也順利逃過這一劫，李衛還要說什麼？

李衛重重磕了個頭，沉聲道：「奴才是佟福晉的奴才，本當忠心侍主，不言主子是非對錯，但是這一件事奴才實在是難以裝聾作啞，違背自己的良心，所以哪怕背上叛主的罵名，被指不忠不義，奴才也要將實情說出來。」

胤禛睨了神情有些不自然的佟佳氏一眼，冷然道：「究竟是什麼事，快說。」

李衛抬頭，目光深若幽潭，在面對胤禛審視的目光時並未有絲毫迴避，吐字清晰地說出石破天驚之語：「昀阿哥之所以會哮喘發作，並不是意外，而是佟福晉有意為之，昀阿哥是她親手所殺！」

此言一出，所有人皆掩口驚呼，紛紛看向臉色蒼白若雪的佟佳氏；而後者已是冷汗涔涔，猶如剛從水裡撈出來一般。她死死盯著李衛，簡直像要噬人。

「你在胡說什麼！這裡這麼多人看著，我何曾害過弘昀，莫不是因為我之前責了你幾句，你就在這裡陷害我！」

「您不曾責過我，我也不曾害您。」

李衛的冷靜令佟佳氏害怕，唯恐他真將自己的祕密說出來，那將是萬劫不復的結局！

他似乎嫌剛才說的還不夠，又語出驚人地道：「王爺，昀阿哥並不是您的親骨肉，是佟佳氏為了起復，保住自己的地位，借種生下的孩子。」

凌若幾人相互看了一眼，皆是會心一笑。好戲終於開始了。

胤禛眉心突突直跳，神色難看到了極點。「你說清楚！」

「嗻！」在答應時，李衛目光掠過面無血色的佟佳氏。

那一瞬間，佟佳氏從他眼中看到了厭惡以及深深的不屑，渾身一個激靈，隱約明白什麼。她抬頭在人群中掃過，在看到遙遙立於秋陽下的凌若時，眸光恨到了極點。想來若非胤禛等人在場，她就要撲過去將凌若生吞活剝了。

對於這道目光，凌若只是淺淺地笑著，彷彿無事。佟佳氏已經是網中之魚，插翅難飛，這樣的恨與怨，實在不足掛齒。

那廂，李衛正在緩緩述說，一句一句，逐漸將佟佳氏送上無法回頭的絕路。

「回王爺的話，奴才也是後來才知道的，原來當日王爺將佟福晉禁足後，佟福晉為怕失寵，所以盤算著讓長壽他們去尋了一個男人，偷偷運到裡頭，一夜之後又偷運了出去。為怕走漏風聲，佟福晉讓長壽將那男人滅口。」

「之後佟福晉順利懷孕，並且指其為王爺的子嗣昀阿哥。原本以為此事就這麼過去了，哪知道後面會被翻出來，王爺更是要滴血驗親。佟福晉心裡明白，昀阿哥的血是絕對不會與王爺相融的，為了保住自己，佟福晉想出一條絕計來。」

「是什麼？」年氏奇怪地問。從剛才起，她就一直在回憶佟佳氏抱了孩子來之後的點點滴滴，實在不明白佟佳氏是何時下手，這哮喘又不是說發病就能發的。

倒是容遠在一旁若有所思。他是太醫，什麼東西能導致哮喘發病自是再清楚不過。如今是秋天，柳絮沒了，但有一樣東西卻是四季皆有，莫非就是這個？

「弒子！」

這兩個隱約帶著血腥味的字眼從李衛薄脣中吐了出來，即使剛才已經聽過一次，再聽依然讓人無比震驚。那拉氏等人看向佟佳氏的目光亦充滿恐懼、驚慌。

「李衛！」佟佳氏是真的害怕了，顧不得是否會惹來胤禛懷疑，急急打斷李衛的話。「你瘋了不成，弘昀是我親兒，我怎會害他！再敢胡說八道，看我不打斷你的腿！」

年氏最見不得她，當下冷笑道：「呵，到現在還在擺側福晉的威風，真是可笑。」她一揚小巧的下巴，對李衛道：「儘管說，有王爺與我在，倒要看看究竟是誰打斷誰的腿！」

這話似無意中將那拉氏越了過去，又或者她是刻意給那拉氏難看。當日陳太醫雖然不肯說出幕後主使者，但所有能查到的證據都隱隱指向那拉氏。想到很可能就是她害了福宜，年氏自然不願讓她好過。

那拉氏只是看著李衛，彷彿根本沒聽到年氏的話，平靜道：「你倒是說說她是怎麼弒的子？弘昀可是在我懷中突然發病。」

此時，容遠插話道：「嫡福晉有所不知，哮喘遇到易敏物時並不會即刻發病，而是有些許的延遲。也就是說，很可能在抱給嫡福晉之前就已經被誘發了。」

「徐太醫說得不錯。」李衛接過話道：「佟福晉明白，只要昀阿哥死了，那麼所有事情都會不了了之。為了避免被懷疑，她並沒有在去抱昀阿哥時下手，而是將心思動到了昀阿哥所患的哮喘上。」他環視四周一眼，道：「這秋天雖然沒有柳絮，但花粉卻處處有之。佟福晉命奴才們替她找來花粉，嵌在指甲中，這也是為何這麼久才過來的原因。」

宋氏腦海中靈光一現，大聲道：「我知道了，就是剛才她不斷摸昀阿哥臉的時候，趁機讓昀阿哥將花粉吸了進去。」

眾人回想一下剛才的情況，果然如此，難得宋氏聰明了一次。適才佟佳氏那番舉動，她們只道佟佳氏是捨不得弘昀，現在才知道，原來是趁機害命。這番心機當真狠毒又縝密，若非李衛揭穿，她們永遠都不會知道。

「不錯，昀阿哥就是這樣病發。」李衛一臉沉重。「原本有那香囊在，不至於要了昀阿哥的命，但佟福晉在來之前將香囊內的藥全取出，隨便換了幾種不相干的藥進去，所以才一點效果也沒有。若王爺不信，可請徐太醫打開香囊查驗。」

第三百二十七章 狠毒

「驗！」胤禛只吐出這麼一個字。

容遠點點頭，命人取來小剪子，將香囊的封口拆開。如今往仔細了看，才發現香囊除卻正常的封口外還有一道淡淡的縫印。將藥全部倒出後，容遠只看一眼便道：「果然如此，這些藥對哮喘之症根本毫無幫助。」

李衛繼續道：「之後佟福晉為了避免在昀阿哥病發之前驗血，故意讓畫眉走到凌福晉身後，用針刺之，使毫無防備的凌福晉跳起來撞翻周庸手裡的碗。再之後的事，王爺與諸位主子都清楚了，不需要奴才再說一遍。至於讓昀阿哥喪命的花粉，奴才相信此刻應該還殘留在佟福晉指甲中才是。」

胤禛冷冷瞥了周庸一眼，後者會意，不顧佟佳氏的反抗，抓起她的手伸到胤禛面前，果然發現在她指縫中尚留有淡黃色的粉末。

「好！真是好！」胤禛額頭青筋直跳，良久後，自森冷的牙縫中擠出這麼幾個字來。「佟佳梨落，妳這個額娘可真是狠得下心腸，連親生兒子都可以殺得這般不動聲色，還演了那麼久的戲，將所有人包括我在內，都當成猴子來耍！」

「不是的！不是這樣的！」佟佳氏不住搖頭，神色慌亂無比，想去抓胤禛的袖子。

「不許碰我！」胤禛狠狠甩開她的手，任由她摔倒在堅硬的青石板上。這一刻，所有恩愛、寵溺都化成了虛無，所剩下的唯有憤怒。

「王爺，您莫聽那狗奴才胡說，他蓄意陷害妾身，妾身平素連螞蟻都捨不得踩死一隻，又怎會殺弘昀呢！」佟佳氏急著替自己辯解，卻不想適得其反。

胤禛臉上浮現濃濃的諷刺之色。「螞蟻都捨不得踩死？那傅從之呢？」見她發愣，胤禛又道：「若沒有傅從之的事，我或許還會信妳幾分，可是現在只覺得妳虛偽得讓人噁心！」

見胤禛不願相信自己的話，佟佳氏著急萬分。她清楚知道滿院這麼多人，是不會有人替她求情的，她所能抓住的只有胤禛。她淚如雨下，不斷沖落臉上的殘脂敗粉，轉了話語道：「王爺，就算妾身真殺了弘昀也絕對不是出於本心！」說到這裡，她恨恨一指李衛道：「是這個奴才慫恿妾身這麼做的，一切也都是他想出來的！妾身……妾身是受他蒙蔽才會做此糊塗事。」

「這麼說來妳是承認了？弘昀並不是我的兒子！」胤禛用力捏住她的下巴，額間布滿了密密紅點，皆是過於氣恨所致。

佟佳氏感到呼吸一陣困難，但真正令她害怕的是胤禛的眼神。這一刻，她在胤禛眸中的身影是扭曲的，入府四年，她尚是頭一次在他眼中看到這樣的自己，可怕……可怖……

「我……」僅僅一個字，她便頹然閉上嘴，再狡辯只會讓胤禛更惱恨自己。下一刻，一個耳刮子重重摑在她左臉上，打得她耳朵嗡嗡作響，聽不見聲音。

「賤人！枉我這樣寵幸妳，妳居然做出如此不知廉恥的事！」胤禛是真的怒極了，根本想都不想就一掌揮下去。

佟佳氏回過神來的第一件事就是爬到胤禛腳下，哭號哀求：「王爺，妾身知錯了，求王爺網開一面，再饒妾身一次吧！妾身保證一定會洗心革面，痛改前非！」

聽到這裡，溫如言突然對凌若道：「妳說王爺會心軟嗎？畢竟那張臉可是像極了八福晉。」

凌若低頭看著自己腳尖的黑珍珠，曼聲道：「我說過，男人可以允許女人許多罪行，甚至於殺人，唯獨一頂綠帽子是萬萬不能忍的。只要王爺是男人，這一次就絕對不會饒過佟佳氏。」

「不過是否會賜死就不一定了。」瓜爾佳氏在旁邊接了一句，眉眼間帶著憂心。佟佳氏只要一日不死，她們就一日難以真正放心，這個女子實在是太難對付。

凌若仰頭，瞇眼看著天邊耀眼的秋陽，一言不發，不知在想些什麼。

年氏一展袖子，冷笑道：「豈不聞江山易改、本性難移？妳做了這麼多天怒人怨的事，一句洗心革面就想一筆抹殺，真當律法為無物嗎？」

那拉氏幽幽嘆了口氣，失望地看著佟佳氏道：「自入府後，妳對我也算是尊敬有加，我亦視妳為親妹多有照拂，一直以為妳是一個懂事謙遜的女子，哪知竟是這般包藏禍心。」

「王爺……」佟佳氏不理會她們的言語，只是哀哀地看著胤禛，希望他可以網開一面，再饒自己一次。

許久，胤禛終是說話了：「我一直以為以前的月如和葉秀已經夠狠毒了，如今與妳一比才知道，真正狠毒的人是妳，枉我還信妳、寵妳那麼久，即使知道妳與傅從之有舊情，甚至派人殺了傅從之，依然饒過妳，只是略施薄懲。可是妳回報給我的又是什麼？是背叛！是借種生子！是弒子！」說到最後，他的聲音忍不住顫抖起來：「佟佳梨落，妳怎麼可以這麼狠毒！」

「昀阿哥真是可憐，居然攤上這麼一個額娘。」宋氏在後面嘀咕一句。

那拉氏橫目而過，淡淡道：「胡說什麼，那不過是一個野種，如何有資格稱為阿哥。」

宋氏意識到自己的錯誤，身子微微一縮，小聲道：「是妾身疏忽。」

佟佳氏早已哭得不能自已，泣聲道：「王爺只知妾身狠毒，卻又是否知道妾身狠毒為的是什麼？妾身沒有別的心思，只是一心一意想留在王爺身邊罷了，妾身真的捨不得王爺。」她止一止淚又道：「妾身原本只是想說一個謊言，可是等這個謊言出口的時候，才發現原來為了不讓謊言露餡，就得被迫繼續說著一個又一個謊言，並由此走上了一條不歸路！」

「剛才殺弘昀的時候，妾身的心當真好痛，猶如刀割一般；可是妾身沒辦法，妾身錯了，所以一定要親手去糾正這個錯誤，弘昀本就不該來到這個世上。聖人有云：知錯能改，善莫大焉。王爺難道真的連一個改過的機會都不肯給妾身嗎？」

第三百二十八章　下場

「聖人也說過：莫以善小而不為，莫以惡小而為之。」說話的是凌若，這也是她今日第一次當著所有人的面出聲。

她緩步而來，神色肅然，待走到佟佳氏面前時方停下腳步。「佟福晉口口聲聲說是為了王爺才犯下這等十惡不赦的罪行，那麼換言之，妳是將所有一切錯事皆推到王爺身上，讓王爺替妳背負這惡行。如此，妳還敢說自己愛王爺？還敢說自己悔改？」

「鈕祜祿凌若！」佟佳氏牙齒咬得咯咯作響。若不是她，自己怎會落得現在這個地步？李衛——根本就是她派在自己身邊的奸細，虧自己還這般信任他，真是此生犯下的一個最愚蠢行為！

她發誓，只要自己能逃過這劫，必要鈕祜祿凌若不得好死！

年氏難得地贊同凌若的話，脣微彎地道：「凌福晉說得不錯，佟佳氏根本毫無悔改之心，不過是為了活命而說出違心之語罷了，王爺萬不能就此姑息了去。」

瓜爾佳氏亦惶惶說道：「是啊，佟佳氏連自己親生兒子都能狠下心，還有什麼是她狠不下心的？若她依舊在府中，只怕妾身等人日夜皆不能安心了。」

在她們之後，其餘幾人亦紛紛要求胤禛嚴懲佟佳氏，一來是忌憚她的狠毒狡詐，怕此時不斬草除根將來會禍害到自己；二來亦是因為佟佳氏這些年得盡胤禛恩寵，嫉妒使然。

試問普天之下，又有哪個女人會願意與其他女人分享丈夫？所謂的笑語嫣然、和睦相處，皆不過是一塊嫉妒的遮羞布罷了。

胤禛目光連閃，不時有厲色閃過，看得佟佳氏一陣陣驚惶。她清楚，自己的命運皆掌握在這個男人的下一句話中。

此時，溫如言忽地說了一句：「李衛只在蘭馨館伺候了這麼些時日，便知道佟佳氏許多害人的事。那麼以前呢？難道佟佳氏就沒有害過一個人嗎？」

這句話提醒了胤禛，目光驟然轉向已經嚇得不敢動的畫眉身上。「來人，將這個丫頭拖下去嚴刑拷打，直到她肯交代一切為止！」

畫眉身子抖若篩糠，連連求饒道：「王爺饒命，奴婢什麼都不知道！」

沒人會去聽她這些話，周庸命人將她拖下去，親自監刑。儘管隔得很遠，依然能聽到畫眉哭天喊地的哀號，佟佳氏的臉色就在這哭號聲中漸漸失盡血色。

畫眉不禁打，只一會兒工夫，就將她伺候在佟佳氏身邊這些年所知道的事，一五一十供了出來。

胤禛心情本就差到極點，再聽著這些話更是難以忍受。

唯一可惜的是，畫眉是在含香之後來的，對於佟佳氏曾陷害凌若，指其推她下水的事並不知曉。

「佟佳梨落，原來我一直都錯看了妳！」這一刻，胤禛真想剖開佟佳氏的胸膛，看看裡面的心是不是黑的，否則怎能這樣冷血狠毒！

「來人！」胤禛沒有再給佟佳氏任何辯解的機會，又或者他已經膩煩得不願再聽。在兩個侍衛快步進來，一左一右將佟佳氏挾住的時候，他瞪著發紅的眼眸，一字一句道：「將這個賤婦拖下去，賜——」

看著那張臉，後面那個「死」字無論如何都說不出口。明知是替身，可他依然有一種看著湄兒的感覺，彷彿要被賜死的不是佟佳梨落，而是他此生最愛的女人——納蘭湄兒。

年氏見狀，微微心急。「王爺，佟佳氏做了這麼多傷天害理的事，於情於理都該賜死！」

至於那拉氏等人雖未說什麼，但看神色，皆是與年氏一般心思。

是啊，她犯的罪行實在太多了，罄竹難書，不殺她實在難堵悠悠之口。

胤禛閉目，讓自己不要去看那張臉。「賜——」

正當那個「死」字即將脫口而出時，耳邊突然傳來凌若清脆如珠的聲音——

「妾身斗膽，求王爺恕佟佳氏一命！」

她的意外求情，莫說年氏等人睜大了眼，就是佟佳氏也不敢置信。諸人之中，鈕祜祿氏應該是最恨她的，為何現在反過來替她求情？

連早已知曉今日這一切的瓜爾佳氏與溫如言也面面相覷，不知凌若唱的是哪一齣戲。

「為什麼？」胤禛同樣感到奇怪。

凌若不慌不忙地一扶鬢上即將滑落的杜鵑花，道：「論罪，佟佳氏當然是罪無可恕；但是論情，她好歹陪了王爺四、五年，沒有功勞也有苦勞。而且此事又在外頭鬧得沸沸揚揚，佟佳氏的下場早晚會傳到外面。王爺親口誅殺，知道的自然說王爺鐵面無私，以律法為重；不知情的卻會以為王爺狠心絕情，不念這多年情分。所以妾身認為，留佟佳氏一命，趕出府去即可。」

胤禛被她說得意動，阻止想要說話的年氏，低頭思忖片刻，終是沉沉地點了下頭。「妳說得也有幾分道理。」

他低頭，瞧著一臉企盼的佟佳氏，有微不可聞的嘆息夾雜在言語中。「罷了，就依凌若所言，褫奪佟佳氏側福晉名分，趕出王府！」

佟佳氏原以為自己必死無疑，不想竟柳暗花明又一村，雖然趕出府去就意味著她會失去現在擁有的一切，但這已經是最好的結局了。

「謝王爺開恩！謝王爺開恩！」佟佳氏叩首謝恩，手不自覺地撫過完好無損的臉龐，心中的希望並未徹底絕去。只要這張臉在，她一定還會有東山再起之時，一定會！

鈕祜祿凌若，別以為妳替我求情，我就會感激妳，休想！妳將我害得這麼慘，這輩子我都不會放過妳，絕對不會！

隨後，佟佳氏被剝除一應錦衣華服，除下所有珠釵首飾，僅一身粗布灰衣，被趕出雍王府大門。

在回到淨思居後，溫如言終於有機會問出心中疑惑：「妹妹何以會突然心軟？佟佳氏狼子野心，她絕對不會因此而對妳感恩戴德的。」

凌若把玩著手裡的盞蓋，冷然道：「姊姊以為死是最大的懲罰嗎？」不等溫如言回答，她已經將盞蓋往茶盞上一扔，拍手冷聲道：「我卻認為，活著才是最大的懲罰，因為我會讓她受盡各種人間苦楚，求生不得，求死不能！」

最後八個字，帶著無盡的森然，如一塊千年寒冰，連明暖的秋陽都似乎弱了幾分。

第三百二十九章 解釋

淨思居外，水月正與平時一樣清掃庭院，因為屢次三番害自家主子的佟佳氏終於被廢為庶人趕出府，她心情特別好，一邊掃地一邊哼著不知名的小曲。

在將秋葉、落花掃到一處時，眼前突然出現一雙黑靴子。沿著靴子往上瞧，水月看到一張令人生厭的臉龐，喜悅的神色頓時冷了下來，橫眉豎目地道：「你來這裡做什麼？」

「我來見主子。」來者正是李衛，他搓手笑道。

「主子？你的主子不是在蘭馨館嗎？」說到這裡，水月又故作恍然地道：「我差點忘了，你主子已經被廢了側福晉名位，趕出王府、淪為庶人。怎麼？佟佳氏倒臺了，你就想起原來的主子，想再回來？」

「不是，妳聽我說……」

沒等李衛把話說完，水月已經拿著竹帚使勁將他往外趕，嘴裡不耐煩地道：

「主子才不會見你這種背信棄義的牆頭草，快走！否則休怪我不客氣！」

李衛被她趕得連連後退，根本沒有說話的機會，待見水月要將庭院的大門關上，他連忙扒住門框，無奈道：「水月，妳就不能聽我把話說完嗎？」

「我不想聽！」水月沒好氣地道：「從你跟佟佳氏離開淨思居的那一天起，我跟你就已經無話可說。最後再說一次，滾！」

說罷，她揚起竹帚作勢欲打，見李衛還是不肯離開，她一咬牙當真打了下去，這一下也將憋在心中許久的怒氣統統發洩出來。「沒良心的小人，一直以來主子是怎麼待你，可你為了一些蠅頭小利就背棄主子的信任，如今還有膽子回來，李衛，你可真夠沒臉沒皮的！」

「住手！」

正當李衛挨著竹帚，尋思自己是不是改日再來時，院中突然響起一個聲音。卻是他們的動靜鬧得太大，驚動了在裡面說話的凌若等人。

趁著水月愣神的工夫，李衛趕緊繞過她和那把要命的竹帚，一個箭步來到凌若面前，雙膝跪地，鄭重地磕了個頭，道：「奴才李衛給主子請安！」

水月一下子就急了，拉著李衛就往外趕。「都說了主子不要見你，你趕緊給我離開這裡！」

李衛直挺挺地跪著，任憑水月怎麼拉都紋絲不動。倒是溫如言在一旁笑道：「行了，不礙事的，妳家主子自有主張。」

卻說凌若，在李衛那一聲請安後，眼眶一下子紅了。在水月詫異的目光中，她彎腰親自扶起李衛，哽咽之中又有無盡的歡喜。「好，很好，終於回來了。」

「對不起，讓主子憂心了。」直到李衛抬起頭，才發現他的眼比凌若更紅。

「該是我與你說對不起才是，讓你受了這麼久的委屈。走吧，咱們去裡面再說。」剛轉身，一隻平伸的手臂立時出現在凌若身側。

「奴才扶您進去。」

凌若側目，於歡喜的淚意中搭上了這隻闊別已久的手，緩步往正堂走去。

水月愣愣地看著這一幕，直至肩膀被人拍了一下才回過神來，回頭，卻是溫如言，只見她努了一下嘴道：「怎麼，到現在還不明白？李衛根本沒有背叛妳家主子，一切不過是一場戲罷了。」

「當真嗎？」水月還有些不敢相信，但眸光卻漸漸亮了起來。

「不信的話，便進去聽個明白。」不待水月舉步，瓜爾佳氏又補充：「去將其他人也都喚來吧，相信妳家主子也希望藉著這個機會，將所有事情交代清楚。」

水月趕緊答應一聲，扔了竹帚就跑。不消多時，她便將水秀、小路子兩人都叫到正堂。當水秀與小路子看到李衛時，神色皆複雜了起來。

淨思居的幾年令得他們幾個早已情同兄妹，可是李衛卻生生背叛了這份感情，讓他們又氣又恨，不知如何是好。

凌若眸光一轉，掃過幾人，凝聲道：「有一件事，我一直未曾與你們說實話，是關於李衛。其實——李衛從未背叛過我。」

水月已經知道了些許，倒是還好，水秀與小路子卻是驚得幾乎要跳起來，顫聲道：「主子，這是真的嗎？」唯恐……唯恐是自己耳背聽錯了，空歡喜一場。

「自是千真萬確。」在肯定了水秀等人的疑問後，凌若緩緩將事情的前因後果說出來。

當日，她與胤禛剛回京便得知了佟佳氏懷孕的消息。凌若一直覺得此事過於巧合，前一刻被禁足，下一刻便有了身孕，上天當真如此眷顧佟佳氏嗎？還是另有隱情？

為了解開心中疑惑，凌若翻閱彤冊，當即便明白，佟佳氏腹中的孩子絕對不會是胤禛骨肉。

之後，她與瓜爾佳氏及溫如言一道商議該如何查證此事，佟佳氏為人小心謹慎，想抓她把柄談何容易。

商議許久後，溫如言提出一策，能否設法在佟佳氏身邊安插一枚棋子，在取得她信任後慢慢蒐集證據。雖說佟佳氏為人謹慎，不會輕易相信人，但事在人為，不試一試又怎麼知道呢？

凌若與瓜爾佳氏仔細斟酌後，認為此計可以一試，然在人選方面卻犯了難。這個人不只要忍辱負重，還要膽大心細、心思機敏，唯有如此才可能瞞過佟佳氏。

回去後，凌若將李衛單獨叫進來，問他可願去當這個細作。論忠心，淨思居所有人自是一樣的，但若論能力與頭腦，李衛無疑是最出類拔萃的那一個，也是最合適的人選。

李衛沒有多想便答應了。哪怕是凌若告訴他，可能會被所有人誤解，認為他背信棄義、叛主求榮，李衛也沒有絲毫猶豫，只說了一句話——

「只要能替主子、替小格格報仇，要奴才做什麼，奴才都願意。」

第三百三十章　前因後果

在商定之後，事情便開始一步步照著計畫發展，藉由伊蘭的事設局，造成疏離反目的假象，然後將李衛一步步逼到佟佳氏身邊。

至於孫大由，是他們一早瞄準的踏腳板。在進行得差不多時，凌若故意藉李衛之口告訴佟佳氏，她有心加害。

而李衛順理成章地向佟佳氏表示忠心，告訴她水中被下了紅花。實際上，水裡根本沒有任何東西。至於佟佳氏嘗的那盞茶水之所以有紅花的味道，是李衛在倒茶時，故意用袖子沾了茶水所致，他在袖子上抹了些許紅花瞞天過海。

此事過後，佟佳氏果然對李衛信任有加，認為他是真心投靠自己，之後更在凌若故意讓水月發現李衛「不忠」，揚言要處置李衛並打斷他一條腿時，出言救下李衛，並留他在身邊伺候。

凌若與瓜爾佳氏她們幾番斟酌，均認為想要證明佟佳氏的孩子是否為胤禛親子，最好的辦法就是滴血驗親，這樣就意味著必須要等佟佳氏平安生下孩子。

而這，恰恰是當時年氏出手加害佟佳氏時，李衛毫不猶豫地擋在佟佳氏前面的原因，由此，佟佳氏終於對李衛去了最後一絲疑心，開始如長壽、畫眉那般，全然地信任他。

恰恰也就是這個時候，趙清雲出現了。百悅香還有事情發生的時間，都讓凌若越發確信佟佳氏是借種生子。在她的授意下，李衛開始悄悄在暗中散播流言，至於府外，則由毛氏兄弟負責散播。

此事本就是真，散播起來自然有眉有眼。

面對越鬧越大的流言，胤禛果然起了疑心，要滴血驗親。就在佟佳氏六神無主的時候，李衛趁機進言，讓佟佳氏以花粉誘發弘昀的哮喘，又換下香囊中的藥。只要弘昀一死，所有事情自然不了了之。

凌若對佟佳氏太過了解，知道她是極度自私的人，為了自己可以拋棄一切，包括親生骨肉。果然，佟佳氏接受了李衛的提議，親手殺死自己的骨肉。正當她以為可以繼續安坐側福晉寶座時，隱忍許久的李衛在關鍵時刻亮出鋒利的寶劍，將她打落萬丈深淵。

第一次聽說這些事的水秀等人皆是一陣目眩神搖。萬萬想不到，其中竟有這麼多事情。李衛沒有背叛主子，是他們誤解了。

最激動的莫過於小路子，他紅著雙眼走到李衛面前，用力打了他一拳，沙啞道：「咱們還是不是兄弟？」

李衛咧嘴一笑，同樣用力握住他沒有收回的手。「那還用說嗎？咱們一輩子都是有福同享、有難同當的好兄弟！」

「有福同享我信，有難同當我才不信。」儘管心裡激動得不行，但表面上小路子還是板著臉道：「這麼大的事情都瞞著兄弟。」

凌若笑笑道：「瞞著你們是我的主意，怕被佟佳氏從中瞧出破綻來。這女人太過小心謹慎，一有風吹草動就會令整件事前功盡棄。唯有在全然不知道的情況下，你們的失望、悲傷才會是真實的，沒有一絲破綻。」

水月有些不好意思地走上前，期期艾艾地道：「李衛，剛才我拿竹帚打你的事，你別放在心上，我不知道你是假背叛，還以為……」

「還以為我真叛主求榮啊。」在一陣輕笑後，李衛正色道：「我李衛雖然自問膽子不小，以前為了填飽肚子，連供奉死人的冥果都搶來吃過，但叛主求榮這種沒心沒肺的事卻絕對做不出來。既然叫了一聲主子，就是一生一世的事，永不背叛！」

水月用力點頭。「嗯，我相信你，而且我保證以後再也不會懷疑你。」

同樣點頭的還有水秀與小路子，經過這一事，令他們感情更加深厚。

「唉，這些日子真是委屈你了，又是罰跪又是遭人辱罵。」儘管剛才已經說過一次，但凌若回想起來依然滿懷歉疚。

李衛趕緊欠身道：「奴才說過，只要能替主子還有小格格報仇，就算要奴才上刀山、下火海也絕無一句怨言。何況這一次若無主子保著，奴才也不能安然站在這裡啊！」

佟佳氏被廢、趕出府後，伺候她的那些人也紛紛倒了霉。長壽、柳兒、蕭兒還有之前已經被打得半死的畫眉皆被杖殺，其餘人則趕去做苦役。唯有李衛，因他揭發佟佳氏有功，而凌若又婉轉替他求了情，胤禛這才免了他的罪，讓他重回淨思居伺候。

「好了，一切總算是皆大歡喜。除了佟佳氏，往後能過幾天安生日子了。」瓜爾佳氏拍手說著，頗為欣慰。

溫如言也是一般想法，唯獨凌若黛眉輕皺，並不見有多少展顏，引得瓜爾佳氏好奇地問：「妹妹在想什麼？」

凌若幽幽嘆了口氣道：「姊姊可還記得以前我懷霽月時，妳替我尋來的子母草？」

此事瓜爾佳氏自然記得，只是不解她何以會在這時提起，直到凌若遞來一個四角香囊。

「二位姊姊且聞聞這是什麼香味。」

瓜爾佳氏剛將香囊放到鼻下便立刻變了顏色，然沒有立刻說話，而是將之遞給溫如言，在她也露出震驚之色時，方才緩緩道：「麝香對嗎？」

凌若默然點頭，旋即又問：「那二位姊姊對這個香囊可還有印象？」

這個香囊不足巴掌大，四角垂流蘇，繡工精巧，溫如言拿在手中翻來覆去瞧了許久，方才有些不確定地道：「我彷彿在王爺身上見過，那還是妹妹懷孕的時候。至於香囊是誰所繡便不得而知了。」

「姊姊記性真好。」這般說了一句後，凌若將目光轉向似乎想到什麼的瓜爾佳氏臉上，沉重地道：「昔日我之所以胎脈不穩，禍根便在這個香囊上。那時若無姊姊千辛萬苦替我尋來子母草，霽月根本熬不到七個月就會落胎。」

「香囊是何人所繡？」瓜爾佳氏冷聲問道。

麝香肯定是在胤禛不知情的情況下放進去的。

第三百三十一章　報應

「香囊是佟佳氏所繡，但麝香卻不是她所放。」

李衛當即將發現這個香囊的始末還有佟佳氏的話細敘一遍，聽得瓜爾佳氏與溫如言連連皺眉。敢情當時連那拉氏也動手了，也是天網恢恢，疏而不漏，怕是連那拉氏自己也沒想過，此事竟然會在四年後被意外翻出來。

許久，瓜爾佳氏幽幽說出一句話：「看來，此時遠不是可以掉以輕心的時候，否則可能連怎麼死的都不知道。」

凌若望著外面蓬勃灑落的秋陽未語，心中卻明白，只要這個王府中還有女人存在，爭鬥就永遠不會停下；而她所能做的，就是努力在這場永無止境的爭鬥中保護好自己與身邊的人，還有除掉所有曾經害過自己的人！

一切，僅僅是為了生存……

再說佟佳氏到了那裡，她被趕出府後，立刻回了娘家。這些年因為她受胤禛寵愛的緣故，原本落魄的佟家有了翻天覆地的變化，在京城置辦了大宅子，生活富裕，還有許多下人伺候。

佟佳氏到了那裡，發現大門緊閉，敲了許久的門才出來一個中年男子。佟佳氏認得他，是孫管家，想要入內，卻被他攔在前面，當即不悅地喝道：「擋著我做什麼，沒眼色的東西，還不快讓開，我要進去見阿瑪、額娘！」當慣了高高在上的福晉，即使此刻已經被廢，言語間依然帶著一股傲氣。

孫管家翻了個白眼，不緊不慢地道：「對不起，老爺、夫人有命，誰來了都不見，所以大小姐還是從哪來回哪去吧。」

佟佳氏覺得荒謬無比，自己家門居然還進不去了！她憤然拍開孫管家擋在身前的手，怒道：「這個不見可不包括我在內，狗奴才趕緊滾開，否則我要你好看！」

孫管家皮笑肉不笑地移步繼續擋著她，道：「實在對不起，老爺特意交代了，說大小姐來了也不見。而且奴才也很好奇，已被廢為庶人的大小姐是要怎麼讓奴才好看？」

佟佳氏大吃一驚，她被廢不過一天，姓孫的怎得這麼快就曉得了？而且聽其言下之意，彷彿阿瑪、額娘就是為此不肯見自己。

不行，此刻除了佟家她再無處可去。何況這佟家能有如今的家業，都是靠她才得來的，如今見她落魄了就想一腳將她踹開，簡直是在痴人說夢！

「阿瑪！額娘！」她一個弱女子擺脫不了孫管家，只能在門口大喊大叫，希望可以讓阿瑪他們出來見自己一面。

「大小姐，沒用的，妳是戴罪之身，見妳只會連累佟家。何況妳不守婦道，與人苟且，又害死自己親兒，令老爺、夫人丟盡了臉，他們早已說過不認妳這個女兒，就算妳喊破了喉嚨也不會有人理會妳的。」孫管家在扔下這句話後，趁佟佳氏沒反應過來閃身入內，留她一個人怔怔地站在大門外。

她可是阿瑪、額娘的親生女兒，往日她得意時也沒少幫襯家裡，如今她落魄了，他們怎麼可以這樣對她？不，她不允許！絕對不允許！

她不斷地在門口大叫，可裡面鐵了心就是不開門，如此一直到傍晚時分，佟佳氏嗓子啞得發不出聲來才不得不停下，又站了一會兒後方才黯然離去。

佟佳氏並不曉得孫管家一直在裡面透過門縫注意她，在她離開後，一路小跑去了正廳。一個粗眉黑臉的男人閉目坐在上首，身為主人又年紀一大把的佟氏夫婦則陪坐在下首。

見他進來，佟老爺忙問：「那逆女走了沒有？」

「回老爺的話，大小姐已經離開了。」孫管家一邊回話一邊小心地睨著已經睜開眼的男人臉色。

佟老爺聞言鬆了口氣，對那男人陪笑道：「毛爺您看，她已經走了，我們可都是按著您老的吩咐做的，沒有見她。」

毛大點點頭，滿意地道：「很好，我會如實回稟主子。記著，佟佳氏罪惡滔天，雖然王爺恕她一命，並不代表她就無罪，與她相見，只會害了你佟氏滿門，甚至有可能讓你二老不得善終。」

佟老爺連連點頭。「是，我一定不會見這個丟人現眼的逆女，求毛爺替我說幾句好話，千萬不要讓王爺因為那逆女而遷怒於我們。」

「放心吧。」毛大伸了懶腰，坐了大半天，他身子都快僵了。「只要你們記著我剛才的話，保證不會有事。行了，我走了。」

在送他到門口時，佟老爺目光一閃，小聲地問：「敢問一句，毛爺的主子不知究竟是哪位？」

之前這個姓毛的找上他們時，只說是傳雍王府主子的命，若他們敢見佟佳氏又或者收留她，必會讓佟氏一門不得安寧。

已經一隻腳跨出大門的毛大聞言又收回了腳，眸光在漸暗的天色中陰森可怖，看得佟老爺不自覺地低下頭，後悔自己不該好奇問那一句。

「不要問自己不該知道的事，這樣才能活得長命一些。」

森冷的聲音在佟老爺耳畔響起，嚇得他連連應聲，等他大著膽子抬起頭時，毛大早已走得不見蹤影。

佟佳氏被父母拒之門外後無處可去，不得已只好與一群乞丐一起躲在天橋下過夜。等天亮後，她出城去了圓明園。吳德是圓明園廚房管事，他一定可以幫自己。

她揉著餓得咕嚕叫的肚子到了圓明園，守衛倒是肯替她通傳，但吳德在見到她後，露出一臉嫌惡的表情，甚至掩著鼻子後退幾步。「唷，這是誰啊，怎麼這麼臭，想薰死人嗎？」

佟佳氏以為他不認得自己，趕緊抹了把臉，討好地道：「表哥，是我，我是梨落啊。」

「梨落？」吳德湊近了仔細打量一眼，搖搖頭道：「梨落是王爺的側福晉，她怎麼會叫我表哥，休想騙我，趕緊走、趕緊走！」

「表哥，真的是我，你看清楚一點。」

「我都說不認識，妳真煩。」吳德不耐煩地搧手揮去使勁往鼻子裡鑽的臭氣，對守衛道：「趕緊把她攆走，別讓我再看到這個瘋子。」

第三百三十二章　落幕

「不要！」佟佳氏慌忙道：「表哥，你給我點兒東西吃吧，我已經快一天一夜沒吃東西了，真的好餓！」

「餓？」吳德忽地哈哈大笑，在佟佳氏的窘迫中頷首道：「行，妳等著，我去拿啊！」

儘管惱恨吳德對自己的奚落，但為了肚子，佟佳氏不介意暫且忍耐。很快的，吳德端了一盤香氣四溢的八寶烤鴨來。

佟佳氏嚥著口水伸手去接，然在她手快要碰到盤子的時候，吳德突然手一抖，將整盤烤鴨盡數倒在地上。他端著油膩的空盤，冷笑道：「妳不是說餓了嗎？還不快吃！」

「你！」事到如今，佟佳氏怎會看不出他是在戲耍自己，睜目怒道：「吳德，你這個忘恩負義的小人，當初若不是我，你能進圓明園，能在這裡做管事嗎？現在居然恩將仇報！」

吳德也不裝了，反譏道：「佟佳梨落，妳別把自己說得那麼偉大，我可是妳表哥。妳一朝得勢，卻要我對妳卑躬屈膝，一口一個主子，連聲表妹也不讓叫。行啊，當時妳能耐，可惜現在……哼哼，落了毛的鳳凰不如雞，早已過了妳作威作福的時候了。這八寶烤鴨妳愛吃不吃。」

佟佳氏氣得恨不能轉身離去，但肚子卻在不住地叫著。餓——像一個魔鬼，控制著她蹲下身，在不住地掙扎中，伸手將烤鴨拿在手裡，然後往嘴巴裡塞去。

「哈哈哈，佟福晉？」吳德放肆地大笑。「堂堂福晉居然蹲在地上撿別人扔掉的東西吃，傳出去可不是要讓人家笑掉大牙嗎？」

佟佳氏羞愧難當，用力抓了一把烤鴨肉在手中後迅速跑開，並不曾看到隱藏在園門內的李衛。

這一切，自然全都是凌若的授意，她說過要讓佟佳氏求生不得、求死不能，活著償還曾經犯下的罪孽，現在不過是剛剛開始。

一夜之間，自天堂落入地獄，又被至親無情拋棄，孤立無援的佟佳氏流落街頭，無處可去。那一盤烤鴨雖然令她暫時填飽了肚子，但明日呢？後日呢？她又該怎麼辦？

她好不容易尋到一處破廟歇腳，卻又被早已占據此地的乞丐趕了出來，最後只能挨著冰冷的牆根，在蕭瑟的秋風中過夜。到了白天，在不斷加重的飢餓感中，她被迫拉下臉皮去街上乞討，為的僅僅是能夠填飽肚子活下去，晚上則去與那群該死的乞丐爭搶地盤。

她不想死，她要活著回去，回到雍王府，奪回自己擁有的一切。昔日，鈕祜祿凌若可以東山再起，她又怎會輸給對方，活下去！一定要活下去！

這個念頭支撐著佟佳氏，蓬頭垢面地捧著一個破碗向過往的行人乞討，甚至與狗爭食，為的只是狗盆中那一小塊肉片。

沒有人知道她是曾經高高在上的雍親王側福晉；沒有人知道，僅僅在不久之前，她還前呼後擁，享盡旁人難以企及的榮華富貴。

一年、兩年、三年……

佟佳氏漸漸絕望、麻木，這三年，她除了努力不讓自己餓死之外，過的日子與狗無異，這樣的她要怎樣才可以回去？

當希望被斷絕之後，佟佳氏開始生出輕生之念，但是接連兩次輕生都被同一個人救下。一次是巧合，兩次便是蓄意了，在第二次被救時，她問他，究竟是何人，為何要跟著自己？

那人告訴她，從她被趕出王府的那一日起，他就一直跟在她身後，為的就是不讓她死。

「是誰讓你這麼做？」佟佳氏心裡生起一絲希望之火。難道是胤禛，他對自己猶有餘情，所以派人保護自己？可惜那人的回答令佟佳氏瞬間明白身在地獄、再回不到天堂的事實。

「這是凌福晉的吩咐，她說要讓妳好好地活著，受盡世間一切苦楚，在罪孽還清之前，絕不允許妳死。」

「鈕祜祿氏……」佟佳氏失魂落魄地吐出這四個字。終於，她終於明白當初鈕祜祿氏為什麼要替她求情留下這條命，不是愚蠢，而是鈕祜祿氏認為死罪太輕，非要讓她活著受罪。

是啊，死罪豈有活罪來得難熬痛苦？這三年來，每一日皆是苦不堪言，生不如死。正因如此，她才想以死解脫，可原來，連死都成了一種奢望。

那人在說完這句話後就飄然遠去，然佟佳氏知道，他一直在暗中監視自己，只要自己一有尋死之意，他就會立刻出現。

「求生不得，求死不能。」

這是佟佳氏此刻真實的處境，早在替她求情的那一刻，凌若就已經替她鋪好了今後要走的路。活著，活著贖罪，直至罪滿的那一天！

人就像是一枚棋子，而人生就是一場棋局，輸與贏，只看掌握棋子的人是自己還是別人。這一局，佟佳氏無疑是輸了，因為她已被徹底剝奪執棋的資格，被迫成為別人手中的棋子。

她絕望到不吃不喝，希望可以用這種方法死去。可是佟佳氏低估了凌若，從第二日起，那人就拿一株株百年老參燉成的參湯，強行撬開她的嘴巴灌進去。有參湯補充元氣，就算她幾個月不吃不喝也不會死，明白了這個事實，佟佳氏無奈地恢復進食，在麻木中繼續著與豬狗一樣的日子。

佟佳氏不敢想，因為她怕自己只要稍稍一想，就會痛苦得發瘋，曾經何等得意、何等風光，如今一切已成夢幻泡影，不可抓握。

在一次大雪紛飛的乞討中，她看到了被她派人害死的傅從之，早已瀕臨崩潰邊緣的佟佳氏終於瘋了，以為是傅從之從陰間來向她索命，跌跌撞撞地在雪地上跑著，留下一連串凌亂的腳印，嘴裡還不住地大叫：「鬼啊！不要過來！不要過來！我錯了，我知錯了，從之，你不要吃我！」

似乎有人在大喊大叫，他隱約還聽到了自己的名字。

「怎麼了？」傅從之目不能視，只能聽到前方似有騷亂，當下側頭問緊緊牽著他手的阿意。

「是佟佳氏。」儘管佟佳氏滿面髒汙，阿意還是認出她。「她似乎瘋了。」

傅從之聽了一陣沉默。佟佳氏因為借種生子一事東窗事發被趕出王府，他一直都是知道的，卻沒想到會在這裡遇上她。

「你要去看看她嗎？」改做婦人打扮的阿意在沉默片刻後，這般問著。儘管已經過去多年，一切皆已物是人非，她與傅從之更是成婚做了夫妻。但那畢竟是傅從之深愛過的人，再去見佟佳氏也是情理之中的事。

「不必了。」思索片刻後，傅從之輕輕地搖了搖頭。「在她心中我已經是一個死人，何必再去糾纏。至於我與她的情分，早焚毀在那場大火中。我現在在意的，唯妳而已。」

阿意心下感動，仰頭輕問：「你不嫌棄我臉上有疤嗎？」

「若要說嫌棄，也該是妳嫌棄我這個瞎子才是。」傅從之反手握住她略有些發涼的小手，道：「走吧，我們回家去。」

「嗯，回家。」阿意重複著這個令她歡喜的詞，扶著傅從之一道回他們兩個人的家，在漫漫大雪中留下兩道不離不棄的腳印。

五年後，瘋癲的佟佳氏在饑寒交迫中死去，屍體被人隨意扔在亂葬崗上，任野狗啃食。

佟佳氏的一生至此徹底落幕，而凌若還遠遠沒有，她要走的路、要繪製的畫卷還很長很長，一個佟佳氏，僅僅是她人生中的一小段插曲罷了。

第三百三十三章　有喜

在填完九九消寒圖中（註2）「亭前垂柳珍重待春風」的最後一筆時，終於熬過了嚴冬，迎來康熙五十年的春天，萬物復甦，春歸大地。

除掉佟佳氏後，凌若難得過了幾天安生日子，只是不曉得是否春睏，在入春之後，她極是容易犯睏，經常剛醒來沒多久又打起了哈欠。

有一次胤禛來看她，聽聞她這樣嗜睡，笑稱她可是懷了孕，才會這般睡不夠？這原是一句玩笑話，不過慎重起見，她還是召大夫來把脈，哪知這一把，竟真的是喜脈。

凌若沒有想到，自己盼了許久的孩子，竟來得這麼突然和悄無聲息。相較昔日

註2　消寒圖是記載進九以後天氣陰晴的「日曆」，一共有九九八十一個單位，所以才叫做「九九消寒圖」。從冬至那天算起，以九天作一單元，連數九個九天，到九九共八十一天，冬天就過去了。

懷霽月時，這次除了嗜睡之外，再沒有其他症狀，噁心、嘔吐、食慾不振更是半點都無。

而這也是她即使知道自己月事逾期近半月未來，也沒有往有孩子這方面想的原因。

在凌若還沒有回過神來時，胤禛已經伸手撫上她平坦的腹部，眼中盡是溫柔的笑意。「若兒，妳這裡又有了咱們的孩子呢！」

這句話令凌若想到了早夭的霽月，鼻尖一酸，澀然道：「霽月無福，連阿瑪都沒有看一眼就匆匆去了，如果她活著，如今也有五歲了。都怪妾身這個做額娘的不好，沒好生保護她。」

提到霽月，胤禛亦是默然。許久，他在凌若額頭輕輕印下一吻，抵著她的額道：「過去的事別再想了，這個孩子一定不會像他姊姊那般福薄，定會平安長大，開口喚妳我一聲阿瑪、額娘。」

「真的嗎？」凌若仰頭，目光中有揮之不去的害怕。她一直盼著能再懷孕，可真到了這一刻，卻又忍不住害怕。

「相信我，一定可以！」

胤禛的話令凌若徬徨的心漸漸安定下來。是啊，上一次不能保護自己的孩子，這一次，她一定要保護好他，讓他平安喜樂地來到這個世上。

在溫存了片刻後，胤禛忽地揮手示意水秀等人退下，連從不離胤禛身邊的周庸也被揮退，顯然他有話要單獨與凌若說。

「若兒，妳老實告訴我，李衛……是不是妳故意安插在佟佳氏身邊的？」這一刻，胤禛的聲音彷彿能夠滴水成冰，不等凌若說話，他又補充：「我只給妳一次機會，妳想好了再回答。」

從一開始，凌若就沒有想過這件事可以徹底瞞住胤禛，他是那麼的精明多疑，又自小在深宮中長大，見多了各宮娘娘主子爾虞我詐，為爭寵奪愛無所不用其極的手段。平日無事尚要疑三分，何況此事有跡可尋。

李衛一直是在她身邊伺候的，突然有一天就被佟佳氏要走，而佟佳氏之所以會被廢為庶人，恰恰就是因為李衛的倒戈相向。更重要的是，在出事後，凌若還替李衛求過情。

她抬眸，望著一直以審視的目光盯著自己的胤禛。「是，李衛確是妾身有意放在佟佳氏身邊的。」

「為什麼要這麼做？」胤禛的聲音聽起來很平靜，令人揣測不出喜怒如何。

然凌若清楚，自己下一句的回答，必將影響胤禛今後待自己的態度。說到底，身邊人為了恩寵與地位要手段、使詭計，始終是胤禛最不願見的情況。凌若可不會自以為是地認為，她在胤禛心中的地位已經到了可以無視這一切的地步。若是那位八福晉倒還有些可能。

緊張地思索了一會兒，凌若有了主意，緩緩說道：「四爺可還記得咱們剛回京之時，嫡福晉便與咱們說佟佳氏有了身孕？」

這件事胤禛自然記得，只不知凌若為何要在此時提起，卻聽得她繼續道：「妾身無能，自五年前早產生下霽月後，就一直再沒有過身孕。雖四爺不說，但不孝有三，無後為大，妾身總盼著有朝一日能再為四爺生下一男半女，所以……」

說到此處，她耳根子有些發紅，帶著幾分羞澀道：「所以私下裡曾尋機會問太醫求過生子的方子，當時太醫曾順口叮囑過幾句，說想要求子，最好是趁月事後七天至十五天這段時間。因為通常情況下，這段時間以外是很難受孕的，尤其是月事過後七天內，基本不可能。」她與容遠的關係是萬萬不能透露與胤禛知道的，只能含糊地推到太醫身上。

飛快地將這段話講完，凌若摸了摸自己發燙到不行的臉頰，定一定神後，方才繼續道：「妾身隱約記得佟佳氏被禁足前一段時間，王爺只寵幸過她一次，難道當真這麼巧就有孕了？所以妾身去翻了彤冊，發現王爺是在她月事後第四天寵幸了她；照太醫的話，這是不可能有孩子的，所以那時妾身就起了疑心。」

「既如此，為何不直接與我說？」胤禛面無表情地問。

凌若不安地絞著手指，低聲道：「這一切都是妾身私下揣測，根本不知真假。何況此事是嫡福晉親口所稟，在事情未查清楚之前，妾身怎敢妄下斷言。後來有次佟佳氏來淨思居，覺得李衛機靈聰明，想要收他在身邊伺候，妾身不好拒絕，便答應了下來。」

「但是在去之前，妾身曾再三叮囑過李衛，不論是以前還是將來，他要忠心的主子都不是妾身或佟佳氏，而是四爺。這雍王府從來就只有一個主子，不論是妾身這些人，還是李衛他們，自入這王府起便應該忠於四爺一人，以報四爺厚待的恩德。」

說及此，她頗有些欣慰。「李衛記住了妾身這句話，所以那日，他才會當著四爺與所有人的面拆穿佟佳氏的真面目。這份忠孝之心，不是所有人都能擁有的，正因為如此，妾身才會替他求情。」她一頓，忽地跪下來道：「當初妾身讓李衛去佟佳氏的身邊固然動機不純，但皆是為了皇室與王爺的血脈著想，並無半點私心，而李衛更是對王爺一片赤膽忠肝，求王爺明鑑！」

第三百三十四章　外放

胤禛不意凌若會說出這麼一番話來，細想之下，氣倒是消了不少，不過心裡還是有些疙瘩。「縱然如此，這麼大的事妳也不該一聲不吭，萬一我沒有發現此事，豈非要被佟佳氏瞞騙一輩子？」

聽到這話，凌若知道胤禛已有意饒恕自己，當下心中大定，面上卻不敢露了分毫，懇切地道：「四爺教訓的是，妾身事後想想也深覺此事有欠深思熟慮，幸而一切勉強還算如人意，不曾釀出什麼禍端。」

胤禛輕哼一聲：「總算妳還知輕重。罷了，這次就算了，只是下不為例，但凡有事皆要告訴我，萬不可再有所隱瞞。」

「妾身謹記四爺教訓。」凌若表面感激涕零，然嘆息卻在心底悄然劃過。毫無隱瞞嗎？此生怕是都不可能了。

「好了，起來吧，妳腹中還懷著孩子呢，沒得跪在地上著涼了。」說到底，胤禛還是關心凌若與她腹中孩子的。適才之所以這般嚴厲，也是想看看凌若究竟打算瞞自己到什麼時候，還有藏的是什麼心思。

倒是那拉氏，她也是生過孩子的人，竟然還搞不清楚女人懷孕的時候，一聽說佟佳氏有孕就忙不迭地報上來，也不仔細查證，真是越活越回去了，糊塗得緊。雖說這次佟佳氏的事怪不到她頭上，但府中被人魚目混珠，假冒皇嗣，她確有不可推卸的責任。

凌若起身後，胤禛又叮囑了她幾句懷孕該注意的事。這些年他也有了好幾個孩子，雖然也去了不少個，但終歸是經歷不少，知道孕婦很多事情都要避忌，尤其是飲食上。

「明兒個我就讓廚房將妳的膳食改成清淡的，過油過膩的東西都不要吃了；還有針線也少動，孩子需要多少衣裳料子，儘管交給底下人去辦，若他們敢怠慢了去，妳盡可告訴我。」

「妾身代孩兒謝過王爺。」凌若柔柔地一笑。她能夠感覺到胤禛是真心待腹中的孩兒好，尚未成形，便已經替他設想許多。

又說了一會兒話後，凌若小心地試探：「四爺，妾身能不能求您一件事？」

「是什麼，說來聽聽？」胤禛一邊吹著剛端上來的燕窩粥一邊問著。凌若進府這些年，難得開口求自己什麼，如今乍然這麼說，還真令他頗有幾分好奇。

「是關於李衛的。」凌若一邊睨著他的神色一邊斟酌：「這次能夠洞悉佟佳氏的陰謀，李衛功不可沒。雖說王爺已經恕了他的罪，可是府中不少人都說他背叛主子，是個不忠不義的奴才。」

胤禛舀了一口已經吹涼的燕窩粥到凌若脣邊，看著她嚥下去後方問：「這些話都是李衛與妳說的？」

凌若搖搖頭道：「李衛哪肯與妾身說這些，只是這話在府中傳得到處都是，稍一留心也就聽到了。愚忠不可取，何況李衛不過是做了他該做的事，何錯之有？只可惜府中那些不知輕重的人卻變著法子欺凌他，給他臉色看。」

這些話半真半假，有人暗地裡羞辱謾罵李衛是真，但要說欺凌，呵，李衛從來都不是個任人作踐的主。不過這件事正好讓凌若拿來作文章，替李衛求一個錦繡前程。

「妳想我處置那些無事生非的人？」胤禛其實已經猜到凌若的心思，只是故意不說罷了。

凌若見他非要自己挑明，只得無可奈何地道：「不是，妾身覺得與其堵眾人悠悠之口，倒不若讓李衛遠離是非之地。」話都已經說到這分上了，可胤禛還是不作聲，她不禁有些賭氣地道：「四爺在京郊不是有很多良田嗎？乾脆讓李衛替四爺去種地得了。」

胤禛被她最後這句有些孩子氣的話逗笑了，放下凌若已經吃了大半的燕窩粥，玩笑道：「我倒是沒意見，就怕妳這個當主子的，事後會來找我算帳，說好好的一個人，就拉去管了那幾畝田地。」

凌若見他還在那裡尋自己開心，撇了撇嘴不肯鬆口。「左右李衛也是四爺的奴才，四爺都捨得了，妾身哪還敢找四爺麻煩，就當李衛他自己命不好唄。」

胤禛啞然失笑。「這話怎麼聽著怎麼酸。罷了，不逗妳了。李衛這人我也有過考量，機靈能幹，腦子也好使，難得的是他還能識文斷字，做個奴才確實有些委屈了，難怪妳想抬舉他。」

「這麼說來，四爺是肯給他機會了？」凌若眸光一亮，緊緊盯著胤禛。

胤禛摩挲著剃得極乾淨的下巴，沉吟道：「他這人，各方面倒是不比張成差，應該可以成些事。也罷，既是妳開口了，那我便給他一個機會，下個月國子監有一場考試，他若考得好，我便給他外放一個與張成一樣的八品縣丞；若考得不好，那麼此事就此揭過，若兒妳也永遠都不許再提，如何？」

凌若只略一思量便答應下來。這是李衛出人頭地的一個大好機會，胤禛之所以故意要加一場考試，無非是想更全面地考量一下李衛的人品、學識，畢竟他不是如張成那般打小就在身邊伺候的。

在凌若將這個消息告訴李衛後，他暗自捏拳發誓，一定要考個好成績出來，不辜負主子這番苦心。

之後的一個月，李衛刻苦溫書，經常三更時分屋中還透著光，虧得他平日閒暇無事時就會翻翻書，倒也不算完全丟下。

四月，在胤禛的打點下，李衛與那群太學生一道參加考試，等考卷出來後，胤禛對他在卷中所提到的幾條策論頗為滿意，只是經史部分弱了些；不過這也不打緊，外放為官，最主要的還是自身能力，其他地方可以慢慢彌補。

胤禛兌現諾言，在吏部替李衛補了缺，外放為正八品江陰縣縣丞。這本是一件令人歡喜的事，可是眼見著離京的日子不斷臨近，李衛自己卻有些猶豫了，趁著一次侍候凌若用膳的機會，他言道想等凌若安然生下孩子再走，這樣走得也放心一些。

第三百三十五章　家人

這些日子，因為凌若突然有孕，雍王府沒少傳閒話，也有不少人動了心思，只是佟佳氏血淋淋的例子尚在眼前，一時間倒是有些不敢輕舉妄動。但隨著凌若月分漸漸大起來，那些人肯定會想方設法地動手。

此時離開，萬一主子出點兒事，李衛這輩子都不會原諒自己。

凌若撥弄著碗裡晶瑩細長的米飯，徐徐道：「你能有這份心思，我很高興，只是，你真以為孩子生下來就安全了嗎？」

李衛一怔，剛想說什麼，忽地想到嫡福晉、年福晉她們的孩子，一個個不都是十月懷胎生下來的嗎？可最後依然死了。甚至弘時當時都是大孩子了，依然被人害死。

「只要一日在這王府中，就一日沒有真正的平安可言，所有一切，不過是險中求生罷了。過得一日是一日，永遠不知道明日會怎樣。」凌若有些感嘆地說著，又對尚低著頭的李衛道：「安心去上任吧，我這裡有水秀她們在，不會有事的。何況，你在外頭出息了，我這做主子的才能長臉。若是你往後能做到封疆大吏，那嫡福晉她們再想對付我，也得掂量掂量，不是嗎？」

李衛知她說的是實情，自己待在這裡，並不能幫上什麼大忙，何況吏部那邊王爺都說好了，若再拖下去，只怕人家也會不喜。

他也是個拿得起、放得下的人，跪下給凌若磕了個頭道：「奴才謹遵主子吩咐，明日就啟程去江陰赴任。主子放心，奴才一定會做出一番成績來，絕不給主子丟臉。不過主子也得答應奴才，一定要保護好自己還有小阿哥，奴才可還等著來喝小阿哥的週歲酒呢。」

凌若知道他這是關心自己，嘴上卻笑道：「萬一我生個小格格，你是不是就不打算來喝週歲酒了？」

「哪能呢！」李衛嘿嘿笑道：「不管主子生的是小阿哥還是小格格，那都是奴才的少主子。不過奴才私心裡總盼著主子能生一位小阿哥。」

「隨緣吧。」凌若淡淡說了一句。她此刻只盼著腹中孩子能平安健康，至於男女倒真是未想太多，何況這種事也強求不得。

旁邊的水月忽地笑了一聲道：「主子，有一件事，您可得叮囑著李衛上心些。」

「什麼？」凌若一時不解她的意思。

倒是水秀聽明白了，笑著解釋：「主子，水月是在說李衛的終身大事呢。這小路子都有心儀的人了，偏李衛還不慌不急，以前有好幾個長得挺不錯的丫頭明示、暗示過他，偏他一點意思都沒有，差點就將人惹惱了。奴婢擔心若他下次回來還是孤身一人，這龍陽癖好的傳言，可就算是落實了。」

李衛起先還不在意，聽得「龍陽」二字，不禁有些面紅，輕喝道：「胡說什麼的，沒得辱了主子還有小阿哥的耳朵。」

「無妨。」凌若撫著尚不明顯的小腹，笑道：「不過這終身大事，你可真該上些心了。既然丫頭看不上眼，那去了地方，便託媒婆好生尋一戶正經人家的閨女，娶來做正妻。」見李衛嘴唇一動，似要說什麼，她抬手道：「你先聽我把話說完。這男人建功立業固然要緊，可終身大事同樣重要。說起來你與我一般大，如今也有二十二，該是時候娶妻生子了。否則，你父母泉下有知，可不是要傷心了嗎？」

見她連自己亡父、亡母都搬出來了，李衛還真沒法反駁，憋了半天，好不容易才憋出一句話來：「那……那也得奴才喜歡啊！」

「是，也不知哪家姑娘能入咱們縣丞大人的法眼。」凌若打趣了一句，倒是讓李衛鬧了個大紅臉。

這一夜在笑鬧中過去，雖然將離別的憂傷沖淡許多，但翌日李衛走的時候，包括凌若在內的眾人依然忍不住紅了眼。離了一個墨玉，離了一個阿意，如今又離了一個李衛，這一去最快也要三年才能再見。

「主子，等小阿哥週歲時，奴才再來給您請安。」李衛強忍著淚水朝凌若磕了個頭後，毅然轉身離去。他知道主子不喜歡他婆婆媽媽的樣子。

儘管知道李衛此去是一件好事，但驟然不見了一直在身邊伺候的人，凌若還是忍不住難過，接連幾天都不見展顏。

胤禛怕她孕中憂思，對胎兒不好，便讓她娘家人進府陪伴解悶。

接到胤禛的話，凌柱夫婦可是高興壞了，自凌若入了雍王府後，他們只去過一回。之後凌若被廢別院，為怕被人發現，他們不敢入內，只能藉著二子榮祥的話語，一解思女之苦。

即便是凌若後來重回雍王府，他們也怕貿然求見會令胤禛不喜而一直忍著，只每次在伊蘭回來後問她姊姊的情況如何，得知一切安好後就心滿意足。

如今可是好了，不只凌若又有了身孕，王爺還許他們夫婦還有榮祥他們隨時入府陪伴，這樣優渥的寵眷可還是頭一份啊。

二老激動得一夜未睡，天不亮便急著將榮祥、伊蘭叫起來，一道入府與凌若相見。

雍王府的門房一早得了高福的吩咐，曉得往後但凡鈕祜祿家來人，一律不得阻攔，是以客氣地將他們迎進去，一路領到淨思居。

接手的是水秀，她之前見過凌柱夫妻，雖過去了幾年，但樣貌依然牢牢記在腦海中。她脆生生請了個安後，請他們都坐了。「凌老爺，凌夫人，您二位來得可真早，我家主子還未起身呢，奴婢這就去請主子起來，想必主子看到凌老爺您們來，定會高興得很。」

聽得凌若還未起身，凌柱連忙拉住水秀，笑呵呵道：「既然凌福晉還未起身，我等還是在這裡等一會兒吧，來都來了，也不急那麼一時半刻。」

凌若懷孕後日漸嗜睡，聽得凌柱這般心疼自家主子，水秀自然樂意，當即道：「那奴婢給您幾位去沏壺茶來，還請稍等。」

從馬車上下來後，伊蘭就一直不住地掩嘴打哈欠，此刻聽得凌柱這般體諒姊姊，不由得有些吃味，小聲對坐在一旁的榮祥埋怨：「同是女兒，阿瑪怎麼就知道疼姊姊，天未亮便急匆匆地讓我們起來，如今到了這裡聽得姊姊還在睡，卻又不急了。」

榮祥一聽這話頓時就不樂意了。他與伊蘭同年，開了春也有十五，脣邊開始冒出細細的小鬍子，倒是褪了不少稚氣；再加上這幾年家裡吃的不差，長得又高又壯，可比同齡人高上半個頭。

「姊姊如今懷著身子，是兩個人，妳怎麼與她比啊。」

榮祥興許只是隨口一句話，然聽在伊蘭耳裡卻變了味，彷彿在榮祥眼中，她就是比凌若低一等。

第三百三十六章　父母

「什麼叫我不能和姊姊比，我們不都是鈕祜祿家的女兒嗎？難道還分三六九等不成？」伊蘭心下不喜，說出來的話自是有如連珠炮一般，毫不客氣。

榮祥聽著不是味，瞪了眼道：「我有那麼說嗎？不過是提了一句姊姊懷著身孕，需要多體諒罷了，莫名其妙就惹來妳這麼多想法，真是不知所謂！」

「就算是這樣，你說話也該客氣著些才是，怎麼說我都是你姊姊。」伊蘭輕哼一聲說道。

這兩人明明一母同胞，還是雙生姊弟，偏生弄得跟仇人似的，三句裡面總有兩句是在鬥氣，凌柱夫婦也拿他們沒辦法。

富察氏看不過眼，又看到水秀端了茶進來，輕喝道：「好了，你們兩個都給我收斂著些，讓人看見了豈不笑話。」

見額娘發話了，兩人不敢再鬧，哼一聲後回到各自位置坐下，不過卻互相別著臉，誰都不理誰。

「凌老爺，凌夫人，這是剛採摘上來的雨前龍井，新鮮得很，您二位嘗嘗。」水秀將兩盞青瓷纏枝細瓷盞分別放下，又將一盞柚子蜂蜜茶放到伊蘭面前，擺在榮祥面前的則是一盞馬奶與一碟子點心，笑道：「奴婢記得上次二少爺來王府的時候很喜歡這裡的點心，剛才過去看到廚房裡有，就順手拿了些過來。」

「多謝。」榮祥看到一碟子精巧的點心，高興不已。這早上起來時還有些迷糊，就胡亂用了兩口，肚子還真有些餓。他也不客氣，捏起一塊就往嘴裡塞，吃了大半盤後方才心滿意足地道：「吃了這麼多點心，始終是姊姊這裡最好吃，外頭賣的能有這裡三分味道就不錯了。」說到這裡，他睨了伊蘭一眼道：「每次讓妳來府裡的時候帶些回去給我，妳總是不肯。」

「你以為所有人都跟你一樣嘴饞嗎？」伊蘭不屑地回了他一句。讓她拿著一包點心回去，她無論如何都做不出來，萬一讓人瞧見了，還當是她嘴饞貪吃呢。

「嘴饞才好，至少長得高，哪像妳啊，瘦瘦小小，跟沒吃飽飯似的。」

過了約莫一盞茶工夫，凌若終於自熟睡中醒來，聽得凌柱他們來了，連忙讓安兒她們服侍自己更衣漱洗。因為是見家人的緣故，她打扮得甚是簡單，一身鵝黃繡折枝玉蘭的旗裝，髮間插了幾朵暗藍色的珠花，燕尾則別了一支蝶戀花鏨金髮響，垂下細細的碎金流蘇。

「好了嗎？」凌若急著要去見等候在外面的凌柱等人。

走。

「好了好了。」安兒急急將髮尾那幾縷流蘇捋順後，小心地扶了凌若移步往外

看到兩位老人的身影，凌若鼻尖一陣陣發酸，待到他們屈身向自己行禮時，這淚再也忍不住，像斷了線的珍珠使勁往下落。

水秀走過去，拿了帕子替凌若拭淚，嘴裡勸道：「主子如今懷著身子可不能哭呢，奴婢聽府裡的老人說，胎兒與母親息息相關，哭笑皆是在一起的。您現在落淚，小阿哥可不就也在腹中落淚嗎？」

「哪有妳說的這麼玄乎，如今孩子連模樣都沒變出來呢，又怎麼會哭。」她如此說著，淚卻是止住了，上前扶起還彎著身的凌柱夫婦。「此處沒有外人，阿瑪、額娘無須行這麼大的禮，女兒受之有愧。」

凌柱亦是激動不已，直起身仔細打量凌若數眼，哽咽道：「只要妳能平安無事，阿瑪就算天天行禮也是開心的。」

富察氏在一旁含淚附和：「是啊，對阿瑪、額娘來說，還有什麼比妳平安更重要的。」

天底下，有各式各樣的好，但唯有父母是不求任何回報地對子女好，哪怕傾其一切也心甘情願。

猶記得康熙四十三年，自己還未選秀時，阿瑪、額娘雖然年屆四十，但望之雙雙猶如三十出頭之人。可是如今呢？不過才七年而已，他們卻像是一下子老了十幾

歲一樣，額間、眼角皺紋叢生，髮絲亦是灰白參半。五十不到的人，瞧上去倒像是近六十的人一般。

她知道，這一切皆是因替她操心之故。特別是康熙四十五年那次被貶至別院，額娘一雙眼睛都哭得有些壞了。

這是她為人女最大的不孝。雖然親王庶福晉的身分註定她永遠不能侍孝雙親膝前，但至少……至少不要讓他們再替自己操心勞神。

想到這裡，凌若拭乾眼淚，用力點頭，猶如許誓一般地道：「女兒知道。女兒會努力讓自己過得好，不讓阿瑪、額娘擔心。」

「那就好。」凌柱與富察氏均是欣慰地點點頭，旋即又想起她懷孕的事。富察氏忙將她拉到一邊，小聲問她可曾有反應或不舒服，隨後又叮嚀了一些孕時要注意的事，讓她這段日子千萬要當心，萬不能再像昔年的霽月那般。

凌若一一聽在耳中，待富察氏說完後方轉過目光。她與伊蘭經常見面，自然無須多說。倒是榮祥，有幾年沒見，已經長成一個少年郎了，英氣勃勃。

她走過去，伸手比了比，發現自己即便穿了花盆底鞋也只到榮祥耳際線。猶記得榮祥以前被抱在懷裡的模樣，那麼小、那麼柔軟的一個小胖娃娃，如今卻是比她高了。

榮祥見她一味看著自己，不由得笑道：「怎麼，才別了三年，姊姊就不記得我了嗎？」

凌若微笑著搖搖頭，眼中盡是溫柔笑意。「你是姊姊看著長大的，莫說只是相別三年，就是相別三十年，姊姊也會一眼認出你。不過你真的長高、長壯了許多，再不是以前那個小孩子了。」

「那是自然。」榮祥得意地挺一挺胸膛道：「我已經想好了，再過兩年，朝廷下一科武舉選才時，我要去爭武狀元。」

第三百三十七章　武舉

「武狀元？」凌若微微怔然。她記得榮祥以前不是說要參加科舉嗎？怎麼又變武舉了？

榮祥看出凌若的疑惑，一揚頭道：「是啊，咱們家已經有大哥一個文官了，我自然要去做一個武官，來一個文武雙全。何況整日搖頭晃腦背書寫文，哪有馳騁沙場、與敵廝殺來得暢快！」

伊蘭不屑地撇撇嘴。「明明是你自己唸不進四書五經，沒法參加科舉，才被迫準備去考武舉。」

見她揭自己老底，榮祥臉龐微微一紅，嘴上不服氣地道：「那又怎樣，不一樣是狀元？再說，文無第一，武無第二，說明武比文更易分高下。」

「這件事阿瑪同意了？」凌若問道。武不比文，沙場之上，刀劍無眼，一個不慎就會送了小命。若選這條路，榮祥往後怕是免不了會有危險。

「大男人自當建功立業。」榮祥義正辭嚴地說了一句，不過在瞥見凌柱瞪過來的目光時，脖子微微縮了一下，討好地拉過凌若袖子，道：「姊姊，阿瑪素來最疼妳，妳替我跟阿瑪說幾句好話，讓我去參加後年的武舉吧。」

「我說了不許就不許。」沒等凌若開口，凌柱已經拂袖否決道：「此事沒得商量，你給我好好在家中溫書參加下一屆科舉。」

富察氏亦嗔怪道：「你這孩子，早幾日不就已經跟你說了嗎？不許再動這個念頭，你怎麼就是不聽呢。」

看到這裡，凌若哪還會不明白，一切只是榮祥一廂情願的想法，阿瑪根本不曾同意。想想也是，有哪個做父母的捨得兒子去沙場上拚殺，萬一弄得不好，也許再也見不著面了。

榮祥眼巴巴地看著凌若。在家中時，他沒少求阿瑪，可阿瑪就是不肯鬆口，額娘也是一樣，如今姊姊可是他唯一的希望了，千萬千萬要幫幫他。

凌若沒好氣地睨了他一眼，不過到底是不忍心看榮祥失望的樣子，何況此事對他也不是全無益處，稍想了片刻後婉轉道：「阿瑪您先別動氣，女兒知道您不讓榮祥去參加武舉完全是出自一片慈愛關懷之心，生怕他將來上戰場有危險。可是榮祥唸不進四書五經這也是事實，您就算再逼迫也無用。與其次次落第，在家中無所事事，耽誤大好時光，倒不若藉此機會讓他歷練一番。玉不琢不成器，也許榮祥可以藉此建一番功業。」

凌柱也知道二子與長子相比確實缺少讀書的天賦，可沙場軍營不是鬧著玩的，萬一有個三長兩短，豈不是要白髮人送黑髮人？這場景他真是連想都不敢想。

見凌柱不語，凌若又道：「其實咱們大清自平定了準噶爾叛亂後，已經多年未大動干戈了，局勢甚為穩定。榮祥就算真考中了武舉，也不過是到邊關歷練幾年，熟悉一下軍中事務，不會有什麼危險。」

凌柱身為朝廷官員，自然知道凌若此言非虛。只是局勢這東西很難說，今日穩定，明日說不定就有變了，萬一在榮祥去邊關的這幾年起了戰事，豈非徒增危險。可是如果繼續反對，榮祥真像凌若說的那樣科舉不中，一世碌碌無為，那豈非他這個做阿瑪的害了兒子？

見他露出猶豫之色，凌若知他被自己說動了心思，又道：「阿瑪一直以為只有在戰場上拚殺的武官危險，其實高坐廟堂上的文官又豈是真正的安枕無憂？這一點阿瑪身在朝堂，應該最是清楚不過。」

凌柱想了許久，終是抬起頭對榮祥道：「也罷，看在你姊姊的面上，我就給你一次機會。後年武舉，你若能考上我便不管你，否則你必須給我好好溫習功課考科舉。聽到了嗎？」

榮祥盼了這麼久終於盼到凌柱鬆口，高興得幾乎要跳起來。還是姊姊有辦法，三言兩語就令阿瑪改了口風。他連忙答應：「是，兒子謹遵阿瑪吩咐，兩年後武舉，兒子一定會高中榜首給阿瑪長臉。」

「行了，等那個時候再說吧。」凌柱說了一句，轉頭見富察氏臉上猶有憂色，拍一拍她擱在小几上的手，道：「別太擔心了，兒孫自有兒孫福。何況咱們以前給榮祥去算生辰八字的時候，那位大師可是說了榮祥是長命之人呢。」

富察氏雖還有些不放心，但既然丈夫都開口答應了，她也不好再反對什麼。待得靜下來後，凌若發現並不見大哥榮祿的身影，不禁感到有些奇怪。按說大哥這都去了六、七年了，難道還沒回京？

當她將這個疑問問出口時，凌柱原本已經緩和的臉色頓時又有些不好看了。富察氏更是嘆了口氣，埋怨地看了凌柱一眼，道：「妳哥哥年前就回來了，只是妳阿瑪不許他進門，逼得他只好在外面租了一間小宅子。」

「到底出了什麼事？」凌若越聽越糊塗。他們四個兄弟姊妹中，阿瑪對大哥最看重，寄予的希望也最大，怎麼這次大哥難得回來，阿瑪卻生氣到連門都不讓大哥進？

凌柱冷哼一聲不願解釋，顯然氣得不輕，最後還是富察氏將事情的前因後果說出來。

原來榮祿任滿回京時，還帶了個江姓女子一道回來，長得甚是不錯，說話也溫柔得體。榮祿說她是自己心儀的女子，在江西認識，等稟過雙親後就準備成親，其他的一概不提。

凌柱想想不放心，就傳了隨榮祿一道回京的下人來問話，這一問之下，可是出了問題。這女子是江西人氏不假，但她竟然是成過親的，而且還曾被夫家休棄，是在要投河自盡時被榮祿所救，之後就一直跟在榮祿身邊，伺候他衣食起居。日久生情，榮祿竟想娶她為妻。

若只是這樣，凌柱還不至於生那麼大的氣，可那江氏被夫家休棄的理由竟然是不守婦道，與人苟且。

他們鈕祜祿氏雖然不比從前，但好歹是官宦人家，怎麼能夠娶這樣一名德行敗壞的女子，萬一被人知道，豈不是有辱家門！

所以凌柱當即將榮祿及江氏喚來，一通追問後，發現果與下人所說一致；不過榮祿言道，江氏並未做任何苟且之事，是江氏的丈夫因為模樣不錯又有幾分才學，在做西席時被一家大戶人家小姐看上，因心術不正，得知小姐心思後便想休妻再娶，攀得高枝，所以誣陷江氏與人苟且，以此為由休妻。

第三百三十八章　婚事

被夫家休棄，還是因為這樣的罪名，這輩子都會被人指指點點，江氏傷心之下意欲投河，若非榮祿恰好路過，她此刻早已成了水中亡魂。這些年也是虧得榮祿開解，江氏才慢慢走出陰影。

縱然聽了榮祿的解釋，凌柱還是不肯認同他們。無論如何，江氏都是被人休過的女子，而榮祿是官，且他在地方政績出色，這次任滿回京，吏部多半會考慮晉其官職，甚至可能留京任用。

儘管江氏的事情此刻在京城沒什麼人知道，但天下沒有不透風的牆，早晚會被人揭開，到時榮祿必將淪為官場上的笑柄。因為沒有一戶好人家會去娶這樣一個女子，還是娶作正妻。

凌柱原以為榮祿聽了自己的話後，必會放棄之前的想法，哪知榮祿這一次竟然堅決不肯，說一定要娶江氏為妻，絕不更改。

富察氏怕他們父子鬧僵了，便提議是否可讓江氏為妾。世人對妾室的出身過往要寬容得多，即便將來查出來，也不至於鬧得不可收拾。

可是榮祿認為如此委屈了江氏，不願答應富察氏的折中之法。

他這態度可是將凌柱惹怒了。一直以來，這大兒子都是懂事孝順，不曾想在終身大事上竟這般冥頑不靈，放著好好的大家閨秀不娶，非要娶一個棄婦。他當即教訓榮祿，告訴他，如果要與江氏在一起，那就不要踏進家門一步。

他以為榮祿會妥協，哪知榮祿竟真帶著江氏離開了家，在外頭尋一處小宅子租，把凌柱氣得不輕，把榮祿的東西全扔出去，還讓其這輩子都不要再回來。

為著這事，富察氏暗中不知流了多少淚。只是這兩人都是一個脾氣，一旦犯起倔來，十頭牛都拉不動，她又怎麼勸得動。這也是今日榮祿不曾跟著他們一道來的原因。

凌若聽完整件事後亦是暗暗稱奇。大哥素來穩重，又孝敬雙親，聽伊蘭說大哥在江西任職時，時不時就託人帶一點江西的特產或小吃給阿瑪、額娘，怎得在這件事上這般執著，那江氏當真值得他如此傾心嗎？

她想一想，見凌柱還寒著臉，笑勸道：「阿瑪莫氣，氣多了對身子可不好。這樣吧，我下次尋個機會找大哥入府問問，順便勸勸他。至於這江氏……我也好奇得很，想見一見呢。」

「江氏……」富察氏猶豫了一下道：「倒也不能說她不好，開始住在一道的那幾天，瞧著很是知書達禮，做事也勤快，只是她的出身……唉，莫說咱們了，就是普通身家清白的人家都要嫌棄。」

凌柱聽了板著臉道：「我這張老臉被他丟盡了倒是不打緊，可他自己的名聲也不管不顧了嗎？」

凌若又安慰凌柱幾句，很快便到了用午膳的時候。這次凌若沒有事先吩咐廚房，所以是按著她原有常例送的飯菜，不過也有滿滿一桌。

凌若扶著凌柱夫婦在桌前坐下，正要動筷，不想目光一抬，看到水月進來。水月屈膝道：「主子，嫡福晉身邊的三福來了。」

他來做什麼？凌若揚一揚眉，示意水月讓他進來。

三福進來後，笑容滿面地向凌若打了千兒。「嫡福晉得知凌福晉的家人來了，甚是高興，想起上次凌大人他們過來時，曾送過一隻烤乳豬，所以特意吩咐奴才再送一隻過來。」說到這裡，他拍一拍手，跟著他一道進來的小廝立刻將烤得金黃流油的烤乳豬端上來。

這一幕像極了康熙四十四年的那回，不過，只是表面而已，心境早有了翻天覆地的變化。至少凌若在面對那拉氏的任何賞賜時，再不會有任何感動。

待小廝將烤乳豬放在桌上後，凌若微微一笑道：「嫡福晉真是有心，煩請替我多謝嫡福晉。」

「另外嫡福晉讓奴才轉告凌福晉一聲，靈汐格格的婚事定下來了，就在下月十五，額駙是魏源魏探花。」

「這麼快？」對於那拉氏擇了魏源給靈汐做夫婿，凌若倒是沒什麼驚奇。當日還是她們幫著一道定的，只是沒想到會這麼快。

「嫡福晉說，格格年紀漸長，既尋好了夫婿，而且人品、才學皆好，那便該早些下嫁才是。至於嫁妝之類的東西，著內務府加緊置辦便是了，應能趕得及在大婚前準備妥當。」

「只要嫡福晉認為沒問題便成了。」凌若心裡清楚，昔日那拉氏撫養靈汐，根本不是真心實意，不過藉此讓胤禛多過去罷了。李氏害死了弘暉，那拉氏對這個仇人之女恨之入骨，也虧得她忍到今日。如今尋到了額駙，自然巴不得靈汐越早出嫁越好，省得她日日面對眼中釘。

「若凌福晉沒其他吩咐的話，那奴才先行告退了。」三福躬身欲離開。

凌若正要點頭，忽地想起什麼來，忙道：「且慢，有一件東西我一直想給嫡福晉，卻總忘了。你既來了，就煩請替我帶過去吧。」

待三福答應後，凌若對水秀輕聲吩咐一句。水秀欠身離去，不多時拿了一個四角流蘇香囊進來。看到這個香囊，三福眼皮子狠狠跳了一下。

凌若狀似無意地拿帕子掩了口鼻，往後一仰身道：「這個香囊是我無意中在某處撿到的，瞧這封口上殘留的反手結，似乎是出自嫡福晉之手，應是她不小心掉的，現在正好可以物歸原主。另外你替我再轉告嫡福晉一句話：鈕祜祿凌若多謝她這些年的關照，銘記於心，來日必將加倍報答。」

「凌福晉客氣了。」三福臉上的笑有些勉強，接過香囊後匆匆離去，不敢再多待一刻。

在三福走後，小路子上來問凌若要不要將肉切了。若換了往常，那拉氏送來的東西，自是一概拿下去或扔或鎖，但如今家人都在場，凌若卻不方便這麼做，以免家人知道她與那拉氏關係惡劣，心生擔憂。

「切了吧。」

隨著她的話，小路子將乳豬肉整整齊齊地切成小塊，裝在細瓷碟中端到諸人面前。

榮祥最是喜歡這道菜，與六年前一樣，一人吃了大半，凌若則一口未動。雖然料定那拉氏不敢在明面上動手腳，但她送來的東西只是瞧著便噁心，又哪來的胃口吃。

第三百三十九章　恩寵

看著那盤烤乳豬肉，富察氏忽地嘆了口氣，嗔怪地看了伊蘭一眼。「這原本定下婚期準備嫁女兒的該是咱們家才對，偏這丫頭竟然挑三揀四，看不上人家探花郎。要不是她自己說漏嘴，這事我和老爺還不知道呢！」

伊蘭與靈汐年紀相近，眼見靈汐下個月就要出嫁了，再加上半年後的選秀，她自然有些心急。

伊蘭夾了一片春筍，不以為然地道：「額娘忘了，女兒必須得等到選秀未中之後才可以任意婚嫁。」

「那不是有妳姊姊與王爺嗎？只要妳答應，他們自會去替妳向皇上求這個恩典，哪用得著妳在這裡瞎操心。」富察氏是絕對不願伊蘭入宮的，有一個凌若在王府中已經夠讓他們提心吊膽的了，實不願伊蘭再重蹈覆轍。

魏源無疑是最好的人選，偏生伊蘭逕自拒絕了，讓他們連轉圜的餘地都沒有，何況眼下魏源已被選為靈汐的額駙。

這話伊蘭聽著可是不樂意了，嚥下含在嘴裡的米飯後道：「瞧額娘說的，難道您女兒就這麼嫁不出去嗎？只是一個探花罷了，有何了不起？女兒要嫁的人必然是人中龍鳳，就好像……」她眼珠子微微一轉，朝笑看著他們的凌若睨了一眼，道：「就像四爺那樣！」

凌若未曾多想，只當她是想嫁與胤禛一般的皇子。在分別夾了一筷新端上來的糖醋松子魚到凌柱夫婦碗中後，她偏頭想了一想，道：「十五阿哥與十六阿哥跟妳年紀倒是相近，又能文能武，只是都已經有了嫡福晉，就算妳此刻嫁過去，頂多也只能做一個側室。」說到此處，她目光溫柔地看著伊蘭。「妳是姊姊唯一的嫡親妹妹，姊姊怎麼捨得妳受這個委屈，要麼不嫁，要嫁便嫁為正妻，三書六禮，明媒正娶。」

伊蘭並沒有因這話露出什麼歡喜之色，反而拿筷子戳著碗裡粒粒分明的稻花香米，低低道：「正妻就一定好嗎？」

「妳說什麼？」伊蘭聲音太輕，以至於凌若不曾聽清楚。

「沒什麼。」伊蘭抬頭微笑，將所有心計掩在眼底。此時尚不是坦明心跡的時候，一旦明言，依著凌若此刻的態度不僅不會答應，還會不由分說隨便指個人將她嫁了，以絕後患。

姊姊這個人，嘴上永遠說得那麼好聽，口口聲聲是替她著想，但私心裡，無非是不想她入府分了四爺的恩寵，自私至極！

想要入主雍王府，只能靠她自己，她一定會想出辦法來的，她要比姊姊更得寵，比姊姊爬得更高！

一頓午膳在各自不同的心思中結束，安兒端來茉莉花茶給眾人漱過口後又奉上香茗，幾人坐在一道絮絮說著話。難得見面一次，自是有許多話要講，不過說的最多的還是凌若腹中的孩子。

上次霽月的事，凌柱夫婦此刻想起來還是心有餘悸，一再叮囑她這次要小心著些，還有心一定要放寬，不要過於生氣，免得與上次一樣。

凌若知道他們是關心自己，一一應了，之後又說了許久的話，直到天色漸晚方才送他們離開。如今得了胤禛的話，在凌若懷孕這段時間，家人隨時可以出入王府，所以分別時除了有些許不捨之外，並未像以前那般難過。

夜裡，胤禛來看她，見她臉上比平時多了許多笑容，心裡也頗為歡喜。雖然如今凌若不方便侍寢，但他還是留下來過夜。

更衣過後，兩人相互依偎在床榻上，胤禛緩緩撫著凌若寢衣下的小腹，道：「若兒，徐太醫說妳的產期預計在九月。」

儘管太醫院有那麼多太醫，但當中關係盤根錯節，暗幕眾多，除卻容遠之外，凌若一個都信不過，所以一確定懷孕，便立刻央了胤禛指容遠為她安胎請脈。

胤禛的眼睛在黑暗中燦若星辰，認真地道：「若兒，等妳生下這孩子，我便晉妳為側福晉。」

凌若沒想到他會突然說起這個。側福晉啊，僅次於嫡福晉，不知多少女子盼而不得。當初得知自己懷孕後，也曾想過孩子生下後，胤禛是否會晉她的位分，不想胤禛這麼早便提起。

凌若心下感動，嘴上卻道：「那也得是個小阿哥才行，萬一是個小格格，四爺不斥妾身就算好了，哪還會晉妾身的位分。」

「我有那麼過分嗎？」胤禛哭笑不得地說了一句，旋即在凌若額間印下一吻道：「不論是小阿哥還是小格格，我都一樣喜歡。當初如言生涵煙的時候，我不一樣晉她為庶福晉了嗎？」他歇一歇又道：「其實這個側福晉的位置，早在妳從別院回來的時候就想給妳，只是當時蓮意已經開口，我也不好駁她的意思；何況在這個位置上多待兩年，於妳也無壞處，所以這兩年來一直委屈著妳……」

他話音未落，凌若已經捂住他的脣，正色道：「跟在四爺身邊的每一天，妾身都沒有覺得委屈過，以前沒有，現在沒有，將來也不會有。」

胤禛動情地摟緊她，剛剛冒出些許鬍碴的下巴在凌若臉上輕輕蹭著。「就是因為妳不在意這些，所以我才想給妳更好一些。」

「四爺待妾身的好，妾身無以為報，只能永遠記在心中，永世不忘。」她如此說著，盡量忽略心裡那抹酸澀。

再多的恩寵，也僅僅是恩寵而已，不是愛……

第三百四十章 初夏

日子不緊不慢地過著，很快的又到了四月初夏時，栽種在蒹葭池裡的蓮花開始長出花苞，露在一片碧綠之上，煞是好看。

這日，閒來無事，凌若與溫如言一道漫步於蒹葭池邊。此時已經三歲的涵煙在前面歡快地跑著，奶娘和素雲一時跟不上她，只能在後面大聲喊著讓她小心些。

「算算日子，還有五天，便是靈汐大婚的日子。上次去含元居的時候，看到嫡福晉已經開始命人將靈汐往日一些不常用的東西收拾在一起，準備大婚時隨嫁妝一道搬過去。」溫如言一邊走一邊與凌若說著話。

「她自是巴不得越早將靈汐趕出去越好。」凌若漫不經心地回了一句，又嘆息道：「這孩子也真是可憐，被害死額娘的仇人養在膝下，能有什麼好日子過。這些年，我瞧著靈汐的性子比以前安靜了許多，也不像小時候那樣活潑愛笑。」

李氏的死是罪有應得，凌若對她沒有絲毫同情，但靈汐卻不曾做錯任何事，相反的她一直都懂事乖巧，只可惜雖貴為王府格格卻命途多舛。

「這也沒辦法，所幸她現在快出嫁了，希望今後那位魏探花對她好。」

她們正說著話，涵煙忽地朝她跑來，扯著她裙角興奮地指著池中蓮花道：「額娘，妳瞧，那邊有隻蜻蜓停著呢。」

順著小手指的方向，溫如言果然看到一隻翅膀透明的蜻蜓停在剛剛露出尖頭的蓮花上。她微微一笑，蹲下身將涵煙抱在懷中道：「還記得額娘教妳背的那首《小池》嗎？」

涵煙歪著梳了兩個小揪揪的腦袋想了一會兒，脆聲吟道：「泉眼無聲惜細流，樹蔭照水愛晴柔。小荷才露尖尖角，早有蜻蜓立上頭。」背完後，她摟著溫如言的脖子撒嬌道：「額娘，涵煙背的對不對？」

溫如言憐愛地捏捏她小鼻子道：「一字不差，涵煙真是聰明。」

聽到溫如言的誇獎，涵煙得意地抬起小下巴，那嬌憨的樣子，惹得凌若直發笑。「這丫頭，真是鬼精鬼精的，才三歲就會背詩了，還背得這樣好，將來莫不是要做一個才女吧？」

「才女？」涵煙咬著手指，神色有些迷茫，她還不太理解才女是什麼意思。待解釋一通後，這丫頭又高興起來，拍著小手道：「好啊，涵煙要做大才女！」

「這丫頭，聽風就是雨。」

溫如言笑斥了一句後將她放在地上，任她自己玩去，哪知這丫頭卻跑到凌若跟前，踮起小腳，伸手摸著凌若微微突起的小腹，好奇地道：「姨娘，這裡真的有一個小弟弟嗎？」

凌若笑著將她小揪揪上有些歪了的珍珠髮圈扶正，道：「是啊，不過現在還不知道是小弟弟或是小妹妹，等再過五個月，他就可以出來和涵煙一起玩了。」

「五個月？」涵煙伸出一隻小手，認真地數了一遍後，露出一個甜甜的笑容。「等他出來，我把我的布老虎、小竹馬都給他玩，還有好吃的點心，都給他。姨娘，妳可要讓我和他玩啊。」

凌若彎腰在涵煙紅通通的小臉頰上親了一下。「好，咱們小格格說的自是什麼都好。」對涵煙，凌若是打從心底疼愛，與親女無異。

涵煙笑得眼睛都彎了，又伸手與凌若拉了勾後，方才歡天喜地地與奶娘一道玩去了。

蒹葭池邊垂柳依依，在初夏的暖風中輕搖。走了這麼一陣子，凌若有些累了，便在柳樹下的石凳上歇息。一枝柳條老是拂到她臉上，撥開又晃過來，擾得人有些眼暈。溫如言順勢將它折下，又另外再折了幾根，拿在手裡東纏西繞，不一會兒編成一個小小的柳條籃子，鮮嫩的柳葉碧綠細長，甚是好看。

「姊姊的手很巧呢，教我好不好？」凌若對那個精巧細緻的籃子很是喜歡。

溫如言見她喜歡，便重新折了幾枝，親手教她。至於原來那個，早被跑過來的涵煙拿走了，她拿著籃子蹲在池邊打水，雖然每次籃子剛離開水，裡面盛的水就漏光了，但涵煙還是玩得樂此不疲，咯咯直笑。有奶娘還有素雲亦步亦趨跟著、拉著，倒也不怕她落水。

在玩了一會兒之後，涵煙一個不小心，將柳條籃掉在水裡。這籃子輕，一時半刻倒是沒有沉下去，卻是往池心飄去，莫說涵煙的小胳膊，就是素雲也未能搆到，只能遺憾地道：「格格，要不咱們不玩這個了，奴婢帶您捉蝴蝶去吧。」

「不要，我還沒玩夠呢。」涵煙嘟著小嘴不肯甘休，回頭看到溫如言正在教凌若編籃子，都已經快成形了。她頓時笑了起來，蹬蹬蹬跑到溫如言面前。

沒等她開口，溫如言已然看出她心思。「是不是還想要？」

涵煙趕緊點頭，可憐兮兮地看著溫如言。「額娘，涵煙還要玩。」

「行了，等額娘教妳凌姨娘把籃口收好就給妳，等一會兒啊。」說著，溫如言繼續教凌若怎麼收籃口。

涵煙百般無聊地站在一邊等，忽地看到凌若腳邊有一條細細的東西，還在那裡游動，她好奇地蹲下身仔細打量著。好奇怪，怎麼瞧著那麼像額娘講過的蛇，可是有這麼小的蛇嗎？

就在那個東西快游到凌若腳上的時候，她忍不住問：「額娘，妳瞧這個是不是蛇啊？」

「哪裡有蛇？」溫如言隨口回了一句，復又想到什麼，趕緊順著涵煙小手指的方向看去。這一看之下，可是把她嚇得臉都青了，生生止住已經在喉嚨裡的尖叫，一把拉住還不知情的淩若，顫聲道：「妳慢慢往我這邊挪。不要看也不要問，照我的話做就是。」

淩若剛才一心只顧著編籃子，不曾聽清楚涵煙的話，不過溫如言顫抖的聲音令她有一種不好的預感。對溫如言的信任令她忍住了去看的欲望，努力指揮著發僵的身子一點點往溫如言身邊靠。

溫如言慢慢站起身，待淩若坐到石凳最邊沿時，又道：「慢慢起身，不要太快，盡量慢一點兒，不要發出任何聲音。還有涵煙，妳也不許動。」

溫如言一邊說一邊用眼神阻止想要過來的水秀和素雲她們，直至將淩若挪出石凳一段距離，交給水秀扶著後，她方才又緩步過去來到涵煙身後，然後一把抱起涵煙，以迅雷不及掩耳的速度跑回來。

溫如言從未想過，自己抱著一個孩子竟可以跑得這麼快，直至停下來，她一直強自冷靜的心才驟然狂跳起來，幾乎要從胸口蹦出。

直到這個時候，淩若才看到，適才自己所坐的地方竟有一條細細黑黑、身上鱗甲在陽光下隱約泛著幽藍色的小蛇，粗細長短不過筷子一般；但就是這麼一條小蛇，卻令她驟然變了顏色。鐵線蛇，她竟然在王府中見到鐵線蛇，這怎麼可能！

第三百四十一章　鐵線蛇

鐵線蛇，別名又叫盲蛇，因鱗甲發達遮住了牠本就細小的眼睛，幾乎不能視物，故有此別名。與一般蛇比起來，牠小得可憐，僅三、四寸長，猶如蚯蚓一般，卻比蚯蚓靈活得多，平常棲息在土中。

鐵線蛇一般是無毒的，但有一種身上鱗甲泛幽藍色的鐵線蛇有劇毒，其牙齒中的毒液只需一點點就可致人於死。此刻出現在凌若眼前的這條，便是這種有毒的鐵線蛇。虧得恰好被涵煙看到，溫如言又反應及時，臨危不亂，否則一旦有大動作，這條鐵線蛇竄上來咬一口，那離牠最近的凌若及腹中孩兒便危矣。

那條鐵線蛇還在那裡慢慢游著，似沒發現前面的人已經不見了，又或者牠之前已經飽餐一頓，所以並不著急覓食。

這個時候，素雲找來了在附近做事的小廝，溫如言忙道：「快，去將那條蛇給弄死了，小心著些，莫要驚擾牠，這蛇有毒。」

小廝答應一聲，從地上撿了根樹枝，小心翼翼地靠上去，估計著樹枝長度差不多了，便用力捅過去。他倒是有幾分眼力，恰好一棍捅在鐵線蛇的七寸上，任牠怎麼掙扎也逃不開。

另一邊，素雲不知從哪裡尋來一些石塊，大著膽子往鐵線蛇的頭上砸去，雖十個裡有七、八個扔空，但鐵線蛇畢竟小，再加上又不是骨堅皮硬的那種，只被砸了幾下便不動了。

確定牠死了之後，小廝將牠挑起來，問凌若她們要如何處置。溫如言剛要出言讓他扔掉，就聽得凌若先說道：「放在一旁就可以了，你下去吧。」

「額娘，妳抱得涵煙好緊，不舒服！」

涵煙輕輕地掙扎，溫如言這才想起自己還抱著女兒，趕緊將她放下，心有餘悸地叮嚀：「涵煙妳記著，往後再遇到蛇，不管大小都一定要離得遠遠的。萬一不小心到了近前，妳一定要慢慢走，千萬不要急，這樣蛇才不會咬妳。」

「涵煙記住了，就像額娘剛才讓凌姨娘做的那樣。」涵煙甚是聰明，一聽就懂。溫如言摸了摸她的小臉，道：「乖，妳跟奶娘先回去，額娘與妳凌姨娘再說會兒話。」

待涵煙離開後，溫如言對正用樹枝撥弄著鐵線蛇屍體的凌若道：「我在府中多年，從未見有蛇出沒，如今卻突然出現這麼一條劇毒的鐵線蛇，好生奇怪。」

凌若吃吃一笑，扔下樹枝，拍一拍手道：「看來有些人已經等不及了。」

溫如言悚然一驚，挑眉道：「妹妹是說……」
凌若森然點頭。「除了這個理由，我再想不到別的。這幾月，我細心防備，又有徐太醫替我請脈安胎，令這些人一直尋不到機會。如今看我月分漸漸大了，怕將來更不好對付，所以便想出這麼一條毒計來。鐵線蛇小而不起眼，很容易忽略過去。我相信，隱藏在府裡的鐵線蛇絕不只這麼一條。」
「好惡毒的心思，這蛇不分親疏，逮到哪個咬哪個，她們這般做，豈非將闔府上下都置身危險之中。」溫如言忿忿道，適才她真是嚇得魂都要沒了。
凌若撫著滾有銀邊的袖子，思忖道：「能想出這法子，又有那膽量的，縱觀整個王府也就區區兩、三人而已，不過一時間倒是斷定不了是哪個。」
「這個倒是可以慢慢追查，眼下最要緊的是清了藏在王府中的鐵線蛇，否則不知何時又來一次，可不是每一回都能有今日的好運。」說到此處，溫如言又皺緊雙眉。「只是這鐵線蛇身形細小，又藏於泥土之中，要如何尋出來呢？」
「此事，還得四爺親自來辨才行。」凌若望著絢爛晃眼的夏日，不論太陽怎樣耀眼，始終都驅不散籠罩在這王府中的黑暗。
人心，在這座大宅子裡被扭曲成世間最可怕的東西。
夜間，在書房中看公文的胤禛照例問起今日府中的各項事宜以及凌若的情況。
「府中並無異常，倒是凌福晉那邊受了點兒驚嚇。」莫看周庸整日裡跟著胤禛，手下自有一堆人替他留意王府的動靜。

不管是朝事還是家事，胤禛都要求自己身邊的人隨時掌控，一旦出現異常就立刻向自己稟報。

「她怎麼了？」胤禛一聽這話，立刻放下手中的湖筆，關切地詢問。

「奴才聽底下的小廝說，淩福晉今日與溫福晉母女在蒹葭池邊散步的時候，碰到一條鐵線蛇，雖然沒有咬到，但淩福晉還是受了不小的驚嚇，自回來後就一直躺在屋中不曾下地。」周庸三言兩語便將整件事敘述得清清楚楚。

「鐵線蛇？府中怎麼會有鐵線蛇？有沒有咬傷什麼人？」胤禛的反應與溫如言她們剛看到蛇的時候一樣，詫異莫名。這府邸每日都有專人打理，他開牙建府這麼多年，從未聽說過有蛇出沒，鼠倒是不可避免的有幾隻。

「這個奴才也不清楚，依奴才猜測，很可能是混在花泥或其他泥土中進來的；而鐵線蛇身形又小，不易被發現。至於說咬傷人的事，暫時還沒聽聞。」周庸恭謹地說著。

胤禛想了想，吩咐：「趁著如今還沒有鬧出什麼事來，明日天一亮，你即刻去找一個驅蛇的人來，將所有鐵線蛇驅趕乾淨，省得人心惶惶。」

待周庸答應後，他又扶案起身，大步往外走。周庸知他必是去看淩福晉，忙小步跟在後面。

到了淨思居，發現那裡所有的燈都被點上了，連庭院也不例外。除卻設在兩旁的路燈之外，還掛上了一盞盞絹紅燈籠，將整個淨思居照得猶如白晝。

胤禛見了，眉宇微擰，他是一個不喜浪費的人，平素有些東西都是能省就省，如今都是快睡覺的時候，何以還要點這麼多燈？往常可沒見凌若這般浪費。

他正想著，恰好看到小路子提著一盞點亮的燈籠出來。

看到站在臺階下的胤禛，小路子忙一溜煙跑過來單膝跪地。「奴才給王爺請安，王爺吉祥。」

第三百四十二章　不安

「是誰讓你們點這麼多燈籠的？」

胤禛心下不高興，這口氣不由得嚴厲了幾分，嚇得小路子連忙磕頭道：「回王爺的話，是主子的吩咐。主子日間差點被鐵線蛇咬中，受了驚嚇，怕這夜間天黑，鐵線蛇會游進去，所以命奴才們把整個淨思居照得亮亮堂堂，仔細盯著，莫要鬆了神。」

得知是這麼一回事，胤禛心中的不悅頓時煙消雲散，同時也更擔心起她來，越過小路子匆匆往裡走去。還沒進門，便聽得裡面傳來水秀等人的聲音，皆是在勸凌若寬心，不會有蛇蟲鼠進來的話語。

聽到此處，胤禛的腳步又加快幾分，到了裡面，只見凌若面色慘白地半躺在床上，水秀等人們圍在床前。

「四爺……」見得胤禛進來，凌若掙扎著想要起身行禮，眼圈兒一下子就紅了幾分。

胤禛忙按住她道：「既不舒服，好生躺著就是了，起來做什麼？」隨後又倚在床邊坐下道：「我聽說妳今兒個受了驚嚇是不？」

凌若默默地點了點頭，忽地撲進胤禛懷裡，哽咽道：「嗚……妾身差點就看不到四爺了！」

「胡說什麼吶。」胤禛輕斥一聲，撫著她披散在身後的長髮，道：「妳還懷著我的孩子呢，沒得說這種不吉利的話做什麼，小心嚇壞了腹中孩子。再說這鐵線蛇大多是無毒的，就算真咬了也不過是皮肉疼一下，不打緊。」

凌若眸中掠過一絲驚惶，咬著發白的下唇沒說話。

水秀插嘴道：「啟稟王爺，溫福晉也瞧見了那條鐵線蛇，她說劇毒得很，咬一下便會沒命，虧得主子和小阿哥福大命大，否則可不就是像主子說的那樣。」

胤禛雙眉越發緊皺。府中有蛇已經很奇怪了，還是一條少見的劇毒鐵線蛇。他略一沉思道：「那蛇還在嗎？」

凌若勉強提了精神道：「水秀，妳去拿進來給王爺看。」

胤禛原還在想是否是溫如言看岔了，但當水秀用棍子挑了一截細細黑黑的蛇屍進來後，便知道溫如言所言不虛。儘管這條鐵線蛇的頭部已經被石頭砸得稀爛，但從牠在燈光下泛著幽藍的屍體可以看出，這絕對是一條劇毒的蛇。

在水秀下去後，胤禛細細問了凌若今日的事，聽完之後也是一身冷汗。正像水秀說的那樣，她實在是福大命大才避過這一劫。
看凌若在燈光下慘白的臉龐，他心疼地道：「沒事了，我已經讓周庸明日一早就去尋個驅蛇人來，將王府上下仔細排查一遍。這幾日為著安全，妳暫時先不要出門。」
凌若溫順地點頭，然眼眸中還是有揮之不去的害怕。「妾身實在不明白，當初在別院時都沒有見到毒蛇的影，怎麼會突然在王府中出現？」
「此事我會讓人去查，妳安心養身子，別太擔心了。」在安慰了凌若一番後，胤禛命人打水刷牙洗臉，準備歇在淨思居。今日凌若這個樣子，他無法放心離去。
淨過臉後，胤禛套上水秀捧來的寢衣，在水秀退下時，命她將外面點的燈除了必要幾盞外，其他的都熄了。
「睡吧。」胤禛上床，在凌若額上印下一吻，一隻手輕拍著她的背，安撫她入眠。很快的，懷中便傳來均勻悠長的呼吸，顯然凌若已經睡著了。
胤禛緩緩停下手，替凌若掖好錦被。夜已深，他卻了無睡意，睜眼定定地望著自床帳頂垂落下的薄銀鏤空花球。每日水秀他們都會採摘時令的花瓣填充到花球中，躺在床上可以聞到清幽的香味。
胤禛心中已經決定，明日驅蛇人來的時候，他要仔細問問，如果真是有人居心叵測，他絕不輕饒。
直到月上中天，胤禛才感覺到有睡意襲來，閉目睡去。就在他闔眼後不久，懷中本該早已熟睡的凌若睜開雙眼；透過銀綃窗紗照進來的月光下，可以看到她眸中一片清明，根本沒有絲毫睡意。

鐵線蛇的出現絕對是人為，有人想要害她與孩子。

人不犯我，我不犯人；人若犯我，我必百倍奉還！

今日所謂的驚嚇、害怕，皆是為了引胤禛來此，讓他對此事起疑，從而追查下去；即便不能追到真凶，震懾一下，讓那人不敢輕舉妄動也好。

這五個月，是她最危險的時候，而她能藉助的，也只能是胤禛的力量。

她知道這樣對胤禛而言並不公平，但她想要活下去，想要繼續留在胤禛身邊，便唯有這一條路能走。

凌若緩緩摟住胤禛的腰，將臉更加靠近他的胸膛。

胤禛，相信我，不論我做什麼，最終都只是為了與你更長久地在一起，我待你的心，不會因任何事而改變。

夜，漸深，高懸天空的明月，不知何時被烏雲遮蔽，擋住了原本如水銀一般灑落人間的月光，令夜色越發濃重瘮人。

凌若在睡夢中隱隱聽到幾聲哨響，自迷糊中醒來後聽了一會兒又沒有了，心想應是自己在做夢吧。

想要繼續睡，卻發現自己無論如何都睡不著了，只能睜眼看著從帳頂垂落的花球，金銀絲線彩繡的帷帳內盡是自花球中傳出的花香。

這個花球，她還是有一回去戴佳氏那邊時無意中看到的，瞧著不錯，便讓人也做了一個，掛在帳頂，可以聞四時花香。

屋外極是安靜，聽不到一點兒聲音。凌若閉目想要讓自己重新進入睡夢中，然眼眸剛閉起不到一刻就又驟然睜開，且這一次眸光中有深深的不安。

夜闌人靜自是不錯，但此刻未免太安靜了些，連往常徹夜鳴叫的夏蟲與夏蛙都在這一刻消聲滅跡，這不合常理。

這樣想著，凌若輕手輕腳地起身，趿鞋剛走出幾步，就聽到身後傳來胤禛含糊的聲音——

「若兒，妳去哪裡？」

第三百四十三章　蛇群

「妾身睡不著出去走走，一會兒就回來。」安撫胤禛一句後，凌若開門走出去。

今兒個是陳陌守夜，他倒是沒躲懶，搬了個凳子坐在簷下。看到凌若出來，他神情微變，復又平靜如常，起身打了個千兒後關切地道：「主子這麼晚了怎麼還出來？這外頭風還有些涼呢！」

「不礙事。」凌若拉了拉披在身上的衣裳，目光掃過看似如常的周遭，道：「都還好嗎？」

「一切都好。」陳陌小心地睨了凌若一眼。「主子可有什麼吩咐？」

凌若看了許久，發現周遭除了沒有聲音外，倒是不曾有其他異常，遂道：「我總覺得今夜有些古怪，你瞧仔細一些，莫要出了什麼意外，四爺也在裡面歇著呢。」

「嗻！」陳陌低頭，埋在陰影裡的神色略有些古怪，只可惜凌若當時已經轉過身，並不曾看到。

在確定凌若回屋後，陳陌左右張望一眼，確定無人後匆匆來到庭院，打開了夜裡緊閉的院門，在外頭竟然站著一個瘦小的人影。

「怎麼這麼久才開門？」見陳陌出來，那人影劈頭就問，聲音乾啞難聽，就像是刀片刮過鐵鍋一般，刺耳得很；而且他的口音聽著極彆扭，不像是中原人。

在面對這個人時，陳陌甚是畏懼，陪笑道：「羅老恕罪，適才那女人出來，所以耽擱了一會兒。」

羅老輕哼一聲後，抬起右手，此時沒有月光，看不清他手裡拿了什麼東西，不過陳陌在看到這動作後，臉上的恐懼更加深了，彷彿那會要了他的命一般。

「把門開大一些，讓我的寶貝們進去。」

羅老將拿在手裡的東西湊到唇邊，正要有所動作，陳陌連忙拉住他，惶恐地道：「羅老，今日的事怕是要延期了，牠們……不能進去。」

「你說什麼？」羅老臉色一下子變得難看，罵道：「說要今夜動手的是你們，說不能動手的也是你們，如此耍人，莫不是以為我這個老頭子好欺負不成？」

「羅老息怒。」陳陌急急安撫，他可不敢得罪這個怪老人，否則小命隨時不保。「奴才怎敢戲耍您，實在是今夜王爺也在裡面，萬一這些蛇進去把王爺也咬了，那麻煩可就大了。奴才賤命一條，沒了也就沒了，就怕牽連到羅老您啊！」

羅老雖然不太在意什麼朝廷律法，但也不願冒著被通緝海捕的威脅謀害一位當朝親王。他之所以會出現在這裡，是因為有人花了大價錢請他除去一個女人，拿什麼錢對付什麼人，王爺的命可比那些銀兩金貴多了。

他正要說話，一道人影急急奔來，因為走得太快，所以跑得上氣不接下氣。待得氣息平穩些後，他對羅老道：「主子有命，王爺歇在淨思居，萬不能傷了王爺分毫。」

因為胤禛是臨時來淨思居，之前不曾通知過任何人，所以那位不曉得胤禛也在此處，剛一得知便立刻派人過來阻止。

「這麼說來，今夜是白跑一趟了？」羅老的臉色甚是難看，精心準備了這麼久，卻被臨時叫停，任誰心裡都不會好過，何況他還有那麼一大堆寶貝要安撫。

來人望著羅老不悅的神情，露出一絲詭異的笑容來。「雖然原計畫不成，不過主子另有吩咐給羅老。不必殺人，銀子照給。如何，羅老有興趣嗎？」

羅老緊緊盯著他，意思不言而喻。來人湊到他耳邊輕語幾句，隨著他的話，羅老露出陰森的笑意，捻了捻下巴沒剩幾根的鬍子，對等著他回答的人道：「得，就按你說的辦，不過……你們臨時改變計畫與規矩不符，銀子我要再加這個數。」他伸出一隻手，五根手指在黑夜中依稀可辨。

貪得無厭的老狐狸，明明不用他殺人了，卻還要再加五百兩，真是可恨。

來人在心中暗罵一句，表面上卻笑容滿面。「羅老放心，只要事情辦妥，您要多少銀子都好說！」旋即又對陳陌道：「好生配合羅老，主子那邊少不了你的好處。」

「奴才知道。」陳陌趕緊答應，在他的垂首中，來人迅速離去，未曾留下一點兒痕跡。

「趕緊把門開大一些，讓我的寶貝進去。」想著白花花的銀子，羅老動作快了幾分。

陳陌依言將門打開些許，為免被人發現他不在起疑心，連忙跑回原來的地方。至於羅老那邊，既然都說不殺人，他自然沒什麼好擔心的。

月亮從遮天的烏雲中探出半個臉來，藉著月光隱約可以看到羅老拿在右手上的似乎是一個竹哨子。只見羅老將竹哨子放在嘴邊輕輕一吹，他腳下立刻響起一陣窸窣聲，似乎有什麼東西游過。

羅老陰陰一笑，竹哨又連著吹了兩聲後，那陣窸窣聲穿過院門往裡面而去，至於他自己則躲在一個不起眼的角落裡。他素來是以聲音指揮那群寶貝，人在與否並不重要。

凌若回到床上，剛躺了沒一會兒，又聽到幾聲哨響。這一次她很肯定自己不是做夢，因為根本不曾睡著。為什麼好端端的會出現這種聲音？

換了往常，凌若興許還沒這麼在意，但今夜她總覺得有事發生，不安得很，連帶著腹中那個也不安穩，不時能感覺到他在肚子裡動，像是一條游個不停的小魚。

還沒等她喚人，忽地響起幾聲敲門聲，連帶著將胤禛也吵醒了。他一翻身，甚是不悅地道：「何人敲門？」

門外傳來陳陌發顫的聲音：「啟稟王爺，外頭……外頭出事了，有……有好多蛇！」

蛇！聽到這個字，胤禛神色一凜，立時睜開眼，翻身落地，也不披衣，趿了鞋大步過去拉開門。凌若緊緊跟在後頭。

外頭，陳陌的臉色猶如死了人一般，看到胤禛他們出來，忙引著往外走。到了正堂，儘管已經聽陳陌說過蛇，但真看到時，兩人依然被狠狠嚇了一跳。

正堂因為要守夜的緣故，所以燈籠、蠟燭都點著，一眼便能看清，四稜雕花長門如剛才凌若所見的那般半敞著，但是此刻，地上多了許多密密麻麻、細細黑黑的鐵線蛇，正在不斷游過半膝高不到的朱紅門檻往裡面來，每一條都是黑中泛藍，顯然與白天一樣，有劇毒。

這一群鐵線蛇，少說也有數百條，看過去極為瘮人，凌若不禁往後退了幾步。胤禛雖然站在原地不動，但臉色也是一陣陣發白。

唯一值得慶幸的是，這些鐵線蛇游過門檻後就沒有再繼續前進，而是停在那裡，抬起細小的蛇頭，吞吐鮮紅的蛇芯。

第三百四十四章　蹊蹺

明明是小得跟筷子一樣的蛇，卻帶著致命的威脅，一條便已經令人惶恐不安，何況是上百條，不論是胤禛還是凌若都不敢輕舉妄動，至於陳陌早已嚇得躲在一旁瑟瑟發抖。

胤禛想過叫周庸來，但一則怕驚動這些蛇，二則即便周庸來了也無濟於事。如果鐵線蛇群起而攻之，他們根本等不到周庸請來驅蛇人。

「四爺，我們現在怎麼辦？」凌若咬著沒有血色的下唇顫聲問，手緊緊捂著小腹。她終於明白為何今夜一直沒聽到蟲鳴蛙叫，皆是因為這群毒蛇嚇得牠們不敢出聲。

「別怕，躲在我身後，咱們慢慢往回退，到了內堂將門關上，再將門縫封死，可以阻止這些鐵線蛇進來。」胤禛心念電轉，瞬間想到了暫時擋住這些鐵線蛇的辦法。至於為何會一下子出現這麼多劇毒的鐵線蛇，他此刻根本沒時間追究。

胤禛帶著凌若慢慢往回退，但是很奇怪，不論他們退多少步，鐵線蛇都會跟進，然後保持著一定的距離，不遠不近，彷彿就是故意跟著他們一樣。

儘管心裡感到奇怪，胤禛還是不敢停下，帶著凌若慢慢退回到內堂，隨後以極緩的動作將門關起。他已經想好，只要能暫時阻擋一會兒，他就帶著凌若自窗子離開，擺脫這些可怖的鐵線蛇。

可惜這個計畫並沒有成功，明明是一群畜生，卻彷彿有智慧一般，在胤禛關門之前，突然加快游動的速度，一下子過了門檻來到裡面，令得他們進也不是，退也不是。

周庸已經得到消息趕來，無奈被鐵線蛇阻著不敢過來，只能在外頭乾著急。

正當胤禛無計可施之時，跟著他們過來的陳陌不慎撞倒了旁邊的花梨木架子，發出「砰」的一聲重響，將幾人嚇了一大跳。架子倒地的時候，凌若好像又聽到與之前一樣的哨響，但之後又沒有了。

就在胤禛擔心是否會激怒鐵線蛇時，這些蛇突然如潮水般退去，隱入黑暗中，瞬間消失得無影無蹤，彷彿根本不曾出現。

可是牠們帶給胤禛幾人的驚嚇卻不可能那麼快退去，足足等了一盞茶時間，確定那些蛇真的離開後，胤禛方才長出一口氣，扶著雙腿發軟的凌若在椅中坐下，手不斷地撫著她的背，道：「沒事了，沒事了。」

凌若愣愣地看著他，好一會兒才「哇」的一聲哭出來，雙手依然緊緊護在小腹上，一邊哭泣一邊道：「妾身剛才真的以為自己會死，妾身一人死不要緊，可是孩子……孩子不能死！」

聽到這個「死」字，胤禛心裡極是不舒服，不知是安慰凌若還是安慰自己。「不會的，妳與孩子都好好的，斷然不會出事。」

「四爺，您與凌福晉還好嗎？」周庸驚魂甫定地跑過來。

「沒什麼大礙。」胤禛看了一眼外頭微亮的天色，道：「你即刻出府去尋驅蛇人，一定要設法將這些不知從何處冒出來的鐵線蛇驅出府去。」

周庸答應一聲趕緊離去，隨後那拉氏等人紛紛得到消息趕來，一個個聽聞詳情後皆是花容失色，迭聲問胤禛與凌若可有受傷，在確定鐵線蛇沒有攻擊他們後方才安下心來。

戴佳氏撫著胸口道：「真是奇怪，妾身來了這麼多年，連一條蛇都沒見過，怎麼昨夜裡有這麼多鐵線蛇，真是想想都可怕。」

宋氏驚慌地朝四周看了一眼，駭然道：「妳們說，這些鐵線蛇去了哪裡，會不會突然跳出來攻擊咱們？」

那拉氏聽得一陣皺眉，輕斥道：「胡說什麼，沒聽王爺說已經派人去請驅蛇人了嗎？妳要是真害怕的話，在驅蛇人來之前就安生待在這裡，不要出去。有這麼多人在，想那鐵線蛇也沒膽來。」

「嫡福晉這話就錯了。」年氏冷不防地道：「就是因為人多才會招來蛇蟲鼠蟻。

不過奇怪的是，連著兩次都是凌福晉遇到蛇，彷彿這蛇就是專門為她而來。」

胤禛原本只聽著她們說，然在聽得年氏後面這句話時，出言替凌若辯解：「哪有這等事，不過是巧合罷了。」

見胤禛幫著凌若說話，年氏心中越發不高興。「這一次尚可說是巧合，可今日卻是接著兩次，第二次還是成群結隊地出現，妾身怎麼瞧著都不像巧合。」

溫如言柳眉一抬，道：「照年福晉的意思，既然不是巧合，那就是蓄意了，難道有什麼人要害妹妹嗎？」

年氏冷冷睨了她一眼道：「這是妳說的，我可沒說，我只說此事不像是巧合罷了。」

「會不會……」宋氏似乎想到什麼，欲言又止。

「有話便說，吞吞吐吐做什麼。」胤禛最見不得這個樣子，不悅地斥了她一句。

宋氏嚥了口唾沫，小聲道：「會不會是凌福晉身子不祥，所以引來這麼多毒蛇？」

「妳胡說什麼？什麼叫身子不祥？」瓜爾佳氏聽到這話第一個不依，指了宋氏喝問。

宋氏見她這般態度，心下微怒，冷笑道：「妳是沒讀過書還是耳朵不好使，連這麼簡單的話都聽不懂。自鈕祜祿氏來了之後，王爺屢遭危險，先是去江西籌銀時被人襲擊受了重傷，去了杭州也屢屢出事，如今更是引來這麼一堆要命的東西，置王爺於險境，她不是不祥之人是什麼？」

聽著她在那裡顛倒黑白，什麼事情都往自己頭上扣，凌若不禁心中惱怒。

瓜爾佳氏氣不打一處來，正要與她爭辯，胤禛已道：「行了，一個個吵吵嚷嚷的成何體統，都下去。」

宋氏被他喝了一句，悄悄看了一眼年氏，不敢言聲，隨著眾人行過禮後一道離去。

待她們都走後，胤禛捏了捏凌若發涼的手道：「她們就是這樣，莫往心裡去。昨夜鬧了大半夜，妳一直沒闔過眼，趁著現在無事，趕緊再睡會兒。」

「嗯。」凌若推一推胤禛道：「天色不早，王爺該去上早朝了，若因妾身的事而耽誤了，妾身罪過可就大了。」

胤禛見她臉色好了許多，加上又有一堆人守著，叮嚀幾句後就帶著人走了。

第三百四十五章　不祥

胤禛一離開，凌若立刻找來陳陌，問他昨兒個夜裡可曾聽到哨子聲。陳陌一臉茫然地搖搖頭，說自己在外頭守了一夜，什麼都沒聽到。

這可是奇怪了，凌若很肯定自己沒有聽錯，為何陳陌沒聽到呢？至於水秀他們，早早就睡了，更不可能聽到。

幻聽？不，凌若第一個否定了這個可能，昨兒個夜裡她聽到的不只一次，絕不可能是幻聽，問題究竟出在哪裡呢？

她坐在椅中，手指一下下地敲著扶手，百思不得其解。這個時候，安兒不確定地道：「昨夜奴婢起夜的時候，迷迷糊糊的好像聽到有聲音，至於是不是哨聲，奴婢不敢肯定。」

陳陌本就心虛，此刻再聽到安兒這麼說，怕凌若疑心到他頭上來，忙扯謊道：「奴才前幾日耳朵進了水，偶爾會耳鳴，一旦耳鳴起來就什麼聲音都聽不見，只剩下嗡嗡的聲音。昨夜也有過幾次，可能主子聽到哨聲出現的時候，恰好奴才耳鳴，所以才沒聽到。」

凌若狐疑地看了他一眼。「既然有這個病，何以適才不說？」

陳陌扯了扯耳朵，故作鎮定地道：「也不是什麼大病，要不是主子一再問起這哨聲的事，奴才自己都快忘了。」為怕凌若還揪著這一點不放，他趕緊轉移話題：「不知主子問這哨聲做什麼？」

凌若撫著還穿在身上的素羅錦衣，凝聲道：「鐵線蛇出現得這麼怪異，又成群結隊，我懷疑是有人在背後指使。另外……適才宋氏說的那句話，令人感覺很不好。」

「主子是指她那句不祥？」見凌若點頭，水秀寬慰道：「主子何必將她的話放在心上，宋福晉這人說話向來不中聽，聽過也就算了，若是回去思量，可不是令自己難受嗎？」

「怕就怕……」

凌若話說到一半，有人在外頭敲了敲門，水月過去應了，回來稟道：「主子，王爺讓周庸請的驅蛇人來了，問主子您要不要見見？」

鐵線蛇出沒在淨思居，這裡自然成了第一個要看的地方。

「也好。」凌若嚥下後面的話，起身讓水秀她們替自己更衣，總不能穿著寢衣見外人。陳陌早已知機地退下。

更衣梳洗後，凌若扶著水秀的手來到外堂，那裡站了一個圓臉的中年人，瞧著倒是老實。

他手足無措，看到凌若出來還傻乎乎地站著，直到周庸小聲提醒方才忙不迭地跪下磕頭，嘴裡說著剛才周庸教給他的話：「小的劉福給福晉請安，福晉吉祥。」

「起來吧。」在椅中坐下後，凌若抿了一口溫熱的馬奶，墊了墊因為一夜鬧騰而發餓的肚子。「你會驅蛇？」

劉福趕緊道：「會，小的祖上就是驅蛇人，傳到小的這裡已經是第五代了，在這一行裡也算小有名氣。」

凌若點頭，著他動手。劉福爬起來後，從身上掏出不少旁人看不懂的東西，有幾樣帶著濃重的藥味；最教人驚奇的是，他竟然隨身帶了一條竹葉青。女人向來怕蛇，何況還是一條劇毒蛇，水秀等人嚇得花容失色，驚叫著往後退。

劉福見狀忙道：「各位姑娘不用怕，小青是我自小養到大的，最是聽話不過，沒我的話，是絕對不會主動攻擊人的。」

「就算是這樣，你也不應該帶條毒蛇進來，蛇性無常，萬一傷了福晉可怎麼辦？快將牠扔出去。」儘管他一再保證，水秀還是不敢放心。

劉福苦著臉道：「姑娘，這可不行，我雖有一手驅蛇手藝，但鐵線蛇藏在土中，單憑這雙眼可看不到，得靠小青才行。」

「行了，水秀，讓他做事吧。」凌若抬手阻止還要說話的水秀，示意劉福可以開始。

劉福答應一聲，驅趕著那條竹葉青將整個院子仔細排查一遍，發現院中並無鐵線蛇蹤跡，只有空氣中殘留的一絲腥臭證明鐵線蛇曾出現過。

之後，周庸又帶著他用大半日的時間查遍了整個王府，同樣沒找到蛇，倒是在花苑中發現一條鐵線蛇蛻下的皮。

劉福走了，但這事在凌若看來卻是越發詭異。一下子出現這麼多劇毒鐵線蛇，可僅僅在半日之內就消失得無影無蹤，一條也沒留下，再加上之前聽到的哨聲，她總覺得這件事不簡單……

事實證明，凌若的擔心並非多餘，因為僅僅在幾天後，一個流言在府中不脛而走，說凌若腹中的胎兒大為不祥，還未出生便引來一大群毒蛇，這個孩子如果生下來，必然是妖孽。

彷彿是為了印證這個不祥的流言，戴佳氏在一次散步時不慎扭傷腳，數日不能下地；緊接著又有小廝在廚房做事的時候，被不知為何從灶臺落下的刀砍傷了腳背；又有……

總之諸如此類的事，層出不窮，所有矛頭皆指向凌若與她腹中的孩兒。儘管尚不敢當著她的面大放厥詞，但背後卻不斷有人指著脊梁骨罵她是害人精，罵她的孩子是妖孽，說在腹中已經害了這麼多人，若真生下來，不知要將整個雍王府禍害成什麼樣子。

深宮後院，向來是流言滋生的溫床，一個歇了，一個又盛起，從來不會有真正清淨太平的時候。

至此，凌若已經清楚猜到那晚鐵線蛇成群出現卻不攻擊的用意，是有人要藉此引出不祥之言，害她腹中的孩子。其用心，比直接讓鐵線蛇攻擊她更歹毒。

瓜爾佳氏與溫如言皆替凌若著急，雖然胤禛此刻對凌若信任有加，甚至還讓她莫理會這些無稽謠言，但謠言之所以猛於虎，是因為說的人會越來越多，直至多到讓某一個人從之前的不信到信。

若放任流言下去，難保不會像當初的佟佳氏一樣，但區別在於，佟佳氏是罪有應得，凌若則是無辜的。

可惜，她們只是庶福晉，人微言輕，在胤禛面前也不是最得寵的，話語起不得什麼大用。

那拉氏起先也不信，但後面見府中頻頻出事，也心裡動搖。一次，趁著胤禛歇於含元居時，她向胤禛進言，是否讓凌若暫時待在淨思居中不要出來，以免鬧得府裡人心惶惶。何況靈汐不日就要出嫁了，萬一出嫁當日因此出點兒什麼意外，豈非失了皇家顏面。

第三百四十六章　另一條路

胤禛對那拉氏的話不置可否，說這是無稽之談，讓她莫要與那些嚼舌根子的丫頭、下人一般胡思亂想。這世上哪有什麼不祥之說，不過是以訛傳訛罷了，豈可盡信。

其實，胤禛心裡對當日鐵線蛇成群結隊出現，隨後又消失得無影無蹤的事也有過疑心，只是他既然答應過凌若，不會疑她，自當遵守承諾，何況他的孩子又豈會是不祥之人。

五月十五，靈汐大婚，雖然因為凌若的事鬧得人心不安，但這一日雍王府的喜意還是被那拉氏營造得十分出色，張燈結綵，設宴五十桌，盡顯皇家氣派。

這一日，靈汐被正式冊封為莊靜和碩郡君，下嫁探花郎魏源。

一身郡君吉服的靈汐在侍女攙扶下，含淚拜別胤禛與那拉氏。那拉氏似乎很是不捨，不住地抹眼淚。

靈汐大婚這麼大的事，凌若自不能缺席，已經開始顯懷的她與瓜爾佳氏還有溫如言坐在一起。至於其他人，皆是離得遠遠的，深恐染了不祥。

在那拉氏將蘋果放到靈汐手中後，侍女替她蒙上綴有金色流蘇的大紅蓋頭，由喜娘背著坐上花轎，魏源早乘了掛有紅綢的高頭大馬等在外頭。

「起轎！」隨著小廝的言語，八名訓練有素的轎夫整齊劃一地抬起花轎，隨後發生的事情卻令所有人大吃一驚。

前面其中一個轎夫剛要起步，突然感覺肩上一輕，緊接著耳邊傳來「喀嚓」一聲，足有常人手臂粗的轎竿居然毫無徵兆地斷裂了。

失去支撐的花轎，自然猛地落了地，裡面毫無防備的靈汐被摔得東倒西歪，頭更是磕在轎梁上，破皮流血。

突然鬧出這麼一件事來，大家皆是慌了神，好半天才想起去看新娘的狀況。靈汐倒是沒什麼大礙，唯獨額頭流了點兒血，然而大婚之日，最忌不吉利，何況是見血。一時間，眾人臉色都有些不好看。

在高福派人去準備新轎竿的時候，不知誰在後面說了一句。「不祥之人就該好好待在屋裡，沒事出來做什麼，無故衝了格格的喜事，真是晦氣！」

胤禛神色不豫地掃了一眼傳來聲音的地方，冷然道：「轎竿斷了換一根就是了，意外而已，何來什麼不祥一說。若是有人閒得發慌在這裡嚼舌根子，就去給我將《女訓》抄上十遍，好好想一想『心猶首面也，是以甚致飾焉』這句話的道理。」

說話的是宋氏。這些日子見胤禛對不祥之言不聞不問，依舊常去淨思居探望凌若，她心有不忿，如今見到花轎出事，心中暗喜，趁人不注意故意這般說。哪想胤禛這般維護凌若，讓她不禁氣得牙根癢癢，但話是一句也不敢說了，否則真惹怒了胤禛，被罰去抄《女訓》，可是丟臉。

那拉氏略微一想道：「王爺，凌妹妹是有身子的人，最易疲累，何況今日太陽又這麼毒，不如讓她先回去歇息吧。」她的意思其實與宋氏一般無二，不過從她嘴裡卻變成了關心之語，處處占理。

「也好。」胤禛同意了那拉氏的話，對凌若道：「妳先回去歇著，晚些我再去看妳。」

「妾身遵命。」既是胤禛開口了，凌若自不會再執意要留在這裡，行禮離開。臨走前，她目光微閃，不著痕跡地掃過斷裂成兩截的轎竿。

一路上，凌若都沒說過一個字，直至回到淨思居，坐在椅中方才長出一口氣。

水秀接過安兒遞來的剛燉好的燕窩奉給她，口中勸道：「主子莫要不高興了，只是意外而已，並不關主子的事。」

「不關我的事？」凌若嗤笑一聲，舀著澆了蜂蜜後黏稠透亮的燕窩，道：「妳錯了，這事與我有莫大的關聯。」

「主子這是什麼意思？」水月也在一旁，聽了她的話滿心不解。

「適才妳們都在，難道沒瞧出端倪來嗎？」凌若眸光微冷，一字一句道：「那轎竿，斷口看似毛糙，但……有一小截卻是光滑的，很明顯是被人事先鋸斷。這人算準了空花轎與靈汐上花轎後重量的不同，然後在轎竿上做手腳。空花轎輕，而他又只鋸了一小段，所以在抬過來時沒有任何異常；可是等靈汐上轎後重量增加，原本已經被鋸開的轎竿承受不了這個重量，自然剛一抬起便斷了。」

水秀腦筋飛快地轉著，幾乎一瞬間就想到了這麼做的用意。「他們是將此事嫁禍到主子頭上來，讓您坐實那不祥的事？」

「除此之外，我再想不到其他。」凌若恨恨地將那盞未曾動過的燕窩往桌上一放，道：「看來是打定了主意要將我往死路上逼！」

整件事裡最可疑的莫過於那拉氏與年氏，她們都有能力布下這個局，至於具體是哪一個，凌若一時半會兒還判斷不出。如今唯一慶幸的是，胤禛還願意相信自己，但凌若不敢確定這份相信可以維持多久。胤禛……始終是一個多疑的人。

「主子，那咱們現在該怎麼辦？總不能任著他們將髒水往身上潑吧？」

凌若搖搖頭，嘆道：「這個局布置得這般精妙，且又步步算在咱們前面，想要破局談何容易。」

事情的惡化遠遠超過凌若預料，盛傳她為不祥之人的流言，竟然傳到了宮中，被那些后妃娘娘所知，德妃就是其中之一。

「竟然有這種事？」德妃一臉凝重地看著站在自己面前的宮人憐兒。

「奴婢怎敢騙主子，話都這麼在傳，說自從凌福晉懷孕後，雍王府就上下不寧，先是群蛇出沒，接著府裡接二連三出事，甚至靈汐格格大婚那日，轎竿都斷了。」憐兒說得繪聲繪色，彷彿親眼所見。

德妃沉吟片刻後，命憐兒傳那拉氏入宮覲見，她要親自問問，此事究竟是真是假。

午後，那拉氏入宮拜見，聽德妃問起凌若不祥一事，她本不想說，但德妃一再追問，只得如實講述。

言末，她勉強笑道：「這些小事額娘不必放在心上，也許只是湊巧，未必當真是與凌妹妹有關。」

「一次是湊巧，兩次是湊巧，那三次、四次呢？」不待那拉氏回答，德妃已經面色不豫地揮揮手。「行了，妳回去吧，此事本宮自有計較。」

那拉氏不敢多言，欠身退下，就在她走到門外時，隱約聽得裡面德妃在吩咐憐兒傳欽天監來見。

她紅脣微微一勾，若有似無的笑意攀上脣角……

既然胤禛那條路走不通，那她就從德妃這裡走，總之，一定要除掉鈕祜祿氏與她腹中的孽種！

熹妃傳

第一部第五冊

作　　者／解語
執 行 長／陳君平
榮譽發行人／黃鎮隆
協　　理／洪琇菁
總 編 輯／呂尚燁
執行編輯／陳昭燕
美術監製／沙雲佩
美術編輯／陳又荻
國際版權／黃令歡、梁名儀
企劃宣傳／洪國瑋
文字校對／朱瑩倫
內文排版／謝青秀

國家圖書館出版品預行編目資料

熹妃傳 . 第一部 / 解語作 . -- 1 版 . -- 臺北市 : 城邦文化事業股份有限公司尖端出版 : 英屬蓋曼群島商家庭傳媒股份有限公司城邦分公司尖端出版發行 , 2022.10-
冊； 公分
ISBN 978-626-338-479-8 (第 5 冊 : 平裝)

857.7　　111013425

出版／城邦文化事業股份有限公司　尖端出版
台北市 104 中山區民生東路二段 141 號 10 樓
電話：(02) 2500-7600　傳真：(02) 2500-2683
讀者服務信箱：7novels@mail2.spp.com.tw
發行／英屬蓋曼群島商家庭傳媒股份有限公司城邦分公司　尖端出版
台北市 104 中山區民生東路二段 141 號 10 樓
電話：(02) 2500-7600　傳真：(02) 2500-1979
劃撥專線：(03) 312-4212
戶名：英屬蓋曼群島商家庭傳媒（股）公司城邦分公司
劃撥帳號：50003021
※ 劃撥金額未滿 500 元，請加付掛號郵資 50 元
法律顧問／王子文律師　元禾法律事務所　台北市羅斯福路三段 37 號 15 樓

台灣地區總經銷／中彰投以北（含宜花東）　楨彥有限公司
電話：(02) 8919-3369　傳真：(02) 8914-5524
雲嘉以南　威信圖書有限公司
（嘉義公司）電話：(05) 233-3852　傳真：(05) 233-3863
（高雄公司）電話：(07) 373-0079　傳真：(07) 373-0087
馬新地區總經銷／城邦（馬新）出版集團 Cite (M) Sdn Bhd
電話：603-9057-8822　傳真：603-9057-6622
E-mail：cite@cite.com.my
香港地區總經銷／城邦（香港）出版集團 Cite (H.K.) Publishing Group Limited
電話：852-2508-6231　傳真：852-2578-9337
E-mail：hkcite@biznetvigator.com

版　次／ 2022 年 10 月 1 版 1 刷　Printed in Taiwan